Marele Day

Der letzte Tango der Dolores Delgado

Aus dem Englischen von
Susanne Naumann und Sieglinde Denzel

Ariadne Krimi 1094
Argument

Ariadne Krimis werden herausgegeben von Frigga Haug

Titel der englischen Originalausgabe: The Last Tango of Dolores Delgado

Redaktion: Iris Konopik und Else Laudan
Lektorat: Heike Herrberg

Von Marele Day bei Ariadne bereits erschienen:
Leben und Verbrechen des Harry Lavender
(Ariadne Krimi 1050)
Das Rätsel der chinesischen Schachteln
(Ariadne Krimi 1068)
Der letzte Tango der Dolores Delgado
(Ariadne Krimi 1094)

Deutsche Erstausgabe

Eppendorfer Weg 95a, 20259 Hamburg
Telefon 040 / 40 18 00 0 – Fax 040 / 40 18 00 20
Titelgrafik: Johannes Nawrath; Signet: Martin Grundmann
Texterfassung durch die Übersetzerinnen
Satz: Martin Grundmann; Druck: Clausen & Bosse, Leck
Gedruckt auf säure- und chlorfreiem Papier
ISBN 3-88619-594-5

*Ich danke allen, die dabei waren, für ihre Hilfe –
George, Don, Fiona, Michael, Stuart, Patrick und,
ganz besonders diesmal, Elizabeth und
der großen Flasche Gin.*

Ich war noch nie einer Frau wie Dolores Delgado begegnet. Ganz sicher hatte ich noch nie eine Klientin wie sie gehabt. Dolores' Augen schienen vor Leidenschaft zu glühen, ihre sinnlichen Lippen wirkten stets wie zum Kuss aufgeworfen. Sie hatte hohe Wangenknochen, die muskulösen Beine einer Tänzerin, schmale Hüften und kleine, feste Brüste. Selbst auf den Plakaten war ihre Sinnlichkeit förmlich zu spüren. Es mochte begabtere Tänzerinnen geben, aber Dolores war mit Abstand die schillerndste, die mit der stärksten Ausstrahlung.

Sie pflegte mit einem Messer im Strumpfband zu tanzen wie die ersten Tangotänzerinnen, sie tanzte die Geschichte des Tango – von seinen Anfängen in den Bordellen von Buenos Aires über die Tango-Tees in Paris bis zu seiner Etablierung in den Ballsälen der Highsociety. In gewisser Weise tanzte sie ihre eigene Geschichte.

Außerhalb des Tanzbodens gab es für Dolores vor allem eins: einkaufen – und das ebenfalls in großem Stil. Sie brachte es mit Leichtigkeit fertig, von hier bis zur nächsten Ecke fünfhundert Dollar loszuwerden, auch wenn es da gar keinen Laden gab. Dabei ging es ihr nicht ums Geldausgeben. Dolores machte aus dem Einkaufen eine Kunst.

Und an dieser Stelle kam ich ins Spiel. Dolores hatte mich engagiert, damit ich für sie herausfand, wo es die schicksten Klamotten gab, Teile zum auf der Stelle tot Umfallen, echte Diven-Gewänder. Ich sollte Stoffe auftreiben, die für Prinzessinnen oder Rockstars gewoben waren; Designer, die Meisterstücke nur für Dolores entwarfen. Sie konnte stundenlang über die Einzelheiten eines Besatzes diskutieren, über die richtige Rot-Nuance, die Paspelierung eines Ausschnitts. Der Umgang mit ihr erschloss mir eine völlig neue Welt.

Dolores hatte schon alles gemacht, war schon überall gewesen –

irgendwie war sie überlebensgroß. Sie fand nichts dabei, die Nacht in Rio durchzutanzen und dann im Privatjet zum Frühstück nach Paris zu fliegen. Einige Male machte sie dunkle Andeutungen über ihre Vergangenheit – ein Familienskandal, ein Mann, der angeblich für ihre Ehre sein Leben gelassen hatte, darüber, dass sie niemals mehr in ihre Heimat zurückkehren könne.

Dolores Delgados Leben fand ein plötzliches Ende. Ich hätte sie gern länger gekannt, sie faszinierte mich zutiefst – ihr verführerisches Wesen, ihr Glamour, der Hauch von Tragik, der sie umgab. Am meisten aber beschäftigte mich die Frage, ob sich hinter dem manierierten Getue ein Mensch verbarg, eine wirkliche Person.

In mancher Hinsicht trat Dolores genau zum richtigen Zeitpunkt in mein Leben. Wie die Dinge lagen, hätte ich damals fast jeden Auftrag übernommen. Ich bin Privatdetektivin. Die Leute glauben, mein Leben sei aufregend. Das hatte ich auch mal gedacht.

Die einzige Arbeit, mit der eine Vertreterin meiner Branche sich in dieser Zeit über Wasser halten konnte, bestand darin, Informationen bei den Sozialversicherungsanstalten und Kfz-Zulassungsstellen zu beschaffen und an Banken und Kreditgesellschaften zu verhökern. Diese konnten dann abschätzen, inwieweit es sich lohnte, ihre Kundinnen und Kunden in die Verschuldung zu treiben. So was kam für mich nicht in Frage.

Also saß ich rum und hatte nichts zu tun. Es war so schlimm, dass ich schon ernsthaft eine feste Anstellung in Erwägung gezogen hatte. Die Auswahl war allerdings nicht sehr groß. Die Zeiten waren alles andere als rosig.

In meinem Privatleben sah es nicht viel besser aus – Steve war in

Deutschland, und abgesehen von einer Postkarte mit der kargen Nachricht, dass er gut angekommen sei, hatte ich nichts von ihm gehört. Wir hatten uns nicht gerade in bestem Einvernehmen getrennt. Er wollte verschiedene deutsche Krankenhäuser besuchen, um sich mit den neuesten Entwicklungen auf dem Gebiet der Herzschrittmachertechnik vertraut zu machen. Außerdem lebte seine Tochter Annicke in Deutschland. Bei ihrer Mutter. Nachts, wenn ich wachlag, fragte ich mich, ob Schrittmacher wohl das Einzige waren, womit er sich vertraut machte.

Der Gedanke an meine eigenen Kinder stimmte mich kaum fröhlicher. Es waren Schulferien, und zum ersten Mal verbrachten Amy und David sie nicht bei mir. Sie waren Wildwasserfahren auf dem Nymboida. Da hatte ich, die ich ihnen nur Sydney bieten konnte, natürlich nicht mithalten können. Es waren zwar nur zwei Ferienwochen, aber ohne die Kids zogen sie sich wie eine Ewigkeit.

Und als sei das noch nicht genug, musste meine Mutter wieder damit anfangen, als Vogel Strauß aufzutreten!

Wenigstens hatte ihre Rückkehr ins ›Showgeschäft‹, wie sie es nannte, zur Folge, dass sie ihren Zigarettenkonsum einschränkte. Sie war früher, vor langen Jahren, mit der Straußennummer im Tivoli aufgetreten. Jetzt hatte sie auf einmal aus irgendwelchen unerfindlichen Gründen beschlossen, ihr Federkostüm wieder herauszukramen, und wollte es noch einmal wissen. Ohne Frage war sie ein täuschend echter Strauß. Ihr Kopf verschwand völlig unter den prächtigen schwarzen und cremefarbenen Federn, aus denen in kühnem, vollkommenem Bogen ein Arm im langen, fleischfarbenen Handschuh als Straußenhals ragte. Nur an den Beinen fiel auf, dass etwas nicht stimmte – sie waren eindeutig zu wohlgeformt für Straußenbeine.

Mina hatte sich an einem Talentwettbewerb im Bondi Pavillon beteiligt. Anscheinend hatten die nur auf sie gewartet. Theoretisch war ich durchaus angetan von ihrem Erfolg, hätte ich mir doch selbst gewünscht, in ihrem Alter noch einmal so loslegen zu können. Ich war wirklich froh, dass sie nicht nur noch vor dem Fernseher dahinvegetierte. Aber wenn ich dann sah, wie sie kokett mit ihren Schwanzfedern wippte und mir verstohlen zuwinkte, dachte ich unwillkürlich, wie viel wohler ihr doch wäre, wenn sie jetzt mit einer schönen heißen Tasse Ovomaltine zu Hause im Bett läge. Jedenfalls wäre *mir* sehr viel wohler.

Minas Auftritt bei dem Wettbewerb war ein solcher Knüller gewesen, dass sie ein zweiwöchiges Engagement im Tropicana angeboten bekam.

Dort traf ich Dolores.

Der Club lag in Newtown, eine Treppe hoch, die nach rein gar nichts aussah. Aber der Schritt über die Schwelle versetzte in eine fremde, aufregend andere Welt. Club Tropicana – da, wo jede Nacht Silvester ist, wo all die knackigen Jungs und Mädchen aus Ipanema auftreten. Groß und gebräunt und jung und hübsch. Könnte das jemand in Flaschen abfüllen, würde er ein Vermögen damit machen.

Überall standen Palmen, von der Decke hingen bunte tropische Vögel, das weiche rosa Licht schmeichelte den Gesichtern, ob jung oder alt. Der Club zog hauptsächlich die Innenstadt-Trendies an, die sich noch spät irgendwo verabreden wollten; dazu Leute aus den Vorstädten, die sich zu einem besonderen Anlass aufgerüscht hatten und sich eine Nacht im Tropicana leisteten; ein paar Südamerikaner, Freundinnen, Freunde und Verwandte des Managements, die hierherkamen, um wieder einmal spanisch zu sprechen und wehmütig der alten Zeiten zu gedenken. Und arbeitslose Privatdetektivinnen, deren Mütter als Strauße auftraten.

Die Gäste tranken Pina Coladas aus ausgehöhlten Ananas und krugweise Sangria, obwohl Sangria aus Spanien kommt, nicht aus Südamerika. Aber es bedurfte offenbar einer gewissen multikulturellen Bildung, um das zu wissen. Den Gästen war es egal, Hauptsache, die Atmosphäre stimmte.

Nach Minas Straußennummer kündigte Amadio die Attraktion des Abends an: »Und jetzt ein Paar, das die ganze Leidenschaft und das Feuer des Tango wieder aufleben lässt, direkt aus Buenos Aires: Dolores und Ramón.« Die Klänge eines Bandoneons ertönten. Dolores und Ramón betraten von entgegengesetzten Seiten die Bühne. Sie in einem roten, mit Ziermünzen bestickten Kleid, das eigens für sie angefertigt worden war. Wir hatten die ganze Stadt nach den richtigen Münzen abgeklappert. Hinten war das Ding tief ausgeschnitten, fast bis zum Po. Der Rock bestand aus roten und silbernen Stoffbahnen, die dem Publikum großzügige Blicke auf Dolores' Beine gestatteten, wenn sie tanzte. Im Strumpfband blitzte das Messer. Auch ihre Tanzschuhe, an den Knöcheln gebunden, waren mit Münzen verziert. Ramón trug enge schwarze Hosen, schwarze Lackschuhe, ein weißes Hemd mit Armbinden und eine leuchtend rote Satinweste. Das glatte schwarze Haar war streng zurückgestrichen, damit sein gut geschnittenes Gesicht voll zur Geltung kam, und ein einziger Blick in seine schwarzen Augen genügte, um jeder Frau im Raum klarzumachen, dass er jederzeit für Privatunterricht zu haben war. Sehr privaten Privatunterricht.

Der Tanz begann. Ramón bewegte sich auf Dolores zu wie ein Matador auf den Stier. Dolores war mindestens so aufreizend wie ein Stier, nur dass dieser niemals in ein solches Gewand gepasst hätte.

Als Minas zwei Wochen um waren, ging ich trotzdem abends weiter in den Club. Sooft ich Dolores' und Ramóns Vorstellung auch zuschaute, sie verlor nichts von ihrer Faszination für mich. Zu sehen, wie die beiden mit jeder Faser ihrer Körper aufeinander konzentriert waren, wie ihre Augen blitzten vor Temperament und schierer Lebenslust – es war nicht schwer, sich vorzustellen, warum manche Leute diesen Tanz hatten verbieten lassen wollen.

Dolores machte einen falschen Schritt, dann noch einen. Ramóns Lächeln war wie festgeklebt. Ihr linker Arm fiel herab, baumelte kraftlos an der Seite. Ihr Kopf sank nach vorn, sie hob ihn wieder, aber mit sichtlicher Anstrengung. Die Musik spielte weiter. Ein Raunen ging durchs Publikum, die Leute schauten einander fragend an. Dolores gab sich größte Mühe, den Takt zu halten, als hinge ihr Leben davon ab. Sie hatte offensichtlich Schmerzen, rang nach Luft. Speichel rann ihr aus dem Mund. Plötzlich fiel ihr Kopf zurück, als sei ihr Genick gebrochen, das Kinn schlaff, die Augen weit geöffnet. Ramón schlang seinen Arm um sie, stützte ihren Kopf. Er umfasste sie wie eine lebensgroße Puppe, tat weiter so, als ob sie tanzten, manövrierte sie auf den Vorhang zu. Die ganze Zeit hielt er sie aufrecht, bewegte ihre Beine mit den seinen. Diese Vorstellung hielt er durch, bis sie von der Bühne waren und die Musik zu spielen aufhörte.

Während ich nach hinten ging, blickte ich mich flüchtig im Saal um. Amadio hatte den Gästen versichert, dass alles in Ordnung sei, und rasch eine Conga organisiert. Manche fragten nach Dolores, aber die meisten schlossen sich munter der Conga-Reihe an. Entweder waren sie zu jung, als dass dieser Tanz bei ihnen verstaubte Erinnerungen an Schlaghosen geweckt hätte, oder sie wollten nicht zugeben, dass sie alt genug waren.

Dolores war in der Garderobe auf einem Stuhl zusammengesunken. Cilla tätschelte ihr die Wangen und fühlte am Hals nach ihrem Puls. Ramón saß ebenfalls auf einem Stuhl, er war völlig ausgepumpt und rang nach Luft. Zwischen dem Atemholen redete er in heftigem Spanisch auf Cilla ein. Es klang wie ein Streit, aber den Gesten nach erklärte er ihr nur, was draußen geschehen war. Als er mich sah, sprach er englisch weiter. »Ich weiß es nicht, ich weiß einfach nicht, was passiert ist. Ich habe ihr nichts getan«, sagte er, als müsse er sich rechtfertigen. »Es war alles wie immer, sie hat nichts davon gesagt, dass sie sich nicht gut fühlt. Kein Wort.« Sein Gesicht war schweißüberströmt, als sei er ein Rennen gelaufen oder knapp einer Gefahr entronnen. Er fuhr sich mit der Hand über die Augen. Es war nicht bloß Schweiß, auch Tränen.

»Wir legen sie besser auf den Boden«, sagte ich. »Cilla, ruf einen Krankenwagen.« Ich kniete neben Dolores und tastete nach ihrem Puls. Nichts. Ich hörte Cilla ›Club Tropicana‹, ›Newtown‹,

›bewusstlos‹, ›kein Blut‹ sagen. Sie empfahl ihnen, hinter dem Club zu parken, wo sie am Hintereingang warten würde. Für die Trage war das nicht umständlicher als der Weg durch den Tanzsaal, aber auf diese Weise würde es keinen Menschenauflauf geben.

Es war tatsächlich kein Blut zu sehen. Aus dem Mund sickerte Speichel. »Hat sie irgendetwas Ungewöhnliches gegessen oder getrunken?«, fragte ich.

Ramón ließ die Hände vom Gesicht sinken und drehte die Handflächen nach oben, eine Geste der Hoffnungslosigkeit. »Nichts anderes, dasselbe wie immer vor der Show – schwarzen Kaffee und Magenbitter.«

Ich hielt meine Wange an ihre Nase und ihren Mund, um festzustellen, ob sie noch atmete. Kein Atem. Aber noch war ihre Haut warm, die Stirn glänzte leicht von Schweiß. Ich suchte das Brustbein und begann mit einer rhythmischen Herzmassage, ahmte den Herzschlag nach, versuchte, den Motor wieder in Gang zu bringen. Ich hatte Dolores schon vorher von nahem gesehen, doch diesmal war es anders. Alles wirkte wie vergrößert. Die Poren, die Halsgrube, die schlanken Arme, die Hände, auf denen sich ganz leicht die Venen abzeichneten, die langen Finger, die in knallroten Nägeln endeten.

Ich sah weg. Dolores hatte ihren Körper gern gezeigt, sie war stolz auf ihn gewesen, aber es erschien mir irgendwie nicht richtig, ihn jetzt anzuschauen, ohne ihr Wissen. Vermutlich hatte sie gar nichts dagegen, wenn ich ansah, was sie jeden Abend öffentlich auf der Tanzfläche darbot, aber ich hatte noch etwas anderes bemerkt – hauchfeine Narben einer plastischen Operation neben den Ohren und rund um den Haaransatz.

Als wir die Ambulanz hörten, hatte Ramón aufgehört, zu keuchen und nach Luft zu ringen. Er blickte kurz auf, als die Sirene schwieg. Cilla ging den Sanitätern öffnen. Ramón beugte sich vor und streckte die Hand aus, um Dolores' Haar zu streicheln, brachte es dann aber nicht über sich, sie zu berühren. Ich versuchte noch immer, das Herz wieder zum Schlagen zu bringen. Aber Dolores zeigte genausowenig Lebenszeichen wie vor zehn Minuten, als ich mit den Wiederbelebungsversuchen angefangen hatte.

Als Cilla die Sanitäter hereinführte, stand ich auf. An meinen Händen waren Blutflecken. Wie konnte das sein, es war doch gar kein Blut zu sehen gewesen. Was waren das für leuchtend rote Punkte? Als ich die Hand umdrehte, fiel das Licht darauf. Es war kein Blut, es waren Ziermünzen von Dolores' Kleid. Unwillkürlich schloss ich die Finger darum, hielt sie umklammert, obwohl ich wusste, dass es sinnlos war.

Das Sanitätsteam bestand aus einem jungen Burschen, der so aussah, als verbringe er die meiste Zeit am Strand, und einer Frau mit Sommersprossen, die den Eindruck erweckte, als habe sie das alles schon tausendmal erlebt – in den Hauseingängen am Cross, in den Straßen von Darlinghurst. Cilla hatte ihnen schon berichtet, was passiert war, aber der Junge fragte Ramón trotzdem aus. Sie suchten Dolores' Arme nach Einstichspuren ab. »Sie verschwenden Ihre Zeit«, sagte ich rauh. Ich hatte Dolores nie Drogen nehmen sehen, aber das hieß natürlich nicht, dass sie es nicht doch tat. Trotzdem störte mich das Verhalten der beiden, als könnten sie Dolores verletzen, einfach indem sie ihre Arbeit taten.

Ich wandte mich Dolores' Schminktisch zu. Auf der Platte lagen mehr Make-up-Utensilien herum, als ich in meinem ganzen Leben zu Gesicht bekommen hatte; bei manchen von den Dingen hatte ich nicht die blasseste Ahnung, wozu sie wohl dienen mochten. Zu den mir vertrauten Sachen gehörten Nagellackfläschchen – der hellrote, den sie heute Abend trug, blauer mit Silberschimmer und ein schwarzer. Daneben gab es Stifte in allen Regenbogenfarben für Augen, Mund und alles, was sonst noch betont werden sollte. Und es gab Cremes und Lotionen, um das Ganze wieder herunterzukriegen. Am Spiegel stand eine gerahmte Schwarz-Weiß-Fotografie, die nachkoloriert worden war, unterzeichnet mit ›Nelida y Eduardo, 1953‹. Dolores hatte mir erzählt, die beiden seien das beste Tango-Paar der Welt gewesen. Ich hatte darauf hingewiesen, dass sie damals ja noch ein Kind gewesen sein müsse, woraufhin sie meinte, sie habe das Bild wohl später bekommen. Im Allgemeinen enthielt sich Dolores konsequent jeglicher Diskussionen über Geburtstage. »Ich wurde nicht geboren, ich habe mich selbst erschaffen«, sagte sie und kraulte mich unter dem Kinn. Ich musste sie ganz einfach verehren. Es gab wenig Leute, die auch nur daran gedacht hätten, mich unter dem Kinn zu kraulen.

Der junge Sanitäter holte die Sauerstoffflasche. Es war reine Routine – stell sicher, dass die Atemwege frei sind, ›Sicherung der Sauerstoffzufuhr‹ nennen sie es, damit es nicht so menschlich klingt. Die sommersprossige Frau begann mit der Herzmassage, meiner Ansicht nach ein bisschen zu kräftig. Noch immer hielt ich die glänzenden roten Münzen umklammert. Ob sich wohl eine von Dolores' roten Ziermünzen auch in ihre Handflächen eindrücken würde? Cilla und Ramón waren vor die Tür gegangen und redeten draußen leise miteinander.

Die Garderobe war unaufgeräumt, aber nicht schlimmer als sonst. Ein leerer Pizzakarton, den Dolores als Papierkorb benutzt hatte, quoll über von Papiertüchern, gebrauchten Wattebällchen und ein paar Zigarettenkippen. Mit Filter, aber das war auch schon alles, was ich erkennen konnte. Dolores rauchte nicht. Es wäre nicht aufgefallen, wenn jemand hier hereingekommen wäre und die Schubladen durchwühlt hätte. Sie standen zum Teil halb offen, Kleidungsstücke hingen heraus. Eine der Schubladen enthielt eine ganze Batterie Angostura-Bitter-Flaschen, zum größten Teil leer. Nicht, dass sie sie sammelte, sie kam nur einfach nie dazu, sie wegzuwerfen.

Dolores schwor auf Angostura Bitter. Sie war überzeugt, er wirke sich positiv auf ihre Darbietung aus. Sie pflegte einen Schluck direkt aus der Flasche zu nehmen, das Gesicht zu verziehen, sich zu schütteln und zu sagen: »Ah, schon viel besser.« Man sollte meinen, wer Angostura Bitter aus der Flasche trinken kann, dem kann nichts etwas anhaben.

Ramón kam ins Zimmer zurück, gerade als die Sanitäterin eine Spritze aufzog. »Was tun Sie da?«, wollte er wissen.

»Sie reagiert nicht«, gab sie zur Antwort, als erkläre das alles. »Ich gebe ihr eine Spritze fürs Herz.«

Sie hatten, wie ich vorher, versucht, Luft in ihre Lungen zu pumpen, das Herz manuell zu stimulieren. Wir hatten alles, was in solch einem Fall zu tun war, unternommen, aber nichts hatte geholfen. Jetzt injizierten sie eine asystolische Droge, das As unter den Herzstartern. Wenn das auch nicht half …

Die Sanitäter warteten, aber Dolores reagierte nicht. Die beiden wechselten einen Blick, dann bat die Frau uns, Dolores' Hausarzt zu rufen. Weder Cilla noch Ramón noch ich wussten, ob Dolores überhaupt einen Hausarzt hatte. Cilla fragte: »Wofür braucht ihr einen Arzt, ihr seid doch der Notdienst, oder?«

Die Frau sagte uns, warum sie einen Arzt brauchten. Um den Totenschein zu unterschreiben.

Ramón schlug die Hände vors Gesicht. Cilla und ich sahen uns an. Es gab nichts mehr zu sagen.

»Wir sind nicht befugt«, hörte ich die Stimme der Frau, leiser und freundlicher jetzt. »Sie brauchen einen Arzt, der das Formular ausfüllt. Wir bringen sie in die Klinik, Sie können mitkommen, wenn Sie möchten.«

Ich verspürte den absurden Impuls zu lachen. Irgendwie hatte ich die verrückte Hoffnung, dass sie Dolores in der Klinik helfen konnten. Dass sie aufwachen und alles wieder gutsein würde.

Dolores war tot. Ich hatte gehört, was sie sagten, ich hatte es selbst gesehen. Aber es würde noch eine Weile dauern, bis mir die volle Bedeutung dieser Mitteilung aufging.

Mögliche Todesursache: Herzinfarkt?

Ich wusste, was Herzinfarkt bedeutete – der Herzmuskel hörte auf zu arbeiten. Das war nicht das Problem. Das Problem war das Fragezeichen.

Wie in einem solchen Fall üblich, hatte das Krankenhaus die Jungs in Blau gerufen. Was schließlich auftauchte, war nicht nur ein Junge, sondern auch ein Mädchen. Ihre Augen hatten fast dieselbe hellblaue Farbe wie ihr Hemd, ihr Haar war zum Pferdeschwanz zurückgebunden. Sie sah aus wie siebzehn. Ich fragte mich, ob ich langsam alt wurde. Die Cops schienen jedes Mal, wenn ich mit ihnen zu tun hatte, jünger zu werden. Bis auf Carol,

Gott sei Dank. Nicht, dass Carol gealtert war, sie hatte nur nicht mehr ganz das frische Aussehen von früher. Das allerdings schon seit zwanzig Jahren. Der Junge in Blau hatte olivfarbene Haut; seine Augen waren so schwarz, dass Pupillen und Iris ineinander verschmolzen. Er übernahm das Reden.

»Sie sind eine Verwandte?«

»Eine Freundin«, sagte ich.

»Wie lange haben Sie sie gekannt?«

»Ein paar Wochen.«

»Und Sie, Sir?«

»Dasselbe«, gab Ramón zurück. Er log.

Der Cop bat ihn zu erzählen, was auf der Tanzfläche passiert war. Ramóns Bericht war präzise, doch als der Cop Fragen stellte, die ihn selbst betrafen, fing er wieder an zu lügen. Seine Antworten waren kurz, unverbindlich. Er wollte ganz offensichtlich nicht mit der Polizei reden.

»Ist die Familie benachrichtigt worden?«

Ich ging davon aus, dass etwaige Verwandte von Dolores in Buenos Aires lebten, aber ich hatte keine Ahnung, wie sie aufzutreiben waren. Dolores hatte schon an allen möglichen Orten der Welt gelebt, aber Buenos Aires hatte sie am häufigsten erwähnt. Wir hatten hin und wieder über unsere Familien geredet, aber nicht allzu viel. Sie kannte Mina, meine Mutter, vom Club. Als ich ihr von Guy, meinem Vater, erzählte, und wie er zum Stadtstreicher geworden war, meinte sie: ›Die Gosse ist schon okay, da lernst du das Leben kennen. Meine Mutter stammte aus einer angesehenen argentinischen Familie, mein Vater kam von der Straße. Er spielte Bandoneon. Als der Tango achtbar wurde, ließ die Familie meiner Mutter seine Band kommen und aufspielen, während die Ladies und Gentlemen tanzten. Meine Mutter und mein Vater verliebten sich unsterblich ineinander. Mit sechzehn wurde sie schwanger. Er wollte sie heiraten, aber ihr Vater wollte nichts davon hören. Sie schickten sie weg, aufs Land, und ihr Geliebter wurde eines Tages tot in einem Hinterhof gefunden. Die Familienehre war gerettet, aber mein Vater ist für mich verloren, wie deiner für dich.«

»Die Familie zu finden, ist wohl Ihr Job, Constable.«

»Wie lautet ihr voller Name und ihre Adresse?«

»Dolores Delgado. Sie hat ein Zimmer im Royale in Kings Cross. Wo sie wohnt, weiß ich nicht. Wohnte.« Ramón wusste es natürlich auch nicht.

Der Polizist hatte gewisse Probleme, das Formular P79A – Protokoll für den Untersuchungsrichter – auszufüllen. Bis jetzt stand lediglich der Name der Verstorbenen da. Ich gab ihm meinen Namen und meine Adresse und bestätigte, dass es sich um meinen ständigen Wohnsitz handelte, auch wenn es ein Pub war. Sie brauchten nur einen Namen. Damit war Ramón aus dem Schneider.

»Kann ich dich irgendwohin mitnehmen?« Draußen, in der wirklichen Welt, sahen Ramóns Hosen etwas zu eng, seine Kragenspitzen etwas zu spitz und seine Schuhe etwas zu glänzend aus. Außerhalb der Tanzfläche, ohne Dolores, wirkte er traurig und verloren.

»Welche Richtung fährst du?«

»Zurück zum Club«, sagte ich.

»Ich wohne in Five Dock.« Es war zwar nicht ganz meine Strecke, aber auch kein allzu großer Umweg. Außerdem hätte ich ihm gern ein paar Fragen gestellt.

Noch bevor wir den Parkplatz der Klinik verlassen hatten, zündete er sich eine Zigarette an. Bis zur Parramatta Road hatte er noch kein einziges Mal die Asche abgestreift. Mir war schleierhaft, warum sie noch nicht abgefallen war. Der Aschekegel wurde lang und länger, strafte alle Gesetze der Schwerkraft Lügen und stellte meine Geduld auf eine harte Probe. Sicher machte ihn nur der Kummer so geistesabwesend, dass er nichts merkte, beschwichtigte ich mich selbst. Schließlich klappte ich den Aschenbecher am Armaturenbrett des Daimler auf. »Brauchst du vielleicht …?«, bot ich ihm mit einer einladenden Geste an.

»Was? Oh, ‘tschuldigung.« Er kurbelte das Fenster hinunter und streifte die Zigarette ab. Kein Fünkchen wehte zurück ins

Auto. Ramón ließ das Fenster offen und klopfte von Zeit zu Zeit zerstreut die Asche ab.

»Warum hast du die Polizei belogen?«

»Belogen?«

»Ja. Darüber, wie lange du Dolores kennst.«

»Was spielt es für eine Rolle, wie lange ich Dolores kenne? Das macht sie auch nicht wieder lebendig.« Er fuhr sich über die Augen. »Hier links.«

Ich bog links ab in eine breite Allee. »Und was ist mit dem Unsinn, du seist gerade erst eingereist?«

»Es klingt besser. Du weißt doch, was Amadio immer sagt – »Direkt aus Buenos Aires«. Wir sind da.«

Ich hielt an. »Die Cops sagen immer, wer lügt, hat etwas zu verbergen.«

»Was soll das? Ist dir eigentlich klar, was heute Nacht passiert ist? Dolores ... ist tot.« Es klang wie ein Aufschrei.

Ich fühlte, wie sich meine misstrauische Anspannung etwas lockerte.

»Was geschieht jetzt mit ihr?«, fragte er nach einer Weile.

»Sie werden eine Autopsie machen, versuchen, die Todesursache herauszufinden.«

»Aber das wissen sie doch schon. Herzversagen.«

»Ja. Aber was hat das Herzversagen ausgelöst? Dolores war gesund, sie war jung.« Ich dachte an die kaum sichtbaren Narben am Haaransatz. So jung auch wieder nicht. Aber zu jung, um an einem Herzanfall zu sterben. »Du hast viel Zeit mit ihr verbracht, oder? Außerhalb des Clubs, meine ich.«

»Genug.«

»Wie viel ist genug?«

»Nur das Übliche, wir haben manchmal auch in anderen Clubs getanzt.« Wenn da noch etwas anderes war, würde er es mir ohnehin nicht sagen.

»Was wirst du jetzt machen, Ramón?«

»Irgendeine Arbeit im Club«, seufzte er, »als Kellner vielleicht. Ich werde mich nach einer anderen Partnerin umsehen. Ich glaube, Dolores würde wollen, dass der Tanz weitergeht.« Er musterte mich. Nicht lüstern, eher abschätzend. »Hmm«, meinte er nach einiger Überlegung. »Beine und Körperbau kommen hin. Eine andere Frisur, ein bisschen Make-up, die richtigen Kleider. Es könnte gehen.«

»Geh schlafen«, sagte ich sanft. »Es war eine lange Nacht.«

Ich rief Cilla an und sagte ihr, dass ich noch mal in den Club zurückkommen und Dolores' Schlüssel holen würde. Die Cops brauchten ihren Pass, wenn sie ihre Familie aufspüren wollten. Dann rief ich Carol an und bat sie, ebenfalls in den Club zu kommen.

Als ich dort ankam, berichtete ich Cilla von den Ereignissen im Krankenhaus. Sie goss uns einen Pernod ein und reichte mir eines der Gläser. Ich saß auf einem Barhocker. Meine Schuhe, meine Abends-Ausgeh-Club-Schuhe, sahen sehr viel besser aus, als sie sich anfühlten.

»Hast du Dolores gut gekannt?«

»Hältst du es tatsächlich für möglich, Dolores gut zu kennen?«, gab sie zurück.

»Was weiß du über sie, über ihre Familie? Sie kam doch nicht ›direkt aus Buenos Aires‹ hierher, oder?«

»›Direkt‹, wie Amadio immer sagt? Nein. Sie war schon vorher hier, im Club. Sie und Ramón haben schon oft zusammen getanzt. Dolores kommt und geht, Tokio, Paris, Amerika ...«

»Wo kam sie diesmal her?«

»Coffs Harbour.«

»Coffs Harbour?« Das klang kaum nach der Amüsier-Hauptstadt der Welt. Und von einem internationalen Star wie Dolores war doch wohl anzunehmen, dass sie in Hauptstädten auftrat. Ich konnte mir nicht vorstellen, dass Coffs Harbour für sie etwas anderes als ein Fleckchen Fliegendreck auf der Landkarte war. Wer nur ein kleines bisschen Phantasie besaß und nicht schreiben konnte, für den klang Coffs Harbour doch wie ein ruhiger Hafen

[1] A.d.Ü.: ›Coffs Harbour‹ wird gesprochen wie ›Coughs Harbour‹, dt. ›Hustenhafen‹.

für Tuberkulosekranke.[1] Wahrscheinlich hatte der Ort sie gerade deswegen gereizt – Dolores besaß eine Menge Phantasie, und sie war nicht gerade eine Literatin.

»Was hat sie dort gemacht?«

»Sie ist Tänzerin, also nehme ich an, sie hat getanzt«, gab Cilla zurück. »Ich hab sie nicht gefragt, wenn sie wegfuhr; es ging mich nichts an. Und, Claudia, dich geht es genausowenig an.« Sie nahm einen Schluck Pernod und presste die Lippen zusammen. Das war keine Aufforderung an mich zu verschwinden, sie gab mir nur zu verstehen, worüber sie mit mir zu sprechen bereit war und worüber nicht.

An dem, was sie mir nicht sagen wollte, war ich bei weitem mehr interessiert. »Aber sie muss doch darüber geredet haben – wo sie hinging, welche Leute sie traf.«

»Sicher. Sie hat immer mächtig rumgeprotzt. Mit den Berühmtheiten, die sie kennen lernte, den Orten, an denen sie war. Aber ein Gespräch mit Dolores war wie Seifenblasenmachen. Du versuchst, eine zu fangen, und schon zerplatzt sie.«

»Ramón hat in der Klinik behauptet, er kenne Dolores erst seit kurzem. Hat er Grund, die Polizei zu beschwindeln?«

Cilla strich sich eine Strähne ihres dunkelblonden Haars hinters Ohr. »Wenn du etwas über Ramón wissen willst, frag ihn selbst.«

»Das habe ich getan. Er sagte, es sei nichts.«

»Dann ist da vielleicht auch nichts. Wo sind wir hier, bei der spanischen Inquisition?« Sie wurde langsam sauer. Cilla und ich kamen normalerweise gut miteinander aus. Ich verbrachte viel Zeit im Club, aber sie hatte mich noch nie bei der Arbeit erlebt. Es war nicht nötig gewesen. Bis heute.

»Ich bin Privatdetektivin. Ich verdiene meinen Lebensunterhalt mit Fragenstellen. Die Polizei kommt wahrscheinlich auch noch; betrachte es einfach als Generalprobe.« Ich wusste nicht, ob die Polizei wirklich noch hier auftauchen würde. Sie brauchten einen Anlass, um in einer Mordsache zu ermitteln. Deshalb hatte ich Carol angerufen. Ich wollte mit ihr reden, weil sie meine Freundin war. Und ich wollte mit ihr reden, weil sie Kriminalbeamtin bei der Mordkommission war.

Ich trank aus. »Ich hole Dolores' Schlüssel«, sagte ich. »Wenn meine Freundin kommt, ich bin in der Garderobe.«

Ich sah rasch noch mal die Sachen auf dem Schminktisch und die Schubladen durch, fand aber nichts, das nicht hätte da sein dürfen. Jetzt bemerkte ich, dass die Zigarettenkippen im Aschenbecher Kents waren. Die gleichen hatte auch Ramón in meinem Auto geraucht. Es musste nichts bedeuten, er war oft in ihrer Garderobe.

Die Schlüsselkarte für das Hotelzimmer steckte in ihrer Jackentasche. Es war eine schwarze Lederjacke, sehr elegant geschnitten, das Leder so weich, dass es von einem neugeborenen Kalb hätte stammen können. Sie war eigens für Dolores angefertigt worden, hatte sie gesagt, in Italien.

Ich probierte sie an. Fast spürte ich noch Dolores' Wärme. Die Jacke fühlte sich gut an, wie eine zweite Haut. Ich betrachtete mich im Spiegel. Ramóns Bemerkung fiel mir ein. Eine andere Frisur, ein bisschen Make-up …

Die Tür ging auf. Es war Cilla. Sie sah mich im Spiegel an, entsetzt, als sähe sie einen Geist. Ihr Mund öffnete sich, als wollte sie etwas sagen, aber es kam nichts heraus. Ich drehte mich um.

»Deine Freundin ist da«, sagte sie schließlich.

Carol saß an einem Tisch und starrte die Aras an, die von der Decke baumelten. Sie war völlig unbeeindruckt.

»Wie war der Mozart?«, begrüßte ich sie.

»Sehr schön.«

»Hat es Noni gefallen?«

»Ja.«

Das war schon alles an Smalltalk. Carol wusste, dass ich sie nicht herbestellt hatte, um über ihren Opernabend zu diskutieren.

»Hier ist heute Abend etwas passiert«, fing ich an.

Sie wartete, dass ich fortfuhr.

»Ich hatte diese …« Ich wusste nicht, ob ich Klientin oder Freundin sagen sollte. Carol fuhr mit dem Finger über den Rand ihres Martiniglases, sie drängte mich nicht.

Ich holte Luft. »Dolores Delgado war Tänzerin in diesem Club. Heute Abend hatte sie einen Herzinfarkt und starb.« Es schien leichter, es als Tatsache zu formulieren.

Schweigen senkte sich auf uns.

Carol wartete. »Und?«

»Und irgendetwas daran scheint mir nicht zu stimmen.«

»Bist du sicher, dass es nicht einfach nur ein Arbeitsunfall war?«

»Ich weiß nicht. Vielleicht. Ich hatte in letzter Zeit nicht genug Gelegenheit, um Zeugin von Arbeitsunfällen zu werden. Genauer gesagt, hatte ich überhaupt keine Arbeit, bis ich Dolores traf.« Ich erzählte Carol, wie ich auf Dolores ›aufpasste‹, und dass dieses ›Aufpassen‹ in erster Linie darin bestand, mit ihr einkaufen zu gehen.

»Sie hat dich engagiert, damit du mit ihr einkaufen gehst?«, fragte sie, als hätte ich ihr gerade erzählt, dass ich Lepra habe. »Du hast deinen Mann und deine Kinder verlassen, und alles, was dabei herauskommt, ist, dass du mit einer Tangotänzerin einkaufen gehst?«

»Was ist so falsch daran, einkaufen zu gehen?«

»Es ist verweichlichender Luxus«, sagte sie wegwerfend.

»Verweichlichender Luxus? Carol! Es ist der Ausdruck eines urmenschlichen Bedürfnisses! Sie jagen, wir sammeln.«

Carol verdrehte die Augen zu den Aras, fand aber keine Verbündeten in ihnen.

»Du sammelst Antiquitäten und Perserteppiche«, erinnerte ich sie.

»Das ist kein Einkaufengehen.«

»Ach nein? Wo kriegst du sie denn her? Schießt du sie?«

Normalerweise wäre Carol nicht um eine Antwort verlegen gewesen. Sie musste echt müde sein. Weiß Gott, wir waren alle müde.

»Hast du irgendeinen Grund für deinen Verdacht?«, kam sie aufs Thema zurück.

Ursprünglich war ich nur engagiert worden, um mit Dolores einkaufen zu gehen, aber ich hatte mich mehr und mehr zu ihrer Leibwächterin entwickelt. Wenn sie wollte, brachte ich sie in den

Club und wieder nach Hause. Vor der Show ging ich immer in ihre Garderobe und erzählte ihr, wie das Publikum war. »Irgendjemand Interessantes dabei, mit dem ich tanzen könnte?« Ich beschrieb ihr mögliche Tanzpartner unter den Gästen, und wo genau sie genau saßen. Sie brauchte meinen Schutz eigentlich gar nicht. Es geschah nie etwas, womit sie nicht selbst fertig geworden wäre. Vielleicht gab ihr die Tatsache, eine Leibwächterin zu haben, das Gefühl, ein Star zu sein.

»Ich weiß nicht, nichts Bestimmtes.« Ich suchte nach irgendetwas, einem Anhaltspunkt für mein Gefühl. »Sie war ... Als sie starb ... da war viel Speichel.«

»Du meinst Schaum vor dem Mund? Als sei sie von einem tollwütigen Hund gebissen worden? Wurde sie vielleicht mit einem Schirm überfallen, dessen Spitze vergiftet war, so wie dieser Vatikan-Banker damals? Oder vielleicht vergiftete Pygmäen-Pfeile?«

Ich lächelte. »Nein, nicht so, eher ein Sabbern. Es war nicht Dolores' Stil.«

»Ein Herzinfarkt ist auch nicht gerade Ausdruck persönlichen Stils. Vielleicht war es ja einfach nur das, ein Herzinfarkt, nicht mehr und nicht weniger. Die Körperreaktionen in einem solchen Fall können sehr unterschiedlich sein.«

Aber nirgendwo wird exzessiver Speichelfluss als Symptom genannt. »Vielleicht hat sie ja etwas gegessen oder getrunken. Vielleicht hat ihr jemand etwas in den Kaffee geschüttet oder an die Pizza getan.«

»War denn Gelegenheit dazu?«

»Ja, es ist nicht schwer, hinter die Bühne zu kommen.«

»Verdächtigst du jemanden aus dem Club?«

Ich dachte nach.

»Vielleicht.«

»Ramón?«

Ich war überrascht, dass sie seinen Namen kannte. »Ich habe die Plakate draußen gesehen«, sagte sie. »Sieht so aus, als könnte er durchaus Herzattacken auslösen.«

Er hatte die Gelegenheit gehabt. Und er hatte die Polizei belogen.

Aber ich wollte erst herausfinden, warum er nicht die Wahrheit gesagt hatte, bevor ich ihn Carol auslieferte.

»Er schien ehrlich bestürzt über das Ganze.«

»Das ist manchmal so«, meinte Carol. »Daran zu denken ist eines, es wirklich zu tun und das Resultat zu sehen, ein anderes.« Mit dezent lackierten Fingernägeln nahm sie die Olive aus ihrem Martini und biss mit ihren kleinen weißen Zähnen ein Stückchen ab. Es erinnerte mich an einen Piranha. Vor und zurück, vor und zurück, bis nur noch ein paar Bröckchen Sashimi den Amazonas hinunterschwimmen. »Weißt du, was ich glaube?« Sie knabberte wieder ein Stückchen ab. »Ich glaube, du hast diese Frau, diese Dolores, gemocht. Sie ist gestorben, und jetzt fragst du dich, warum. Es tut mir Leid, was passiert ist, aber ehrlich gesagt sehe ich keinen offiziellen Grund für meine Anwesenheit hier. Nach Gift in einer Leiche suchen zu lassen, kostet Zeit und Geld. Meine Güte, wir riskieren ständig unser Leben, und wenn wir nur eine Pizza essen. Wenn du nichts Greifbares hast, was sich in ein Formular eintragen lässt, kann ich die Maschinerie nicht in Gang setzen. Du weißt doch, wie sie sich bei uns mit dem Papierkram haben. Kein Mensch lädt sich das freiwillig auf.« Sie legte ihre Hand auf meine. Für einen so zurückhaltenden Menschen wie Carol eine seltene und warmherzige Geste. »Claudia, du bist nicht die erste, der es so geht. Jemand, den du kennst, stirbt, und du kannst dich nicht damit abfinden. Du hast eine Freundin verloren.«

»Ich habe eine Klientin verloren.«

»Sie war mehr als eine Klientin, nicht wahr?«

Carol war eine gute Zuhörerin. Das musste sie sein. Sie stellte viele Fragen und hörte viele Antworten. Sie hörte, was die Leute sagten und was sie nicht sagten. Wer genügend Zeit mit Carol verbrachte, gestand früher oder später.

Dolores war nicht nur eine Klientin gewesen. »Sie war anders. Ich hab noch nie jemanden wie sie kennen gelernt. Auch wenn ich nicht die Hälfte von dem geglaubt habe, was sie erzählt hat, war sie doch aufregend, dramatisch. Irgendetwas umgab sie, sie war größer als das Leben.«

»Wenn du etwas Größeres willst als das Leben, lies ein Buch.«

Dolores war besser als ein Buch gewesen. Bei Dolores hatte ich nicht einmal die Seiten umblättern müssen. Ich lächelte. »Ich wusste gar nicht, dass du liest, Carol.«

»Nur das Nötigste. Manchmal kann ich nicht schlafen. Ich glaube, heute ist so eine Nacht.« Sie sah auf ihre Uhr. »Es lohnt sich gar nicht mehr anzufangen. In ein paar Stunden muss ich schon wieder an meinem Schreibtisch sitzen.«

»Er ist immerhin groß genug, dass du dich drauflegen und ›in einer wichtigen Sitzung‹ sein kannst.«

»Nur kein Neid.«

Die Sex-Arbeiterinnen hingen gelangweilt in der William Street herum, traten von einem Fuß auf den anderen und versuchten, ihre nackten Beine vor dem Erfrieren zu bewahren, taxiert von den prüfenden Blicken der Fahrer langsam vorbeirollender Autos. Von irgendwoher hörte ich Krakeelen, wahrscheinlich Kids in irgendeinem Hinterhof bei irgendeinem dunklen Deal. *Business as usual* am Cross.

Ich kannte den Weg zu Dolores' Zimmer. Niemand fragte nach meinem Anliegen, als ich die Lobby des Hotel Royale betrat. Die Angestellten waren es gewöhnt, dass ich kam und ging. Genau genommen lag das Royale in Potts Point, nicht in Kings Cross. Das klang vornehmer, nicht so anrüchig wie das Cross. Ich kannte dieses Phänomen schon von Balmain her. Manche Leute gaben grundsätzlich Birchgrove als Adresse an, um nicht zugeben zu müssen, dass sie in Balmain wohnten. Birchgrove war eleganter. Die Ironie des Ganzen war, dass Balmain Birchgrove tatsächlich immer ähnlicher wurde. Die meisten Pubs in Balmain waren mittlerweile im modernen Stil renoviert worden. Ich hatte zu Jack gesagt, an dem Tag, an dem er ans Renovieren auch nur dächte, würde ich postwendend ausziehen.

Das Royale besaß eine imposante Fassade – hellroter Backstein mit strahlend weißen Mörtelfugen. Sämtliche Zimmer boten eine sehr schöne Aussicht. Zwei symmetrisch geschwungene Treppen führten auf eine Balustrade mit klassischen weißen Säulen. Fehlten nur noch Fred und Ginger, die die Stufen herabtanzten.

Es war ein komisches Gefühl, allein, ohne Dolores, vor der Tür ihres Zimmers zu stehen und die Schlüsselkarte in den Schlitz zu schieben. Ich hatte in den letzten Wochen oft vor dieser Tür gestanden. Normalerweise schloss Dolores auf, ließ mich aber vorgehen. »Nach dir«, pflegte sie mit großer Geste zu sagen. Jetzt trat ich allein ein.

Dolores' Suite war pinkfarben. Sie behauptete, sie sei eigens für sie hergerichtet worden. Ich hätte gedacht, rot und gold wäre mehr nach ihrem Geschmack. »Auf der Bühne ja«, hatte sie geantwortet. »Aber zum Schlafen bevorzuge ich pinkfarbene Räume. Kennst du Barbara Cartland? Sie hat mir mal gesagt, Pink macht romantische Träume. Sie kleidet sich immer ganz in Pink. Sie ist steinreich und uralt. Für eine Engländerin hat sie richtig Glamour.« Dann schob sie sich ganz dicht an mich heran und flüsterte mir ins Ohr: »Sie hat mir ein Paar von ihren Wimpern geschenkt.«

Ich grübelte über diese Wimpern, weil sie mir beim Betreten von Dolores' Hotelzimmer als erstes ins Auge fielen. Wie zwei Tausendfüßler saßen sie auf dem pinkfarbenen Schminktisch. Ich weiß nicht, warum ich aus den Myriaden von Einzelheiten ausgerechnet diese eine wahrnahm, aber so war es. Sie wirkten so verloren, vergessen. Treu saßen sie da und warteten auf eine, die niemals wiederkommen würde. Wenigstens hatten sie einander, tröstete ich mich.

Wenn mir die Unordnung nicht so vertraut gewesen wäre, hätte ich gedacht, in das Zimmer sei eingebrochen worden. Es war mir unbegreiflich, wie ein einzelner Mensch ein solches Chaos anrichten konnte, zumal jeden Tag ein Zimmermädchen kam und aufräumte. Schubladen standen offen, das Bett war ungemacht und auf dem Schminktisch herrschte natürlich dasselbe Durcheinander wie auf dem im Club. Ich sah alles durch, aber Dolores' Pass konnte ich nicht finden.

Ich öffnete den Kleiderschrank. Hier war kein Chaos. Genau genommen war er praktisch leer, bis auf die Koffer. Die waren vorher nicht dagewesen. Die Kleider waren fort, dafür stand da ein Set nagelneuer roter Koffer. Sie waren auffallend schwer. Ich hievte einen heraus und wuchtete ihn aufs Bett. Dolores hätte das nie getan – einen roten Koffer auf eine pinkfarbene Bettdecke gelegt.

Der Koffer war nicht abgeschlossen und ließ sich problemlos öffnen. Er war voller Kleider; die meisten davon hatte ich vorher im Schrank gesehen. Ich konnte mir zwar denken, was das bedeutete, weigerte mich aber, es zu glauben. Ich öffnete den zweiten Koffer. Auch er enthielt Kleidungsstücke. Es war eindeutig – Dolores hatte vorgehabt wegzugehen. Vielleicht wollte sie ja nur das Zimmer oder das Hotel wechseln, beruhigte ich mich. Und dass sie mir nichts davon gesagt hatte, bedeutete nicht, dass sie es nicht noch hatte tun wollen. Oder?

Ich hatte eigentlich ihren Pass suchen wollen, aber das hier änderte die Lage.

Ich fand den Pass schließlich – in der Innentasche eines Kosmetikköfferchens, das im obersten Schrankfach stand. Aber ich fand noch mehr. Ich konnte etwas hinter dem Futter fühlen; es hatte etwa dieselbe Größe wie der Pass, nur war es ein bisschen dicker. Ich nahm eine von Dolores' Haarnadeln vom Schminktisch und fing an, das Futter aufzutrennen. Zutage kam ein zweiter Pass – auf den Namen Valerie Estevez. Ein anderer Name, aber dasgleiche Foto wie das im Delgado-Pass. Wenigstens war sie beim Spanischen geblieben. In einer Brieftasche unten im Köfferchen steckte ein Ticket nach Bangkok mit Thai Airways. Einfacher Flug. Das Abflugdatum war übermorgen.

Sie hätte es mir gesagt. Sie hätte nach der Show eine kleine Party gegeben und es uns allen gesagt. Eine Überraschungsparty. Sie mochte keine Abschiedsszenen, deshalb hätte sie einfach gesagt: »Ach, übrigens …« Es war ein Missverständnis, sie hatte gar nicht fortgewollt, sie hatte das Abflugdatum geändert, aber noch das alte Ticket. Es gab eine vernünftige Erklärung für das alles.

Ich griff nach dem pinkfarbenen Telefonhörer neben dem Bett

und rief Thai Airways an. Ich sagte, ich sei Dolores Delgado und wolle meinen Flug bestätigen lassen. Ein kurzes Schweigen, während die Person am anderen Ende die Daten am Computer überprüfte. Sie bestätigte die Buchung.

Jetzt kannte ich die vernünftige Erklärung – Dolores hatte weggewollt und es niemandem gesagt.

Mein Herz wurde schwer. Ich wusste natürlich, dass das meiste, was Dolores mir über sich erzählt hatte, nicht wahr war. Ihre Geschichten waren Unsinn, doch allein die Art, wie sie sie erzählte, machte sie in höchstem Grade unterhaltsam, zu gekonnten, kleinen Darbietungen.

Nun war ich allerdings auf eine andere, eine tiefere Schicht der Täuschung gestoßen.

War ich die einzige, die betrogen war? Ich rief im Tropicana an. Anna war am Telefon. Tagsüber studierte sie Mikrobiologie, drei Nächte die Woche putzte sie im Tropicana. Cilla war schon fort. Ich rief sie zu Hause an. Es dauerte lange, bis sie ranging. Sie war gerade erst heimgekommen. Ich fragte sie, wie lange Dolores' Engagement noch lief. Sie sagte, noch mehrere Monate.

»Weißt du, ob sie irgendwelche Kurztrips plante?« Cilla meinte, an ihren freien Tagen sei sie manchmal irgendwohin gefahren. »Nach Bangkok mit zwei vollen Koffern und einem Hinflug-Ticket?«

Schweigen. »Cilla?«

Sie fragte, was ich damit meinte. Ich sagte ihr, das Ticket läge vor mir und ich hätte mir das Datum gerade von Thai Airways bestätigen lassen.

»Für wann?«, fragte sie.

»Übermorgen.«

Diesmal dauerte das Schweigen noch länger. Dann fluchte sie. Ich verstand nicht alles, aber es hatte etwas mit der Madonna und Schweinen zu tun. Schließlich bemerkte sie trocken, dass Dolores sich wenigstens einen Sonntag ausgesucht hatte, um zu verschwinden. Der Club war Sonntag und Montag geschlossen, also hatten sie ein paar Tage Zeit, einen Ersatz zu finden. Nicht viel, aber besser als nichts. Keine von uns verlor ein Wort darüber, dass Dolores tot war und der Club sich jetzt ohnehin eine andere Tänzerin suchen musste.

Warum hast du mir nichts davon gesagt, Dolores?

Ich schaute mir die Kleider in Dolores' Koffern noch einmal genauer an. Es waren nicht nur Tanzkleider, auch andere – steife Geschäftskostüme, ganz und gar nicht Dolores' Stil. Ich öffnete den Schrank, um auch hier noch einmal nachzusehen. Ganz oben entdeckte ich ein Buch. Ich griff danach. Der Titel, *Erfolgreiche Geschäftsverhandlungen mit Japanern*, war genausowenig Dolores' Stil. Ich schlug es auf. Etwas fiel heraus. Noch ein Pass. Diesmal ausgestellt auf Lola Montana. Einer im Kosmetikköfferchen versteckt, einer oben auf dem Schrank. Offenbar sollte Valerie sie begleiten und Lola zurückbleiben.

Unten im Schrank stand ein schwarzer Plastikmüllsack. Ein Zettel klebte daran, wie an den Beuteln mit Schmutzwäsche. Der Name auf dem Zettel, in Blockschrift, lautete Yasmina. Noch einer von Dolores' Namen? Ich schaute in den Sack. Ein paar Kleider, die ich kannte, und ein Paar Stiefel, die ich noch nie gesehen hatte. Sie waren nicht neu. Es klebte Schlamm daran. In Sydney hatte es seit Monaten nicht geregnet.

Das Ganze war mir ein Rätsel. Ich war todmüde, völlig fertig. Das waren genug Überraschungen für eine Nacht. Ich würde später wiederkommen, jetzt brauchte ich erstmal Schlaf. Wenn ich es nur nicht so persönlich genommen hätte.

Aber zuerst musste ich den Cops noch Dolores' Pass vorbeibringen. Bevor sie danach suchen kamen.

Ich steckte die Pässe ein und verließ das Zimmer mehr oder weniger so, wie ich es vorgefunden hatte.

Ich wollte gerade in den Aufzug steigen, als ich ein Telefon klingeln hörte. Ich lief zurück. Es war Dolores' Apparat. Ich zog die Karte heraus, steckte sie in den Schlitz und stürzte ins Zimmer. Gerade als ich den Hörer berührte, hörte es auf zu klingeln. Ich nahm trotzdem ab und horchte. Aber ich hörte nur das Freizeichen.

Als ich die Polizeiwache in der Australia Street in Newtown betrat, war der junge Wachtmeister nicht da. Der diensttuende Beamte sagte, er würde irgendwann heute Morgen kommen. Ich fragte, wo er sei. Er sagte: »Wer will das wissen?« Ich sagte es ihm. Er meinte, der Wachtmeister sei im Leichenschauhaus. Ich vermutete, er lieferte Dolores dort ab. Ich hatte die Pässe dabei, hütete mich aber, ihnen gleich alle drei auszuhändigen. Sie sollten erst mal sehen, wie weit sie mit Dolores Delgado kamen. Wenn sie nichts fanden, konnte ich die anderen immer noch rausrücken.

»Ich möchte das hier fotokopieren«, sagte ich. Ich meinte Dolores' Pass.

»Warum?«, fragte der Beamte. Er klang nicht argwöhnisch, nur neugierig. Es war zu früh am Morgen, um argwöhnisch zu sein.

»Für meine Unterlagen.« Ich zeigte ihm meine Lizenz. Das schien ihm zu reichen. Ich fotokopierte jede einzelne Seite, auf der etwas stand. Dann bat ich den Beamten um einen Umschlag, groß genug für den Pass. Er gab mir einen hellgelben, auf dem oben links in der Ecke *NSW POLICE* aufgedruckt war. Ich schob den Pass hinein und adressierte ihn an ›Const. Loukakis‹. Der Beamte versicherte mir, dass der Constable ihn bekommen würde. Ich machte, dass ich fortkam. Trotz meines Berufs fühlte ich mich auf Polizeidienststellen nicht wohler als jeder andere Mensch.

Als ich herauskam, regnete es. Der erste Regen seit Monaten, und es war nur ein leichter Sprühnebel. Gerade genug Feuchtigkeit, um sie überhaupt wahrzunehmen, als ich die Straße hinunterlief zu der Stelle, wo ich den Daimler geparkt hatte. Als ich mich vorbeugte, um aufzuschließen, erhaschte ich einen kurzen Blick auf mich selbst im Außenspiegel. Mein aufsehenerregender Nightclub-Dress von letzter Nacht sah ziemlich derangiert aus, und zu allem Überfluss hatte der Regen mein Haar völlig kraus werden lassen.

Als ich beim Pub ankam, war Jack gerade damit beschäftigt, eine Ladung Fässer zu verstauen. Ich hatte eigentlich gehofft, ungesehen die Treppe hinaufzukommen.

»Na, ordentlich auf den Putz gehauen?«, fragte er mit einer Stimme, die er für wissend hielt.

»Sehe ich vielleicht aus wie ein Maurer?«

»Du bringst meinen Laden noch in Verruf«, sagte Jack anzüglich, während er und der Typ, der die Fässer angeliefert hatte, ein weiteres in den Keller rollten.

»Sorgen dafür nicht schon die Winkeladvokaten, die bei dir an der Bar rumhängen?«

Normalerweise liebte ich unsere kleinen Plänkeleien, aber heute Morgen hatte ich das Gefühl, dabei Zement zu schleppen. Ich war nicht gerade in geselliger Laune, meine Nerven waren ziemlich runter.

»Lust auf ein flüssiges Frühstück mit Wayne und mir?«, fragte Jack munter.

Ich ließ ihn wortlos links liegen und schleppte mich die Treppe hoch.

Jetzt merkte er, dass etwas nicht stimmte. »Sekunde mal, Kumpel«, hörte ich ihn zu Wayne sagen. »Claudia, ist alles in Ordnung? Möchtest du vielleicht eine Tasse Tee?«

»Mir geht's gut.« Das klang nicht sehr überzeugend. »Es ist bloß … heute Nacht ist was passiert. Ich erzähl's dir später.« Ich fand endlich meinen Schlüssel und steckte ihn ins Schloss. »Nacht, Jack. Und danke«, sagte ich ohne besonderen Grund.

Er wartete, während ich aufschloss und hineinging.

»Ich bin in Ordnung«, versicherte ich ihm. »Ehrlich. Erzähl deinem Freund doch mal den Witz mit den Windhunden, dann ist der Tag für ihn gerettet.«

»Den mit den beiden Windhunden im Pub?«
»Genau«, nickte ich abgekämpft.
Jack stieg die Treppe wieder hinunter, nicht so ganz überzeugt.

Vielleicht hätte ich sein Angebot mit der Tasse Tee annehmen sollen. Das kam wahrscheinlich der Mitgefühlsbekundung, die ich dringend brauchte, noch am nächsten. Kein Blinken auf dem Anrufbeantworter. Niemand hatte angerufen. Ich spielte das Band ab, nur für alle Fälle, aber es waren nur alte Nachrichten drauf. Ich legte mich aufs Bett. Nicht, dass ich keinen Menschen kannte, mit dem ich hätte reden können – Carol zum Beispiel –, aber der einzige, den ich im Augenblick ertragen hätte, war Steve. Steve, der mich Magnum nannte, aber nie sagte, Kopf hoch, sei ein tapferes Mädchen. Steve, der mich in den Arm nahm und festhielt, bis ich einschlief.

Aber Steve war nicht da, und ich hatte nicht einmal eine Telefonnummer, unter der ich ihn erreichen konnte.

Ich probierte es mit einer Karate-Atemtechnik – die Atmung verlangsamen und die Aufmerksamkeit dabei nach innen richten. Ich versuchte, Schafe zu zählen, aber sie wollten einfach nicht über den Zaun springen.

Blieb nur noch ein Trick übrig. In den Nächten, in denen gar nichts hilft, greife ich zum Scotch. Es war zwar nicht mehr Nacht, sondern sieben Uhr morgens. Aber was war schon dabei, um sieben Uhr morgens Scotch zu trinken; mein Vater tat es rund um die Uhr. Vielleicht tat er es immer noch, falls er überhaupt noch am Leben war.

Ich grub die Flasche aus den Tiefen des Schranks und betrachtete sie. Sie war ein bisschen eingestaubt – der letzte Notfall lag schon eine ganze Weile zurück –, aber sie war mehr voll als leer. Ich setzte sie an, wollte einen Schluck nehmen, überlegte es mir dann aber anders.

Wieder mein Vater.

Dass er sich unter die Brücke gesoffen hatte, hatte mich zwar nicht zur Abstinenzlerin gemacht, aber direkt aus der Flasche zu trinken brachte ich nicht fertig. Noch ein Schritt und du landest in der Gosse, hatte Mina immer gesagt. Guy hatte den Schritt getan.

Ich ging in die Küche und holte mir ein Whiskeyglas. Ich habe nicht viele persönliche Besitztümer, aber ich habe Gläser in jeder Form und Größe. Es hat durchaus sein Gutes, über einem Pub zu wohnen. Ich ließ Eiswürfel in das Glas fallen. Dann goss ich vorsichtig den Scotch ein und sah zu, wie er über das Eis floss. Diesen Vorgang wiederholte ich mehrmals, bis ich schließlich aufs Bett sank. Allerdings machte ich mir nach dem dritten Mal nicht mehr die Mühe mit dem Eis.

Der Scotch roch widerlich, wie das Pub, wenn alle gegangen waren und nur noch die leeren Gläser herumstanden. So geht's dir, wenn du um sieben Uhr morgens einen Drink nimmst. Inzwischen hatte ich noch ein weiteres Problem – der graue Sprühnebel war einer strahlend hellen Sonne gewichen. So würde es jetzt stundenlang bleiben. Aber ich war noch nicht soweit, mich dem Tag zu stellen.

Ich zog den Vorhang zu und knipste die Nachttischlampe an. Dann legte ich eine Astor-Piazzolla-Kassette ein. Mein Computer-Freund Otto meinte, ich sollte endlich auf einen CD-Spieler aufrüsten. Ich entgegnete ihm gewöhnlich, ich würde darüber nachdenken, sobald sich mein Einkommen aufrüstete.

Astor Piazella klang für meine Ohren nach Tango, aber Dolores hatte mir erzählt, die traditionellen Tangomusiker in Buenos Aires hätten gedroht, ihn zu erstechen, als sie ihn zum ersten Mal im Radio hörten.

Wozu all die Geschichten, die ganze Übertreibung? Sie konnte tanzen, das sahen alle. Sie tanzte sogar sehr gut. Hat dir das nicht gereicht, Dolores? Was hast du hinter deinen Geschichten versteckt? Wer warst du wirklich, Dolores-Valerie-Lola?

Ich nahm Astor heraus und legte Dolores' und Ramóns Musik ein. Auf diese Weise fühlte ich mich nicht so allein beim Trinken.

»Sie möchte dich kennen lernen.«

Ich war nicht zu Minas Eröffnungsvorstellung gegangen, weil

sie sich erst wieder in das Ganze einfinden wollte. Bei einem zweiwöchigen Engagement blieb ihr allerdings wohl kaum Zeit, sich in etwas hineinzufinden. Nach der ersten Vorstellung rief ich sie an und fragte, wie es gelaufen war. Sie war so aufgeregt, dass sie kaum sprechen konnte. Das Publikum hatte begeistert applaudiert und gejubelt und Zugaben verlangt. Sie dachte sogar daran, ihren alten Lieblingstanz wieder aufzupeppen, um ihr Repertoire noch etwas zu erweitern. Ich stöhnte innerlich auf. Der Straußentanz war schon schlimm genug, aber die eigene Mutter nackt in der Öffentlichkeit auftreten zu sehen, war noch eine Spur härter – auch wenn sie ein fleischfarbenes Trikot trug. Ich fragte, wie der Club so sei.

»Da gibt es noch eine andere Tanznummer, die solltest du dir unbedingt mal ansehen, ein südamerikanisches Paar, sie tanzen Tango. Großartig, Claudia, einfach phantastisch, dieser Stil! Erinnert mich ein bisschen ans Trocadero. Dolores – so heißt das Mädchen – ist ein großer Star in Übersee, sie hat sogar schon einmal vor Prinz Charles getanzt.

Ich hätte zwar nicht unbedingt dieselben Adjektive benutzt, aber der Club hatte ganz eindeutig Flair. Auf jeden Fall war es besser, als zu Hause rumzuhocken. Meine Mutter hatte Recht, das Publikum liebte sie wirklich, und sie hatte auch Recht, was Dolores und Ramón betraf.

Nach der Show, als sie wieder menschliche Form angenommen hatte, kam meine Mutter zu mir an den Tisch. »Sie möchte dich kennen lernen«, sagte sie stolz. »Dolores möchte dich kennen lernen. In der Garderobe.« Mina war sichtlich beeindruckt. Das Treiben hinter der Bühne besaß offenbar noch größere Faszination für sie als die Auftritte. Die Vorbereitungen der Tänzerinnen, all die durcheinander schwatzenden Mädchen, die sich beim Ankleiden halfen – ich war praktisch aufgewachsen mit den Garderobengeschichten, die meine Mutter erzählte.

»Ah, die berühmte Claudia.« Ich hatte immer geglaubt, drei Wangenküsse seien das Maximum, aber Dolores erstickte mich beinahe. Ihre Haut war warm und schimmernd, sie duftete ganz schwach nach Parfum. Das war aber auch so ziemlich das einzige an ihr, das schwach war. »Setz dich doch. Ramón, hol ihr einen Drink.«

»Hi«, sagte Ramón, als seien wir uns damit vorgestellt worden, »was möchtest du haben?«

Nicht übel, der Junge, dachte ich. Er sah großartig aus, aber das taten eigentlich alle in diesem Laden.

»Ich war bei Bloody Marys und würde gern dabei bleiben.« Ramón schürzte die Lippen, und ich dachte schon, er wollte mich auch küssen, aber er sagte nur ›okay‹ und verließ den Raum.

»Setz dich, setz dich doch«, insistierte Dolores, als wir allein waren. Ich ließ mich auf einem altersschwachen Metallstuhl nieder.

»Deine Mutter hat mir alles über dich erzählt«, sprudelte sie los.

Ich konnte es mir lebhaft vorstellen.

»Privatdetektivin! Das ist so aufregend, was für eine Glitzerwelt, wie bei James Bond.«

»Es gibt ganz nette Augenblicke.« Die Augenblicke waren okay, nur die Stunden machten mir zu schaffen mit ihrer gähnenden Langeweile. »Dein Leben ist doch auch ganz schön aufregend, wie ich gehört habe.«

»Du hast von mir gehört? In Paris, New York oder Tokio kennt mich jedes Kind. Aber ich wusste gar nicht, dass ich auch in Sydney bekannt bin.«

»Meine Mutter hat mir von dir erzählt.«

»Oh«, machte sie. Aber dieser Fingerhut kalten Wassers konnte ihren Elan nicht wirklich dämpfen. »Mina ist süß. Und ein ganz phantastischer Strauß. Wir haben solche Vögel bei uns in Südamerika.«

Sie hatte mich ja wohl kaum herbestellt, um über Vögel zu diskutieren.

»Ich habe einen Job für dich. Bist du frei?«

Ob ich frei war! Seit einem Monat war ich nichts anderes, nicht mal ein langweiliger Versicherungsfall war in Sicht.

»Kommt drauf an, was es ist«, meinte ich cool.

»Sehr leicht und sehr angenehm. Ich möchte, dass du mit mir einkaufen gehst.«

Ich saß da und starrte in meinen dritten Scotch. Einkaufen war bis dahin nicht gerade meine Leidenschaft gewesen. Ich hatte nie verstanden, wie Frauen so viel Zeit damit zubringen können. Aber ich hatte auch nie kapiert, wie die Jungs im Pub stundenlang über Fußball reden können. Letzteres sah ich allerdings mit anderen Augen, als ich erst einmal die Regeln begriffen hatte und einen virtuosen Spieler in Aktion richtig würdigen konnte. Und Dolores war eine Virtuosin. Dolores Delgado war der Mal Meninga des Shopping gewesen.

Ich drehte die Kassette um und hörte die andere Seite. Nach drei Gläsern Scotch sah ich alles Mögliche auf dem Grund des Glases. Die Musik spielte weiter, es war der Soundtrack zu einem glamourösen Film. Die Nummer ›Danzarin‹ ließ ein Bild der letzten Nacht vor meinen Augen erstehen. Ich hatte gerade mit Ramón getanzt und nicht gesehen, was vorgefallen war, aber ich hatte Dolores' Reaktion mitbekommen. »Blöder Kerl«, hörte ich sie sagen. Ramón und ich tanzten zu ihr hinüber.

»Was ist los?«

»Irgendein Idiot hat mich in den Hintern gekniffen«, sagte sie und rieb ihr Hinterteil. Es war nicht das erste Mal, dass so etwas vorkam.

Ramón ließ mich los. »Schluss damit, Dolores. Wir tanzen nicht mehr mit dem Publikum, okay? Dir bringt es doch nur Ärger. Und für mich ist es auch nicht gerade ein Spaß. Nie weiß ich, wann du endlich aufhörst. Immer noch ein Tanz und noch einer und noch einer.«

Dolores zog Ramón mit einem Schwung zu sich herüber, so wie er es zur Eröffnung ihres Auftritts immer mit ihr machte. Ihre Augen flammten Feuer, aber ihre Stimme klang spröde wie Eis. »Sei still. Das hier ist eine Vorstellung, wir sind Schauspieler. Wenn du streiten willst, streiten wir später. Jetzt tanzen wir.«

Meine Augen flitzten durch den Saal, auf der Suche nach einem möglichen Po-Grapscher. Aber ich sah nur Leute, die es sich gutgehen ließen. Wer auch immer es getan hatte, hatte es wahrscheinlich schon längst wieder vergessen.

Es war nicht das erste Mal, dass ich die beiden bei einer Meinungsverschiedenheit erlebte. Wobei Meinungsverschiedenheit noch milde ausgedrückt war. Ramón hatte diesen Teil des Programms noch nie gemocht, aber Dolores meinte, sie habe immer mit ihrem Publikum getanzt. Nichts konnte sie davon abbringen. Normalerweise drehten sich ihre Streitereien immer wieder um dieses Thema, aber es gab Ausnahmen. Eines Abends hatten sie über etwas anderes gestritten. Ich hatte ein paar Wörter verstanden – *mujer*, Frau, und *dinero*, Geld. Als ich ins Zimmer kam, verstummten sie sofort. Wenn es ums Tanzen ging, störte sie meine Anwesenheit nie.

Aus irgendeinem Grund dachte ich, der Boden eines vierten Glases Scotch würde mir mehr offenbaren. Er tat es nicht. Und nach dem fünften sah ich erst gar nicht mehr nach.

Als ich aufwachte, war es beinahe Mittag. Trotz der zugezogenen Vorhänge fühlte ich mich, als hätte ich vierzig Tage und Nächte draußen auf den Nullarbor Plains gelegen. In dieser Zeit schienen ganze Busladungen von Touristen über mich hinweggerollt zu sein. Wie war ich nur auf die Idee verfallen, es würde mir helfen, wenn ich eine Flasche Scotch austrank?

Ich zog die Vorhänge auf und ließ den Tag herein. Es war auszuhalten, nur alles ein bisschen zu weiß. Ich öffnete die Balkontüren. Die Geranien in ihren Töpfen waren sehr rot. Hätte ich einen Wunsch freigehabt, wäre es ein Pool mit klarem, türkisblauem Wasser in irgendeinem Tropenparadies gewesen.

Stattdessen marschierte ich ins Badezimmer und unterzog mich diversen physischen Foltern. Zuerst schrubbte ich mit dem

Luffahandschuh mehrere Schichten Haut ab, dann stellte ich mich unter die Dusche und ließ dampfend heiße Wassernadeln auf mich herunterprasseln. Nach dem abschließenden eiskalten Guss strotzte ich vor Energie.

Doch dieser Wetterwechsel war rein äußerlich. Innen sah's trübe aus. Die Wolken ballten sich mehr und mehr zusammen. Ich empfand Bestürzung, Enttäuschung, Reue, Neugier, alles zugleich. Dolores' Leben war von einem Geheimnis umgeben, und nicht alles daran hatte sie erfunden. Sie war offenbar wirklich in etwas verwickelt gewesen, sie oder Lola oder Valerie. Hatte sie als Drogenkurierin gearbeitet? Als Schmugglerin? Was sollten die drei Pässe? Ich fühlte mich betrogen. Beraubt. Gerade hatte ich angefangen, sie besser kennen zu lernen, und jetzt war sie nicht mehr da.

Auch Menschen, die ein Geheimnis mit sich herumtrugen, starben manchmal eines natürlichen Todes, aber nicht Dolores, da war ich mir ganz sicher. Keine Frau engagiert eine Privatdetektivin, nur um mit ihr einkaufen zu gehen. Am allerwenigsten aber gefielen mir die Umstände, unter denen sie gestorben war. Ein dramatischer Kollaps, na ja. Aber dieses Sabbern, in aller Öffentlichkeit, vor den Augen ihres Publikums? Das hätte Dolores niemals getan, wenn sie wirklich nur einen Herzanfall erlitten hätte. Wäre sie noch am Leben, hätte ich sie jetzt gefragt, warum sie mich wirklich angeheuert hatte. Bei diesem Gedanken grinste ich etwas kläglich – sie hätte mir nie eine klare Antwort gegeben.

Ich kämmte mein nasses Haar aus. Wenn sie noch am Leben wäre … tot konnte sie mir keine Fragen mehr beantworten, aber wenn sie noch lebte … Vielleicht war es ja möglich, sie weiterleben zu lassen. Noch war ihr Tod nicht öffentlich bekannt; auf der Tanzfläche hatte es nur nach einem Zusammenbruch ausgesehen. Bevor ihre Verwandten nicht gefunden waren, würde es kein Begräbnis geben. Die Zeitungen hatten noch nichts berichtet. Die Cops wussten zwar Bescheid, aber der Mörder oder die Mörderin würde wohl kaum bei der Polizei anrufen, um Erkundigungen einzuziehen. Wer auch immer sie umgebracht hatte, würde es möglicherweise erneut probieren, um auf Nummer sicher zu gehen. Nur Cilla und Ramón wussten, dass die Wiederbelebungsversuche der Ambulanz vergeblich gewesen waren.

Vielleicht konnte ich sie tatsächlich weiterleben lassen. Ihre Kleider anziehen, die Dinge tun, die sie tat, so weitermachen, wie sie gelebt hatte. Wenn es mir gelang, ihr Leben besser kennen zu lernen, würde ich vielleicht auch etwas über ihren Tod erfahren. Es wäre nicht ungefährlich, in dieses Leben zu schlüpfen – schließlich hatte es mit Mord geendet. Aber ich hatte die Gefahr noch nie gescheut.

Ich rief im Krankenhaus und bei der Polizei an. Sie erinnerten sich an mich. Niemand hatte nach Dolores gefragt, und selbst wenn, hätte er keine Auskunft erhalten. Bei Todesfällen wurden keine telefonischen Auskünfte gegeben. Gut. Diese Informationslöcher schienen gestopft.

»Dolores hatte einen Kollaps aufgrund nervöser Erschöpfung und hat sich ein paar Tage freigenommen«, erklärte ich Cilla. Verständlicherweise war sie anfangs nicht gerade begeistert von einer solchen Mammutlüge. Allerdings schien ihr Dilemma weniger ein moralisches zu sein – sie wollte ganz einfach keinen Ärger im Club. »Es wäre auch nicht gut fürs Geschäft, wenn die Cops hier regelmäßig rumhängen, und das werden sie, wenn ich ihnen aushändige, was ich im Hotelzimmer gefunden habe«, bemerkte ich und zeigte ihr die falschen Pässe. »Oh«, sagte sie. Danach stellte sie nur noch ein paar Fragen. Ich sagte, dass ich ihre Kooperation zu schätzen wüsste, dass Dolores' Herzversagen meiner Ansicht nach nicht auf natürliche Ursachen zurückzuführen sei und dass ich Nachforschungen über ihren Tod anstellte. Diese Nachforschungen konnte ich in aller Stille durchführen oder ein großes Tamtam darum machen. Ersteres war ihr lieber.

Der Club war die beiden folgenden Tage ohnehin geschlossen, es ging also nur darum, Dolores' freie Tage ein wenig zu verlängern, argumentierte ich.

»Was ist mit Ramón, hast du ihn schon eingeweiht?«, fragte sie.

»Noch nicht. Hast du seine Telefonnummer?« Ich glaubte

nicht, dass Ramón sich querstellen würde. Meinem Eindruck nach würde auch er einer unauffälligen Ermittlung den Vorzug geben.

»Ich sehe ihn heute. Wenn du willst, erzähle ich es ihm.«

Das war mir sehr recht. Wahrscheinlich würde der Plan besser klingen, wenn Cilla ihn unterbreitete.

In der Zwischenzeit würde ich schon einmal anfangen. Erschöpfungskrise hin oder her, wenn Dolores frei hatte, ging sie grundsätzlich einkaufen.

Regel Nummer eins: die dem Anlass entsprechende Garderobe. »Zieh zum Einkaufen das Beste an, was du hast. Der äußere Eindruck ist das Wichtigste. Wenn du fade Klamotten trägst, werden sie dir auch fade Klamotten andrehen wollen.«

Ich zwängte mich in einen schwarzen Minirock, der mir knapp über die Hüften reichte, und einen schwarzen Spitzenunterrock. Als ich die schwarzen Boots herauskramte, kam mir eine bessere Idee. Die schenkelhohen Stiefel aus Krokoimitat. Dolores hatte sich nicht davon abbringen lassen, sie mir zu kaufen. Sie waren eigentlich nicht mein Stil, aber in der Oxford Street würden sie ihre Wirkung nicht verfehlen. Ich gab mir so viel Mühe mit meiner Erscheinung, als ginge es um ein Bewerbungsgespräch oder einen Vorsprechtermin als Schauspielerin. Zum Schluss klatschte ich mir noch jede Menge Make-up ins Gesicht, dass ich mich selbst nicht mehr erkannte. Ich zog Dolores' Jacke an und schaute in den Spiegel. Großartig

Nur ein Detail war falsch – das allerdings war nicht zu übersehen: mein flammend rotes Haar.

Ich zog alles wieder aus und schlüpfte in die Klamotten, die ich beim Einkaufen in Darling Street zu tragen pflegte.

»Morgen, Jack«, rief ich beim Rausgehen.

»Du siehst beträchtlich munterer aus als vor ein paar Stunden. Im übrigen ist es Nachmittag.«

Ich sah auf die Uhr. »Gerade erst.«

In Balmain gab es mehrere Drogerien, die größte war Soul Pattison. Ich ging hinein.

Regel Nummer Zwei: »Schau dir erst alles an und vergleiche.« Da ich an diesen Sachen nie interessiert gewesen war, hatte ich keine Ahnung, welch unermessliche Auswahl an Haarfarben es gab. Allein Schwarz war in sieben unterschiedlichen Schattierungen vertreten. Und nicht nur das, zu allem Überfluss trugen die gleichen Farbtöne bei den verschiedenen Firmen auch noch unterschiedliche Namen. Diese Entscheidung würde mich Stunden kosten.

Regel Nummer Drei: »Wenn du alles gesehen hast, entscheide dich. Geh niemals mit leeren Händen nach Hause.« Ich entschied mich für ›Rabenschwarz‹.

Zurück in meiner Wohnung studierte ich die Gebrauchsanweisung, zog die Plastikhandschuhe an, die zu der Packung gehörten, und verteilte die schwarze Paste in meinem Haar. Während der zwanzig bis vierzig Minuten, die das Ganze einwirken musste, rief ich noch mal Cilla an und fragte, ob ich vorbeikommen und ein paar von Dolores' Sachen abholen könne. Sie meinte, sie würde morgen Nachmittag dasein, da könnte ich kommen.

Dann griff ich in die Taschen von Dolores' Jacke und holte ihre Plastikkarten heraus. Außer der Karte für das Hotelzimmer waren mehrere Kreditkarten dabei. Wenn ich als Dolores einkaufen gehen wollte, musste ich üben, ihre Unterschrift zu fälschen.

Amex, Visa und noch eine. Auf der stand Dolores' Name und der einer Gesellschaft: Royal Dolphin Enterprises. Bis auf den kurzen Blick vergangene Nacht, als ich die Karte für ihr Hotelzimmer suchte, hatte ich ihre Kreditkarten nie zu Gesicht bekommen. Sie hatte sie wie einen Schatz gehütet, als könnte sie sich ohne sie – wie bei ›Cinderella‹ – unversehens in einen Kürbis verwandeln. Jetzt konnte ich sie betrachten, so lange ich Lust hatte.

Ich holte mir das Telefonbuch. Royal Dolphin Enterprises hatten eine 008-Nummer. Ich wählte. »Royal Dolphin Enterprises, Melissa am Apparat.« Ich fragte nach Dolores Delgado. Melissa bat mich, den Namen zu wiederholen. Ich tat es. Sie teilte mir mit, dass bei ihnen keine Dolores Delgado arbeitete. Ich fragte nach der Adresse der Gesellschaft. Sie nannte mir eine Adresse an der Goldküste. Ich fragte, ob sie ein Büro in Sydney hätten. Da fing sie an, ihrerseits Fragen zu stellen. Ich legte auf.

Ich spülte eine Haarsträhne zur Probe aus. Sah mir nicht nach ›Rabe‹ aus, eher nach Rost, aber es war definitiv dunkler als meine Originalfarbe. Noch mal zwanzig Minuten müssten genügen.

Amex und Visa sind sehr verbreitet, fast jeder hatte sie. Aber auf der dritten Karte stand Dolores' Name, obwohl sie dort nicht bekannt war. Wie war sie an diese Karte gekommen? Vielleicht noch eine falsche Identität?

Ich ließ mich mit der Karte und einer Lupe vor meinem niedrigen Lacktischchen nieder. Leicht amüsiert stellte ich fest, dass ich mir mit der Lupe in der Hand wie Sherlock Holmes vorkam. Ich gebrauchte sie zum ersten Mal. Sie hatte meiner Großmutter gehört, die sie zum Lesen benutzt hatte, immer in der Hoffnung, dass ihre Augen wieder besser würden und sie nicht ständig eine Brille tragen müsste.

Ich holte einen großen Bogen Zeichenpapier, das ich für die Besuche der Kinder immer dahabe. Diese Ferien würden sie keines brauchen, rief ich mir ins Gedächtnis. Dann nahm ich einen Stift und begann, Dolores' Unterschrift zu üben. Vielleicht war es ganz gut, dass die Kinder nicht da waren, ich gab momentan wohl kein besonders gutes Vorbild ab. Zuerst schrieb ich größer, als der Schriftzug auf der Vorlage war. Das ging flüssiger. Ich zog Dolores' Lederjacke an, legte Tangomusik auf und übte weiter. Ich musste ein Gefühl dafür bekommen. Schließlich probierte ich es ohne hinzusehen. Ich stand auf, ging ein paar Mal auf und ab, setzte mich wieder hin und versuchte es noch mal.

Der Wecker schrillte. Die zwanzig Minuten waren um. Ich prüfte eine andere Haarsträhne.

Perfekt. Rabenschwarz.

Ich spülte das Haar aus und wusch es mit dem Shampoo nach, das ebenfalls in der Packung lag. Als das Haar fast trocken war, frisierte ich es so, wie ich es bei Dolores gesehen hatte. Es dauerte ein Weilchen, bis es wie unfrisiert aussah.

Dann zog ich die Kleider wieder an und frischte das Makeup auf. Ich steckte die Karte von Royal Dolphin Enterprises ein. Fertig.

Ich begutachtete mich im Spiegel. Spitze. Dolores wäre stolz auf mich gewesen. Jetzt musste ich nur noch aus Balmain rauskommen, ohne dass mich Bekannte sahen. Hoffentlich begegnete ich niemandem. Für Dolores war mein Aussehen in Ordnung, aber ich wollte lieber tot umfallen, als in schenkelhohen Imitat-Krokostiefeln gesehen zu werden.

In der anderen Jackentasche steckte ihre Sonnenbrille. Dolores trug sie praktisch rund um die Uhr, nur beim Tanzen nicht. Es war diegleiche wie die von Madonna. Bei einem unserer Einkaufsbummel hatten wir im Schaufenster eines Plattenladens ein Poster von Madonna gesehen. Dolores war stehen geblieben und hatte mir die Hand auf den Arm gelegt. Beifällig hatte sie das Bild gemustert. »Als Tänzerin nicht gerade 'ne Wucht, und ihre Stimme ist auch nichts Besonderes, aber sie hat Stil! Madonna hat sich selbst erschaffen.« Dann zog sie mich zu sich heran und flüsterte mir anzüglich ins Ohr: »Aber was für ein unartiges Mädchen sie ist! Du weißt doch, was ich meine?« Ihr warmer Atem hatte meine Wange gestreift – es war nicht unangenehm gewesen. »Ich bin ihr mal begegnet. In New York. Weißt du, was mir an Madonna am besten gefällt? Die Achseln. Wunderschöne Achseln. Sanft wie Avocados, und dann dieser kleine Armmuskel. Sie macht viel Aerobic und lebt praktisch von Reiskeksen. Ich für mein Teil bevorzuge Pizza.« Sie warf noch einen kurzen Blick auf das Poster und überlegte, eine Hand auf der Hüfte, die andere am Kinn. »Die Augenbrauen sind misslungen«, stellte sie fest. »Zu stark betont.« Dolores' Augenbrauen bildeten feine dunkle Bögen. Jedes einzelne Härchen so sorgfältig nachgezeichnet wie auf einem Kupferstich.

Ich ging zum Taxistand in Darling Street. Es drehten sich nicht einmal allzu viele Köpfe nach mir um. Normalerweise nahm ich den Bus, wenn ich in die Stadt wollte. Erstens war es nicht weit, zweitens ging es in der Hauptverkehrszeit mit dem Bus genauso schnell wie mit dem Auto, und drittens ersparte es Parkplatzprobleme. Ich habe nichts gegen öffentliche Verkehrsmittel. Im Bus habe ich Zeit nachzudenken, und fast immer steigt irgendwo ein kurioser Typ zu, der sich meistens den Platz neben mir aussucht, und das Ganze kurzweilig macht.

Drei Taxen warteten. Die Fahrer lasen Zeitung oder sie aßen irgendetwas. Ich stieg in die erste und nannte dem Fahrer mein Ziel: Darlinghurst.

Er faltete die Zeitung zusammen. »Wieder ein Konkurs«, kommentierte er, als wir vor der einzigen Verkehrsampel in Balmain hielten.

»Ja«, sagte ich.

»Die Rezession nimmt einfach kein Ende. Aber das Wetter ist prima, was?«

Ich sagte wieder nur ja, in dem Versuch, ihm keinen Anlass zu weiteren Bemerkungen zu geben. Er war sicher ein netter Kerl, aber ich war nicht zum Plaudern aufgelegt. Meiner Ansicht nach sollte in Taxis neben dem Schild ›Bitte nicht rauchen‹ eins mit ›Bitte nicht sprechen‹ angebracht werden.

Es war ein heller, sonniger Tag. Dass wir Winter hatten, war nur mit Blick auf den Kalender zu merken. Darling Harbour schimmerte im Sonnenlicht. Ein sanfter Westwind blies die ganze Dreckluft aufs offene Meer hinaus. Es würde zwar alles irgendwann zurückkommen, aber an Tagen wie heute schien unsere alte Mutter Erde nicht der schlechteste Platz zum Leben. Ich fühlte mich so gut, dass ich darüber fast das Unnatürliche an diesem Wetter vergaß. Die Meteorologen meinten, es läge an *El Nino*, einem Wetter-Phänomen aus Südamerika, aber alle wussten, dass es am Ozonloch lag, an dem wir selbst schuld waren. Noch eine bedrohte Spezies – der *homo sapiens*, leider nicht ganz so *sapiens*, wie wir uns gern weismachen wollten. Früher waren die Winter in Sydney kalt und nass. Jetzt regnete es den ganzen Sommer lang und war im Winter schön. Es war einfach nicht normal. Irgendetwas passierte auf der Welt, mit der Welt. An meinen Topfpflanzen auf dem Balkon zeigten sich schon jetzt dicke Frühlingsknospen, ja ich hatte sogar schon eine Schmeißfliege gesichtet. Im Juni. In Sydney. Selbst die Küchenschaben, diese unverwüstlichen Geschöpfe, denen die Zukunft gehört, fingen wieder an, uns zu plagen.

»Glauben Sie, dass es regnen wird?«, fragte der Taxifahrer. Der Himmel war wolkenlos.

Sei höflich, Claudia, er versucht bloß, Konversation zu machen, es dauert nicht mehr lange, bis wir da sind. »Irgendwann sicher. Im Sommer.«

Er blieb beim Wetter. Den ganzen Weg durchs Stadtzentrum und die Liverpool Street hinauf. Er quatschte noch immer und ich brummte ja und nein dazwischen, als die Leuchtreklamen am Whitlam Square auftauchten. Wir waren fast da. Ich konnte aussteigen.

Nein, konnte ich nicht. Wenn ich Dolores war, kam ich nicht von meiner Wohnung, sondern aus ihrem Hotel. Ich ließ mich in der Straße hinter dem Hotel Royale absetzen. Dann ging ich außenrum zum Haupteingang, wo ich so auffällig wie möglich nach einem Taxi Ausschau hielt. Hier in Kings Cross kam alle naselang eins vorbei. Ich musste nicht lange warten.

Oxford Street vibrierte vor Leben – hauchdünne schwarze Strümpfe, vielfach durchstochene Ohrläppchen, käsige Gesichter und ungewaschene Haare. Autofahrer taxierten mich, manche lehnten sich aus dem Fenster und riefen etwas, ein Wagen fuhr sogar eine Weile langsam neben mir her. Ich habe zwar nichts mit derartigen Blicken und Kommentaren am Hut, aber in diesem speziellen Fall war ich hochzufrieden. Es wirkte – Dolores löste die üblichen Reaktionen aus.

Ich betrat eine Boutique, vorbei an einer Flucht von Schaufenstern. Weicher Teppichboden dämpfte den Straßenlärm, als wollten sie hören, wie du dein Geld ausgibst. Die Farbe des Bodens war ein helles Taubengrau. Ganz Sydney schien mit taubengrauem Teppichboden gepflastert. Es war die Teppichbodenfarbe der achtziger Jahre, aber sie hatte sich bis in die Neunziger gehalten. Die Rezession. Ein neuer Teppichboden war das Letzte, wofür die Leute Geld ausgaben. Ich hoffte, dass ich beim Geldausgeben keine Schuldgefühle haben würde, denn genau dazu war ich hergekommen.

Die Wände waren graublau, etwas Chrom, aber nicht zu viel.

Überall Ständer mit den üblichen Klamotten, viel Schwarz. Aber ich war schon einmal mit Dolores hier gewesen und wusste, wo die Schätze versteckt waren. Oben.

Die Treppe ins Paradies machte eine Biegung, wie um die Verheißung noch zu steigern, und auf dem Absatz stand eine Schaufensterpuppe in trägerlosem Kleid mit eng anliegendem Oberteil und einem Rock, in dem wahrscheinlich das gesamte Bruttosozialprodukt eines Entwicklungslandes steckte. Das Oberteil war aus rotem Brokat, ebenso die über die Ellbogen reichenden Handschuhe. Der Rock bestand aus unzähligen Lagen roten und schwarzen Tülls. Es war wie für Dolores gemacht. Dabei war das erst der Eingang. Ich schritt weiter die Treppe empor, begleitet von zarten Sommerwolken auf blauem Untergrund.

Die letzte Stufe, und ich befand mich im Kleiderhimmel. Die Wattewölkchen und der taubengraue Teppichboden folgten mir. In die Decke waren Spots eingelassen, die sanftes, indirektes Licht spendeten. Eine Seite der Umkleidekabinen bestand jeweils aus einem deckenhohen, halbrunden Spiegel mit weißem Stuckrahmen in griechischem Stil. Das gesamte Interieur war darauf abgestimmt, der Kundin das Gefühl zu geben, nichts sei für sie zu kostbar. Als ich die Preisschilder sah, verstand ich, warum.

Die Kleider waren der Farbe nach geordnet. Alle Farben bis auf Hellgelb waren vertreten, aber es gab genügend Gold, um diesen Mangel wieder wettzumachen. Hier waren alle großen Namen versammelt. Unmengen von trägerlosen Gewändern mit Quadratkilometer von Stoff schluckenden Röcken. Brokat, Samt, Seide, Taft. Luxus pur. Magentarot, Indigo, Mitternachtsblau. Bunter und vielfältiger als der Luxuskasten Faber-Castell-Buntstifte.

Niemand sonst war hier, nur ich und Dolores' Kreditkarte. Wir zwei strichen durch den Raum, sogen den Anblick in uns hinein. Es schien Stunden zu dauern, bis mir bewusst wurde, dass jemand leise auf mich einredete. Ich riss mich von dem Farbenrausch los und sah mich einer Verkäuferin gegenüber, die besser in ein Laura-Ashley-Geschäft gepasst hätte. Ich hatte sie hier noch nicht gesehen – zum Glück, denn das bedeutete, dass sie mich ebenfalls nicht kannte. Sie war sanft und pastellfarben, ohne das kleinste Fältchen im Gesicht. Das muss von der Arbeit an Orten kommen, wo das einzige Geräusch das der Kreditkarten-Buchung ist.

»Wir haben gerade einen … Sonderverkauf«, flüsterte sie, als sei es ein schmutziges Wort. »Achten Sie nicht auf die Preise, suchen Sie ganz einfach das Kleid aus, das Sie wirklich, wirklich haben wollen.« Sie atmete aus. »Wenn Sie eines gefunden haben, wenn Sie sich in eines wirklich rettungslos verliebt haben, dann sagen Sie es mir, und wir sehen, was sich machen lässt. Wir werden uns schon einigen.« Sie war irgendwie in Gang gekommen – der letzte Satz kam ihr nicht annähernd so schwer über die Lippen wie das Wort ›Sonderverkauf‹. »Wir könnten zum Beispiel ein Paar Handschuhe dazugeben, oder Sie bezahlen in bar und dafür etwas weniger.«

»Stell ihr Fragen, rede auf sie ein, nerv sie, lass sie nicht auf den Gedanken kommen, sie könne dir etwas andrehen, halte sie hin, zögere es auf jede nur denkbare Art hinaus!« Dolores schien über meiner linken Schulter zu schweben. Aber ich hatte mich bereits entschieden. Ich verzichtete auf das Vorspiel.

»Das Kleid, das die Puppe trägt.«

»Oh«, sagte sie, »ich weiß nicht, ob das auch im Sonderverkauf ist. Einen Augenblick bitte.« Sie glitt die Stufen hinunter, um sich mit einem unsichtbaren Entscheidungsbevollmächtigten zu beraten. Tut mir Leid, Dolores, ich konnte nicht anders. Aber zumindest hatte die Wahl des Kleides die Transaktion ein wenig in die Länge gezogen.

Als sie zurückkam, konnte ich die Antwort schon ihrem Lächeln entnehmen. Allerdings gab es noch ein kleines Problem. Das Modell an der Puppe war das letzte, es gab das Kleid nur noch in dieser Größe. »Wenn es nicht passt, können wir es ändern«, säuselte Miss Pastell. Sie sah mich von oben bis unten an. »Es sieht aber ganz nach Ihrer Größe aus. Vielleicht haben Sie Glück.« Sie lächelte ihr Laura-Ashley-Lächeln, sorgfältig darauf bedacht, keine Augenfältchen zu riskieren. Ihr Optimismus war ansteckend, und ich überlegte kurz, ob ich das Kleid einfach kaufen sollte, ohne es anzuprobieren, vor allem, da ich ja nicht mein eigenes Geld ausgab. Aber dann hielt ich es doch für besser, das Verfahren ordnungsgemäß abzuwickeln. Keine Frau kauft ein teures Kleid direkt von der Schaufensterpuppe. Und dieses hier war so teuer, dass es nicht einmal ein Preisschild hatte.

Die Verkäuferin zog den Reißverschluss auf und schälte die Puppe aus dem Gewand. Sie vergaß auch die Handschuhe nicht. Dann trug sie es sorgsam herüber und überreichte es mir, als sei es ein Hochzeitskleid. Allerdings hatte ich bei meiner Hochzeit nichts Derartiges getragen. Ich glaube mich zu erinnern, dass ich Blumen im Haar hatte, das war alles. Sie stammten aus dem Hyde Park, wo wir nach dem Standesamt hingegangen waren und uns betrunken hatten.

Das Kleid sah umwerfend aus. Vor allem, wenn ich einatmete. Ich erkannte mich kaum wieder. »Ich nehme es«, sagte ich.

Laura Ashley lächelte schon wieder. »Zahlen Sie bar oder mit Karte?«, säuselte sie.

Das war der Augenblick der Entscheidung. Zwischen mir und dem Kleid stand nur noch Dolores' Unterschrift. Jetzt war ich so weit gegangen, ich konnte nicht mehr zurück. Mit Fünfhundert-Dollar-Limit ins Tal des Todes.

»Mit Karte«, sagte ich.

»Es kostet zweitausendsiebenhundert Dollar«, hauchte sie fast noch leiser. »Wenn Sie sich wirklich unsterblich in dieses Kleid verliebt haben, können wir Ihnen die Handschuhe dazugeben.«

»Ich liebe es, ich liebe es wirklich«, versicherte ich ihr.

Ich zog den Reißverschluss auf und stieg vorsichtig heraus. Mir war schleierhaft, wie sie es einpacken wollte. Meiner Ansicht nach passte es in keine normalgroße Plastiktüte. Aber Verkäuferinnen haben da wohl ihre eigenen Tricks. Als ich aus der Umkleidekabine trat, stand eine große, extrastarke Plastiktüte auf dem Ladentisch. Wunderbarerweise hatte sie den Rock auf handhabbare Größe zusammengefaltet, und solange die Tüte nicht riss, würde er sich auch nicht urplötzlich zu seiner vollen Pracht entfalten.

Ich gab ihr Dolores' Karte. »Einen Augenblick, bitte«, flüsterte sie. Zweitausendsiebenhundert Dollar waren kein Pappenstiel. Diskret erledigte sie den Anruf bei der Kreditkartengesellschaft. Offenbar war alles in Ordnung. Sie steckte die Karte in das Gerät. Dann reichte sie mir einen Stift. Ich unterschrieb in einem Zug. Sie verglich die Unterschrift rasch mit der auf der Karte und reichte mir die Tragetasche. Mission erfüllt.

Ich, meine Karte und das Kleid schwebten die Treppe hinab.

Oxford Street war noch immer ebenso unfreundlich, ebenso klebrig, aber es scherte mich nicht mehr. Ich hatte Dolores wieder zum Leben erweckt, tat das, worin sie die Größte war – einkaufen. Das Geld der Gesellschaft ausgeben. Und das Beste daran war, ich hatte ein Wahnsinnskleid. Aber da war noch etwas. Ich hatte es getan. Ich hatte den Betrug durchgezogen, und es hatte geklappt. Und ich fühlte mich kein bisschen schuldig. Ganz im Gegenteil, ich fühlte mich phantastisch. Ich hatte *carte blanche*, konnte tun, was ich wollte.

Es war mir egal, ob mir die Autos die Straße entlang folgten, egal, ob die Fahrer sich hinauslehnten und schwachsinnige Kommentare von sich gaben. Ich schwebte die Oxford Street Richtung Crown hinunter. Die grüne Ampel schimmerte in lieblichem Licht. Sogar die Ampeln sind auf meiner Seite, dachte ich, und schwebte weiter.

Ich war schon halb über die Straße, als ich plötzlich unsanft auf die Erde zurückgeholt wurde. »Aufpassen!«, schrie jemand. Ich fuhr herum. Mein Gott! Unmittelbar vor mir sah ich den Kühler eines grauen Celica. Im allerletzten Moment warf ich mich zur Seite.

Die Straße roch kalt und steinig. Ein grauhaariger Mann mit Bartstoppeln im Gesicht half mir auf. Mein Vater hatte jetzt wohl auch graues Haar. Wenn er noch lebte.

»Alles in Ordnung?« Er roch nach schalem Wein. Ich wusste nicht, wer mehr zitterte, er oder ich.

»Ja, danke«, japste ich.

»Setzen Sie sich hier hin, bis Sie wieder zu Atem gekommen sind.« Er setzte mich auf den Bürgersteig. »Hier ist Ihr Einkauf«, sagte er und gab mir die Plastiktüte. Ich starrte sie an. Sie war geplatzt, schwarze und rote Tüllschichten quollen heraus. Der zarte Stoff war zerrissen. War das Gottes Strafe dafür, dass ich Dolores' Unterschrift gefälscht hatte?

»So ein Halbirrer«, sagte der Mann zu der kleinen Menschenschar, die sich um uns gesammelt hatte. »Ist einfach bei Rot über die Ampel gefahren.«

Ich sah auf. »Haben Sie sich die Nummer gemerkt?«

»Leider nein, es ging alles so schnell. Es war ein graues Auto, das ist alles, was ich gesehen habe.«

Ich stand auf und klopfte mir den Straßenstaub ab. Meine Strümpfe hatten Löcher an den Knien. In Darlinghurst liefen eine ganze Menge Leute so herum, aber bei mir war es keine Absicht. »Hat irgendwer sich die Nummer merken können oder den Fahrer gesehen?«, fragte ich ohne große Hoffnung.

Nichts. Ich hatte auch nicht damit gerechnet. Ich war dankbar, dass ich noch lebte.

Carols roter Subaru parkte vor dem Pub. Carol saß darin und las etwas, das nach Bericht aussah.

Ich beugte mich herunter und klopfte an die Scheibe. Sie sah befremdet auf. »Ja bitte?«

»Carol, ich bin's.«

»Claudia? Bist das wirklich du hinter all dem Kleister? Und was ist mit deinem Haar los? Es ist schwarz!«

Sie legte ihren Lesestoff beiseite, stieg aus und nahm mich näher in Augenschein. »Die Tänzerin«, sagte sie verblüfft, »du verkleidest dich als diese Tänzerin. Wenn das kein Zufall ist! Ich bin nämlich extra hergekommen, um dir ein paar Neuigkeiten über sie zu erzählen. Ich bin im Leichenschauhaus gewesen.«

»Ach!«

»Ja. Sehr aufschlussreich. Ich hätte anrufen und es dir am Telefon sagen können, aber dann hätte ich nicht dein Gesicht gesehen. Wo bleiben übrigens deine Manieren? Willst du mich nicht zu einem Drink einladen?«

Wir gingen ins Pub. »Ich dachte, du hättest kein Interesse an Dolores?«

»Ganz richtig, hatte ich auch nicht. Ich war wegen einer anderen Sache da. Aber lass uns erstmal bestellen.« Sie brannte ganz offensichtlich darauf, ihre Neuigkeiten loszuwerden, aber sie würde sie mir nicht einfach so präsentieren, sondern erst ein Weilchen damit vor meiner Nase rumwedeln. Wenn es ihr Spaß machte – mir sollte es recht sein. Ich war gespannt, aber ich konnte warten. Ich hatte genügend nachzudenken, zum Beispiel über graue Celicas, die rote Ampeln missachteten, um mich zu überfahren. Dolores zu überfahren.

Ich fing Jacks Blick ein. »VB und ein trockener Martini«, sagte ich. Er kam zu uns herüber. »Ich erkenne die Stimme, aber nicht das Haar. Was ist aus dem Rotschopf geworden, der oben wohnte?«

»Sie ist in Urlaub.«

»Undercover, hm?«, sagte er leise.

»So ähnlich.«

Er schüttelte den Kopf und ging die Drinks holen.

Carol nippte mit Kennerinnenmine an ihrem Martini, bevor sie ihr Lob kundtat. Es hatte Jack viele Gänge und einige Beschwerden von Carol gekostet, aber jetzt wusste er, wie er dem Martini jenen Grad von Trockenheit verleihen konnte, den Carol schätzte. Und nie vergaß er die Olive. Nicht, dass er auf Carols Zufriedenheit angewiesen war. Sie war bestimmt nicht die Stammkundin, die den Laden am Laufen hielt.

»Sind wir einkaufen gewesen?«, fragte sie jetzt und beäugte die aufgeplatzte Tüte, aus der das Kleid herausquoll.

»Ich ja. Bei dir weiß ich's nicht.«

»Sie ist tot, Claudia, du brauchst nicht damit weiterzumachen.«

»Vielleicht will ich ja gar nicht aufhören; vielleicht habe ich Geschmack daran gefunden.«

»Dann kann ich nur hoffen, dass diese Puppenphase bald wieder vorüber ist.«

»Bin ich eine Puppe, nur weil ich einkaufen gehe? Du bist wohl mit fliegenden Fahnen zur breiten Masse übergelaufen! Hast du eigentlich schon mal darüber nachgedacht, warum Einkaufen als trivial gilt? Weil Frauen es tun, genau wie die Hausarbeit. Genauer betrachtet kaufen aber keineswegs nur Frauen ein, sondern auch Männer. Sie ziehen aus und erbeuten kleine und große Kostbarkeiten, die sie dann beglückt nach Hause tragen. Das Britische Museum ist bis unters Dach voll gestopft mit der Einkaufsbeute von Männern. Nur dass sie nicht dafür bezahlen.«

»Schon gut, schon gut, überzeugt«, grummelte sie. »Willst du gar nicht hören, was ich Neues habe?«, wechselte sie das Thema, endlich bereit, mich einzuweihen.

»Ich platze vor Neugier.«

»Dolores hat eine richtige kleine Sensation im Leichenschauhaus verursacht. Sie ist das Tagesgespräch.«

»Ich höre.«

»Dich interessiert zunächst wahrscheinlich vor allem, wie deine Freundin gestorben ist«, sagte sie und nahm einen Schluck von ihrem Martini. »Die Todesursache war Herzinfarkt.«

»Das hätte ich dir auch so sagen können.«

»Lass mich doch ausreden. Die Leute von der Gerichtsmedizin sind nicht ganz zufrieden, sie schicken noch Proben an das Labor in Lidcombe.«

»An das Labor in Lidcombe?«

»Dort sind sie spezialisiert auf Analyse und Diagnostik. Sie analysieren Gifte. Unter anderem.«

Das kam nicht ganz überraschend für mich.

»Aber das ist nicht der Grund für die Sensation. Genau genommen ist es höchst amüsant, dass du dich als Dolores verkleidest, denn das hat sie oder vielmehr er auch getan.«

»Er?«

»Dolores Delgado war transsexuell.«

Ich war sprachlos. Sogar tot war Dolores immer noch für Überraschungen gut. Ich konnte es einfach nicht glauben. Die

Täuschung war perfekt. Ich war bestürzt, enttäuscht. Ich hatte mich hoffnungslos hinters Licht führen lassen. All die kleinen Lügen, sie waren so offensichtlich gewesen. Und trotzdem hatte Dolores gesiegt. Die Wahrheit, ihr eigentliches Wesen, blieb verborgen. Die Camouflage hatte funktioniert. »Sie hatte keine Eierstöcke, und da waren ... Veränderungen, Operationen«, hörte ich Carol sagen. Bis jetzt, bis der Körper, der so sorgfältig zusammengesetzt worden war, auseinandergenommen wurde.

Carol lächelte befriedigt. Mein Gesichtsausdruck war den Aufwand offensichtlich wert gewesen.

Jetzt, im Rückblick, versuchte ich verstört, die Puzzleteile zusammenzusetzen, aber es gelang mir nicht ganz. Die dünnen Narben, die kleinen runden Brüste, die Sorgfalt, die sie auf ihr Aussehen verwandte, das Make-up, das so betont Weibliche. Das Einkaufen.

Dass nicht alles zueinanderpasste, lag daran, dass ich versuchte, Dolores in ein Stereotyp zu pressen, eine Drag Queen aus ihr zu machen, deren Manieriertheiten zur Parodie einer Frau gerieten – die Kleider, das Make-up, die falschen Wimpern, der ganze Pomp. Ich dachte eher an einen Transvestiten als an einen Transsexuellen. Aber Dolores' Geschlecht war keine Karikatur, es war sie selbst. Sie war zufällig in den falschen Körper hineingeboren worden, und das hatte sie korrigiert. Wie sie mir mehr als einmal gesagt hatte: Sie hatte sich selbst erschaffen. Es spielte keine Rolle, dass sie keine Eierstöcke hatte, spielte keine Rolle, dass ihr Körper, wie Carol es formuliert hatte, verändert worden war – Dolores war Dolores.

Ich hoffte nur, dass die Angestellten im Leichenschauhaus nicht allzu viele grobe Scherze gemacht hatten, als sie ihren Körper aufschnitten. *Dass* sie Scherze machten, wusste ich. Sie taten es aus demselben Grund, aus dem die Chirurgen im Operationssaal Witze reißen – um Distanz halten zu können. Es ist nicht normal, täglich den Tod so unverhüllt vor Augen zu haben. Es erinnert dich daran, dass du eines Tages selbst auf diesem Tisch liegen wirst. Ich wollte nicht genauer darüber nachdenken. Der aufgeschnittene Körper, auseinandergenommen, stückweise seziert, als sei sie keine Person mehr, nur noch eine Sammlung von Körperteilen.

Ich schaute auf das, was Dolores gehört hatte: die Sonnenbrille, die Lederjacke, die Carmen-Miranda-Kluft, die ich gekauft hatte. Auch das waren Teile von Dolores, Teile der Person, die sie entworfen, Teile des Bildes, das sie geschaffen hatte. Jetzt brauchte sie das alles nicht mehr, weder die Kleider noch den Körper. Ich sah geradezu vor mir, wie ihr Geist im Obduktionsraum schwebte, während der Körper, den sie ganz allein für sich gemacht hatte, aufgeschnitten wurde, und wie sie auf den Gesichtsausdruck der Pathologen lauerte, wenn diese entdeckten, welche Teile ergänzt und welche entfernt worden waren. »Na los, ihr Trottel«, hörte ich sie sagen, »hier erwartet euch eine kleine Überraschung.« Sie mochten Witze über sie reißen, aber Dolores würde zuletzt lachen.

Die große Neuigkeit hatte zwar alles andere in den Hintergrund treten lassen, aber Carol war professionell genug, um sich auch an die langweiligeren Einzelheiten der Obduktion zu erinnern, und unprofessionell genug, sie mir zu erzählen.

An Hüften und Po – möglicherweise der Eintrittsstelle für das Gift, wenn sie wirklich auf Gift stoßen würden – waren Einstichstellen gefunden worden, die von Hormoninjektionen herrühren konnten. An diesen Stellen jedenfalls hätte Dolores sich Hormone gespritzt, nie an sichtbaren Stellen wie zum Beispiel in den Armbeugen. Carol fing an, die Alternativen aufzuzählen. »Es hätte ein Unfall sein können, eine Überdosis Hormone.«

»Ist das denn möglich?«

»Mit Steroiden auf jeden Fall«, überlegte sie, »sie wirken auf den Herzmuskel. Erinnerst du dich an diesen Fußballer in Cootamunra vor ein paar Jahren?«

Die Einstichstellen brauchten aber auch gar nichts zu bedeuten. Das Gift hätte ihr auch anders verabreicht werden können, etwa im Essen oder Trinken. Der Magenbitter zum Beispiel wäre die perfekte Tarnung gewesen. Sie hatte immer gesagt, dass ihr davon Haare auf der Brust wüchsen. Welche Ironie, wo sie gleichzeitig Hormone spritzen musste, um ebendiesen Haarwuchs zu unterdrücken. Der Angostura schmecke zwar scheußlich, aber er halte sie wach, sei gut für die Vorführung, sagte sie. Er schmeckte schon an sich scheußlich – einen oder zwei Tropfen Gift darin hätte sie überhaupt nicht gemerkt.

Musste das Gift denn überhaupt in der fraglichen Nacht verabreicht worden sein? Vielleicht war es ja etwas langsam Wirkendes. Meine Gedanken drehten sich im Kreis; ich kam nicht weiter. Alles nur Vermutungen, solange die Analyse nichts Definitives erbrachte – den Namen des Giftes, Angaben über die Zeitspanne bis zum Eintritt der Wirkung.

»Wie lange dauert es, bis die Ergebnisse aus Lidcombe vorliegen?«, fragte ich Carol.

»Normalerweise etwa drei Wochen«, schätzte sie.

»Guter Gott«, stöhnte ich, »bis dahin können wir alle tot sein.«

»Ich sagte ›normalerweise‹. Da sie da unten ›everybodys darling‹ ist und alle restlos alles über sie wissen wollen, rechne ich eigentlich nur mit ein paar Tagen.« Carol prustete plötzlich los, als sei ihr ein guter Witz eingefallen. »Genau besehen ist sie eigentlich eher ›every darling's body[2]‹.«

Sie fand sich offensichtlich geistreich. Carol kann manchmal echt witzig sein. Diesmal lag ihr Humor voll daneben.

Ich war in einer dummen Situation. Ich musste so schnell wie möglich das Ergebnis dieser Tests wissen. Und ich musste irgendwie dafür sorgen, dass die Angostura-Flaschen in Lidcombe auf Gift untersucht wurden. Für Carol und ihre ›offiziellen Kanäle‹ wäre das zwar ein Leichtes gewesen, aber ich war mir gar nicht so sicher, ob ich wirklich wollte, dass ein offizieller Fall daraus wurde. Wenn die Cops erst einmal anfingen, im Tropicana und in Dolores' Zimmer herumzuschnüffeln, würde das meinen Angreifer im grauen Celica mit Sicherheit verscheuchen. Er hatte einmal angebissen. Ich wollte, dass er es wieder versuchte. Diesmal würde ich darauf gefasst sein. Er würde am Haken hängen, und im richtigen Augenblick würde ich die Leine einholen.

Carol hatte ihren Martini ausgetrunken. Sie warf mir einen durchdringenden Blick zu. »Du bist doch hinter etwas her.«

---

[2] Anm. d. Ü.: body = Körper; Leiche

»Was meinst du damit?«, fragte ich unschuldig.

»Du hast dich doch wohl kaum aus Kummer als Dolores verkleidet, du verfolgst einen Plan. Was macht eine Privatschnüfflerin wohl – vielleicht rumschnüffeln?«

Ich schwieg.

»Weißt du, wenn du konkrete Verdachtsmomente hast, will ich es im Augenblick lieber gar nicht wissen. Wir haben uns schon gefragt, ob wir den Fall als Mord behandeln sollen. War es ein natürlicher Tod, Unfall oder Mord? Oder womöglich Selbstmord? Die Akte liegt auf Eis, während die Verantwortlichen grübeln, wie sie den Fall einordnen sollen. Wenn du also eine kleine Privatermittlung in dieser Sache laufen hast, tu dir keinen Zwang an. Falls du allerdings etwas Konkretes herausfindest, das nichts mit deiner emotionalen Beteiligung an dem Fall zu tun hat, dann solltest du uns das wissen lassen. *Wenn* du etwas findest.«

»Du willst also, dass ich deine Arbeit mache, aber du willst keine Verantwortung dafür übernehmen.«

Da hatte ich einen Nerv getroffen. »So würde ich das nicht ausdrücken.« Sie fing sich wieder. »Im übrigen, wenn du tatsächlich gewollt hättest, dass wir uns mit dem Fall befassen, hättest du das vorher gesagt.«

Ich wollte genausowenig wie sie, dass ein offizieller Mordfall daraus wurde. »Okay«, sagte ich, »mir scheint, wir haben das Problem zu unserer beiderseitigen Zufriedenheit gelöst.«

»Wie wahr.« Sie stand auf.

»Noch eins, Carol.«

»Was ist noch? Ich hoffe, du verdirbst nicht gleich wieder alles«, sagte sie, als hätte ich ihr mit einer schlechten Nachricht gedroht.

»Kannst du mir so schnell wie möglich die Laborergebnisse durchgeben? Falls ich wirklich hinter etwas her wäre, würde mir das eine große Hilfe sein.«

»Einer Freundin bin ich immer gern behilflich«, meinte sie großzügig.

Ich stopfte ein paar Sachen in eine Tasche und machte mich auf den Weg zum Cross. Jack sagte ich, dass ich ab und zu hereinschauen würde und dass er mich notfalls im Hotel Royale erreichen konnte. Er schüttelte immer noch den Kopf, als ich zur Tür hinausging und in den Daimler stieg.

Kurz vor sechs kam ich im Hotel an. Die Fahrt quer durch die Stadt war ereignislos verlaufen, trotz des Feierabendverkehrs. Ich hatte immer wieder in den Rückspiegel geschaut, aber niemand war mir gefolgt. Keine grauen Celicas, ob sie mich nun verfolgten oder nicht. Hätte sich in einer Stadt wie Sydney in der Hauptverkehrszeit nicht wenigstens ein einziges Auto dieses Typs zeigen müssen?

Vicki, die Empfangsdame, hatte bald Feierabend. Sie sah überrascht auf. »Do ...«, fing sie an.

»Nein, ich bin's, Claudia. Ich hab mir bloß die Haare gefärbt.«

Vicki hatte ein rundes Gesicht, dem sie mit viel Rouge Konturen zu verleihen suchte. Ihr honigblondes Haar war an den Schläfen zurückgekämmt und fiel in Kaskaden auf ihre Schultern. Sie musste eine Menge Schaumfestiger verbrauchen. Ich hatte früher nie auf so was wie Schaumfestiger geachtet, aber allmählich schärfte sich mein Blick für diese Dinge.

»Natürlich«, sagte sie, wieder ganz ihr fröhliches, tüchtiges Selbst, »Sie sind Dolores' Freundin.« Ihr Ton änderte sich. »Ist alles in Ordnung mit ihr? Irgendjemand ruft schon den ganzen Tag an, aber sie nimmt nicht ab. Und es hat sie auch niemand gesehen.«

»Deshalb bin ich hier. Ich war schon letzte Nacht da, aber das war nicht Ihre Schicht. Dolores hatte einen Zusammenbruch und ruht sich ein paar Tage in einem Sanatorium an der Südküste aus. Sie hat mir ihre Schlüssel und alles andere dagelassen und meinte, Sie hätten sicher nichts dagegen, wenn ich in ihrem Zimmer wohne, solange sie fort ist, um alles ein bisschen im Auge zu behalten.«

»Oh ...« Sie überlegte etwa fünfzehn Sekunden. »Gut. Von mir aus geht das in Ordnung.« Sie brauchte nicht lange für die Entscheidung. Sie war jung und innovativ und achtete darauf, dass alles reibungslos lief, ohne gleich mit jeder Kleinigkeit das Management zu behelligen. »Darf ich Ihnen eine persönliche Frage stellen?«

»Natürlich.«

»Warum haben Sie Ihr Haar schwarz gefärbt? Von weitem sehen Sie genau aus wie Dolores.«

Jetzt konnte ich nicht mehr zurück. »Um so besser! Dolores wird sich freuen, das zu hören.« Mein Ton wurde vertraulich. »Wissen Sie, sie will sogar, dass ich für sie ein paar Kleider kaufe, während sie weg ist. Wir haben etwa dieselbe Größe, so dass ich gut für sie anprobieren kann, aber mit roten Haaren kann ich schlecht beurteilen, ob ihr die Farbe steht.«

Die Lüge fiel mir nicht annähernd so leicht wie die beim Kleiderkauf. Irgendwo in meinem Hinterkopf hielt mir eine Stimme mahnend vor, was ich da für ein Lügennetz wob. Vicki schien meine Erklärung zu schlucken, aber ich wollte nicht, dass sie allzu viel darüber nachdachte, das könnte sie auf einige Fragen bringen.

»Sie sagten, es habe jemand angerufen?«

»Ja. Möchten Sie den Anruf annehmen, wenn der Anrufer sich noch mal meldet?«

»Das wäre sicher das Beste. Stellen Sie ihn einfach durch, und ich werde ihm die ganze Geschichte erklären.«

Es schien ganz gut gelaufen zu sein, für den Augenblick jedenfalls. Ich nahm den Lift in den sechsten Stock.

Dolores' Zimmer sah noch genauso aus wie gestern Nacht. Vielleicht war das Mädchen dagewesen, geputzt hatte sie jedenfalls nicht. Es hatte niemand hier geschlafen, so dass kein Bett zu machen war. Das Badezimmer war ebenfalls unbenutzt. Barbara Cartlands Wimpern klebten noch immer über dem Schminktisch. Trotz des allgegenwärtigen Pink und der Unordnung wirkte das Zimmer traurig und leer.

Ich drehte das Radio an, nur um eine menschliche Stimme zu hören, öffnete die Tür, die auf den winzigen Balkon führte, und trat hinaus. Drüben im Westen ging gerade die Sonne unter. Unten fuhren langsam die Autos vorbei. Hier im Cross wurde nicht durchgeprescht. Ich hatte gewusst, dass der Weg, den ich beschritten hatte, gefährlich war, dass ich ein großes Risiko einging, wenn ich in dieses Zimmer zog, Dolores' Leben lebte. Aber ich hatte nur mit den physischen Gefahren gerechnet, nicht mit den emotionalen Wechselbädern, denen ich mich damit aussetzte. Ich hatte mit Dolores keinen Menschen verloren, der mir so viel bedeutete wie die Kinder oder Steve. Oder auch Carol. Ich hatte sie trotz ihrer kleinen und großen, manchmal ausgefallenen Lügen gern gehabt. Aber das erklärte nur einen kleinen Teil dessen, was ich empfand. Gleichzeitig fühlte ich mich hintergangen, getäuscht, ja verraten. Im Grunde hätte ich Abstand zu ihrem Leben gewinnen müssen, um es richtig beurteilen zu können. Stattdessen war ich hier, mittendrin.

Die Sonne war inzwischen untergegangen. Ich trat zurück ins Zimmer. Ich musste irgendetwas tun, sonst würden die kreisenden Gedanken in meinem Kopf nicht zur Ruhe kommen. Vielleicht war es ein guter Anfang, wenn ich ihre Sachen auspackte. Ich nahm die Kleider Stück für Stück heraus und hängte sie in den Schrank.

Auf dem Boden des ersten Koffers lag ein Foto. Es zeigte ein Kind, das auf einer Bank saß, große braune Augen, die bloßen Beine in Shorts, weinerlicher Gesichtsausdruck. Dolores' Kind? Auf der Rückseite stand in verblasster Schrift: Dannys erster Haarschnitt mit drei Jahren. Ein Foto von Dolores als kleinem Jungen?

Gerade, als ich mit dem zweiten Koffer anfangen wollte, klingelte das Telefon. Ich sagte ein paar Mal mit Dolores' Stimme ›Hallo‹ und nahm dann den Hörer ab.

»Hallo?«

»Wo bist du gewesen?« Die Stimme eines Mannes. Er klang drängend. »Ich versuche seit zwei Tagen, dich zu erreichen, aber du warst nicht da. Ist alles in Ordnung?«

»Natürlich, wieso nicht?« Ich versuchte, temperamentvoll und gut gelaunt zu klingen, wie Dolores es getan hätte, und gleichzeitig die Stimme zu analysieren. Kann eine Telefonstimme Aufschluss darüber geben, welche Automarke der Anrufer fährt und ob er versucht hat, dich zu überfahren?

»Deine Stimme klingt so anders, so angestrengt.«

Ich musste schnell reagieren. »Ich mache gerade eine Gesichtsmaske und will meine Lippen nicht zu viel bewegen.«

»Ich bin in zwanzig Minuten bei dir. Wird die Maske dann herunter sein?«

»Bestimmt.« Ich konnte es kaum erwarten.

Er war jetzt lockerer, die Stimme wurde verführerisch. »Gut. Ich hätte es nämlich gern, wenn diese Lippen sich in zwanzig Minuten bewegen. Bis gleich.«

Er würde nicht schlecht staunen! Ich lebte zwar Dolores' Leben, aber ich würde meine Lippen bestimmt nicht für ihre Liebhaber in Bewegung setzen. Jedenfalls mit hoher Wahrscheinlichkeit nicht.

Zwanzig Minuten. Es war wie bei einem *blind date*. Eine Mischung aus Aufregung und Unsicherheit. Allerdings überwogen die Bedenken, denn dies konnte immerhin eine Verabredung mit Dolores' Mörder sein. Ich sauste im Zimmer herum, überprüfte mein Make-up, schmiss ein paar Sachen in den Schrank, aber nicht zu viele. Ich wollte, dass es aussah, als ob Dolores noch lebte.

Fünfzehn Minuten später beobachtete ich vom Balkon aus die Autos, die Richtung Hotel kamen. Vielleicht konnte ich ja einen Blick auf den Gentleman werfen, wenn er ausstieg.

Zwanzig Minuten später klopfte es. Ich hielt die Luft an. »Wer ist da?«

»Ich bin's.« Bestens. Es klang wie der Mann am Telefon, aber ich war nicht ganz sicher.

»Einen Augenblick«, trillerte ich und entriegelte leise die Tür. Dann stellte ich mich dahinter, so dass ich ihn sehen konnte, wenn er hereinkam. »Herein.«

Er trat ein. Dunkles Haar, graue Schläfen, Ende vierzig, teure Freizeitkleidung, allerdings nicht gerade dezent. Der Mann hatte sein Geld verdient, nicht geerbt. Ein jungenhaftes Gesicht, mit ersten Zeichen des Alterns. Wahrscheinlich joggte er morgens, aber nicht intensiv genug, um den Schwimmring um die Taille in Schach zu halten.

Er hatte etwas in der Hand, aber es war keine Waffe, es sei denn, man bezeichnet einen Strauß roter Rosen als Waffe. Manch eine würde das tun.

»Wo bist du?«, flötete er, als spiele seine Geliebte mit ihm Verstecken.

Ich schloss die Tür.

Er fuhr herum und prallte zurück. »Sie sind nicht ... Sind Sie ihre Schwester? Sie hat nie eine Schwester erwähnt.«

»Ich bin Claudia, Dolores' Freundin.«

Er entspannte sich ein wenig, der Name kam ihm offensichtlich bekannt vor. »Ja, ich glaube, sie hat von Ihnen gesprochen. Ihre Mutter ist der Vogel Strauß, nicht wahr?«

»Richtig«, sagte ich leicht verdrossen. War das meine einzige Chance, berühmt zu werden – dass meine Mutter als Strauß auftrat?

»Was geht hier vor?«, fragte er und sah sich um. »Habt ihr Mädels eine kleine Überraschung für mich vorbereitet?«

Nicht ganz die Sorte Überraschung, an die du denkst, dachte ich. Sei nett zu dem Typen, Claudia. Du wolltest es schließlich so haben, also nimm es, wie's kommt.

»Genau genommen ist Dolores für ein paar Tage nicht da, und ich bin bloß hier, um ein Auge auf ihre Sachen zu haben. Haben die Ihnen das nicht unten am Empfang gesagt?«

Er lächelte überlegen. »Ich pflege nicht zum Empfang zu gehen, ich kenne den Weg. Wo ist sie?«

»Sie erholt sich. Hat eine Erschöpfungskrise.«

»Tatsächlich? Sie schien ganz gesund das letzte Mal, als ich sie sah.«

»Wann war das?«

»Vor drei, vier Tagen. Ich war auf einer Geschäftsreise. Bin grade erst zurückgekommen.«

»Es kam ganz plötzlich, vor zwei Tagen. Sie brach einfach auf der Tanzfläche zusammen.«

»Ist sie im Krankenhaus? Kann ich sie besuchen?«

»Sie war eine Nacht in der Klinik und erholt sich jetzt in einem Sanatorium an der Südküste. Den Namen hat sie mir nicht gesagt, sie wollte ausdrücklich Ruhe haben.« Ich konnte nur hoffen, dass er das schluckte. Dolores musste wirklich sehr krank sein, um allein sein zu wollen. »Sie wird mich hier wohl mal anrufen, damit ich weiß, wie's ihr geht. Wahrscheinlich ruft sie Sie auch an.«

»Da müsste sie das Handy anklingeln. Sie darf sich nicht bei mir zu Hause melden, Sie wissen ja, wie das ist«, unterstellte er mir.

Soso, du bist also verheiratet und hast eine Affäre. Welch eine Überraschung!

»Wenn sie sich meldet, sagen Sie ihr bitte, dass ich hier war.«

»Wie ist Ihr Name?«

»Wie viele Freunde hat sie denn?«, witzelte er.

Spiel dich nicht so auf, dachte ich, es könnten durchaus mehrere sein. Und jeder natürlich felsenfest überzeugt, der einzige zu sein.

»Kann ich Sie irgendwie erreichen, wenn etwas Dringendes wäre?«

»*Ich* werde *Sie* erreichen«, sagte er. »Apropos, warum nehmen *Sie* nicht solange das hier?« Er streckte mir die Rosen entgegen.

Ich wollte sie erst nehmen, überlegte es mir dann aber anders. »Legen Sie sie auf den Tisch«, sagte ich.

»Sind Sie allergisch dagegen?«

»Normalerweise nicht.«

»Bis bald dann.«

Er ging.

Ich wickelte die Rosen aus, vermied es jedoch sorgfältig, sie zu berühren. Dann nahm ich mit einem Stift vorsichtig jede einzelne Blume heraus und sah sie mir genau an. Keine hässlichen Überraschungen. Der Typ schien harmlos, aber ich war lieber auf der Hut.

Ich rief den Empfang an. Patrick, der Nachtportier, war dran. »Hier ist Zimmer 621. Hat der Typ, der gerade bei mir war, einen Namen angegeben?«

»Welcher Typ?«

»Er ist grade erst gegangen, Sie müssen ihn noch gesehen haben.«

»Tut mir Leid«, sagte Patrick, »hier ist niemand vorbeigekommen.«

»Aber Sie müssen gesehen haben, wie er hereinkam, vor circa fünfzehn Minuten. Vielleicht ist er direkt zu den Fahrstühlen gegangen.«

»Nein, in der letzten halben Stunde ist niemand am Empfang vorbeigekommen.«

»Gibt es vielleicht noch einen anderen Eingang? Die Feuertreppe?«

»Über die kommen Sie raus, auf den Parkplatz, aber Sie können nicht von draußen herein, die Tür ist abgeschlossen, dazu brauchen Sie einen Schlüssel.«

»Danke.« Ich legte auf.

Also war der Kerl womöglich noch hier und drückte sich irgendwo herum. Ich spähte hinaus auf den Flur. Keiner da. Ich ging ins Zimmer zurück und überprüfte den Balkon. Der war möglicherweise über den Balkon vom Nebenzimmer zu erreichen, aber dazu wäre eine Bergsteigerausrüstung erforderlich gewesen. Ich ging wieder hinein.

Ich drehte das Licht aus, legte mich aufs Bett und lauschte. Ich wünschte, Steve wäre hier. Wenn der Kerl sich noch hier herumtrieb, würde ich mit ihm fertig werden, nur dieses Allein-im-Dunkeln-Herumliegen machte mir zu schaffen.

Schließlich griff ich nach der Fernbedienung und schaltete den Fernseher ein. Es lief ein Spätfilm. Vielleicht machte ich mir ja völlig unnötig Sorgen. Der Junge *schien* ganz okay zu sein. Und wenn er zufällig Dolores' Mörder war, wusste er jetzt, dass ich nicht sie war. Er hatte also keinen Grund, mich umzubringen. Oder?

Im hellen Tageslicht war der Gedanke an Steve nicht mehr ganz so unwiderstehlich wie in der Dunkelheit der vergangenen Nacht. Er war jetzt einen Monat fort, und ich hatte noch nichts von ihm gehört, abgesehen von einer Postkarte, auf der er mir lakonisch mitteilte, dass er gut angekommen sei. ›Ich denke an dich‹, stand noch darauf. Er mochte an mich denken, so viel er wollte, ich merkte nichts davon, Deutschland lag außerhalb meines Empfangsbereichs. Dieser ganze siebziger Jahre-Quatsch über kosmische Verbundenheit zog bei mir nicht mehr. Ich wollte ein bisschen echtes Bemühen sehen, harte Währung, keine Gutscheine, für die ich mir nichts kaufen konnte. Wenn es jetzt allerdings schon zur Mühe wurde, hatten wir unser Verfallsdatum vielleicht bereits überschritten. Keine sonderlich tröstlichen Gedanken beim Warten an der Ampel. Diese Verkehrsampel an der Kreuzung Darling Street/Victoria Road schien die langsamste der Welt zu sein.

Schließlich wurde es doch noch grün. Ich fuhr über die Iron Cove Bridge Richtung Five Dock, wo Ramón wohnte. Hier hatten sich viele Italienerinnen und Italiener niedergelassen, aber es fehlten die Restaurants und die Atmosphäre von Leichhardt. Five Dock war eher ein Wohnviertel, an manchen Stellen erfüllte sich sogar der heißeste Wunsch aller Wohnungskäufer in Sydney – Seeblick. Der Blick ging zwar eher auf den Parramatta als auf den Hafen, aber immerhin war es Wasser. Die Yuppies und Trendies der Innenstadt, die die Cafés von Leichhardt bevölkerten, hatten glücklicherweise noch nicht hierhergefunden. Ihre Spezies war in Five Dock recht dünn gesät.

Ich bog links ab und fuhr nach Five Dock hinein. Manche Häuser waren neu, aus hellem Backstein, zweistöckig, mit überdachten Patios, aber Ramón wohnte in einer Straße mit altmodischeren roten Backsteinhäusern und Vorgärten. Die meisten Gärten wirkten, als seien sie der Stolz und die Freude ihrer Besitzerinnen und Besitzer – gepflegte Rosenbüsche, säuberlich gemähte Rasenflächen, gepflasterte Wege.

Es war mitten am Tag und sehr still auf der Straße. In Ramóns Vorgarten gab es keine Blumen, nur einen dichten Flecken Kikuyu. Seitlich am Wegrand hatte sich eine Gartenzwerg-Gang zusammengerottet, alle nur denkbaren Formen und Größen mit den unterschiedlichsten Gesichtsausdrücken. Sie zuckten nicht mit der Wimper, als ich an ihnen vorbeiging, aber ich war mir sicher, dass sie später über mich tuscheln würden.

Ich drückte auf den weißen Klingelknopf. Das löste auf der anderen Seite der Tür frenetisches Hundegebell aus, tiefe, kehlige Laute, die auf die Sorte Hund schließen ließen, bei der du betest, dass er regelmäßig gefüttert wird. Das Bellen hielt an, bis ich Schritte hörte und eine menschliche Stimme sagte: »Aus, Christopher.« Daraufhin wurde es zögernder. »Aus.« Es hörte auf.

Ein etwas kleingeratener blonder Typ öffnete die Tür. Er hatte sehr blasse Augen, eine Höckernase und ein fliehendes Kinn. Um die Hüften war ein Handtuch geschlungen. Auf seiner Brust ringelten sich ein paar spärliche blonde Haare, und über dem Handtuch zeichnete sich eine leichte Speckrolle ab.

»Ja?«, fragte er misstrauisch. Er hatte den leicht triefäugigen Blick des Koffeinabhängigen, der morgens erst einen starken Kaffee braucht, um in die Puschen zu kommen. Allerdings war vom Morgen fast nichts mehr übrig.

»Ist Ramón da?«

Er beäugte mich noch misstrauischer. »Wer will das wissen?«

»Claudia Valentine. Er kennt mich aus dem Club.«

In diesem Augenblick erschien eine weitere in ein Handtuch gewickelte Gestalt. Es war Ramón. Er kratzte sein Stoppelkinn. Christopher sprang auf, wurde aber sogleich wieder in Platzstellung verdonnert. Ramón grinste verlegen und schaute mich unter seinen langen Wimpern hervor an. Das Weiß seiner Augen kam mir sehr weiß vor für jemanden, der gerade aufgestanden war. »Immer herein«, sagte er und hakte die Sicherheitskette aus.

Dem Blonden schien das gar nicht zu behagen, aber er trat trotzdem beiseite und ließ mich hinein. Es war eindeutig, wer in diesem Haushalt die Hosen anhatte. Das Haus roch nach Hund. Und nach abgestandenem Rauch.

Christopher jagte an uns vorbei den Flur hinunter. An seinem Ende lag ein Esszimmer mit hoher Decke. Der Esstisch hatte eine schwarze Glasplatte und Chrombeine. Putztechnisch sehr ungünstig, das Schwarz, jedes Fleckchen darauf zu sehen, vor allem die weißen Sprenkel. Vielleicht war es ja Puderzucker. Dann sah ich das Geld. Es bedarf keiner zusammengerollten Fünfzigdollarscheine, um einen Kuchen mit Puderzucker zu bestäuben.

Ramón schüttelte eine Zigarette aus einem Päckchen Kent. Er zündete sie mit einem schwarzen Feuerzeug an, das auf dem Tisch lag, und fing an zu rauchen. Er bot sonst niemandem eine an. »Dein Haar«, meinte er, als habe er es gerade erst bemerkt. »Nicht schlecht«, fügte er nach genauerer Musterung hinzu, »fehlen nur noch die Klamotten.«

»Ich arbeite daran.«

Der Blonde hatte mich die ganze Zeit fixiert. Er würde nicht weichen, bevor er nicht wusste, warum ich gekommen war. Ramón flirtete mit mir, und damit war er ganz und gar nicht einverstanden. Ich hatte sofort, als er die Tür aufgemacht hatte, gespürt, dass ich da in etwas hineingeplatzt war. Aber liebe Zeit, es war fast Mittag! Wie lange konnte ein Mensch im Bett bleiben? Den ganzen Tag, erinnerte ich mich. Am Anfang, als alles noch so rosig aussah, verbrachten Steve und ich ganze Wochenenden im Bett, standen nur auf, um uns eine neue Flasche Champagner aus dem Kühlschrank zu holen.

Die erste Drogendosis des Tages hatte wohl bewirkt, dass Ramón sich wieder wie ein Mensch fühlte. »Kaffee?«, schlug er leutselig vor und ließ sein gewinnendes Lächeln aufblitzen.

»Warum nicht?«, gab ich zurück. »Schwarz, ohne Milch und Zucker, bitte.«

»Greg, mach uns Kaffee«, säuselte Ramón mit betörendem Timbre.

»Das ist echt gut«, meinte Greg sarkastisch. »Ausgerechnet ich soll Kaffee für deine Besucherin machen. Es ist nicht das erste Mal«, wandte er sich an mich. »Er behandelt mich, als sei ich das Dienstmädchen. Scheint vergessen zu haben, wem das Haus gehört.« Der letzte Satz galt wieder Ramón.

Es war mit Händen zu greifen, dass sich hier ein häuslicher Zwist anbahnte, und es ist nicht ratsam, bei einem solchen Streit die Dritte zu sein. Jede Partei versucht unweigerlich, dich auf ihre Seite zu ziehen und sich auf dich als Zeugin für die angeblichen Grausamkeiten der anderen Seite zu berufen. Und gnade dir Gott, du ergreifst wirklich Partei – dann verbünden sie sich, und die einzige Person auf der anderen Seite bist du.

Ramón schnalzte mit der Zunge, rollte die Augen und ging in die Küche. Der Blonde starrte einen Augenblick ins Leere und stürmte dann hinter ihm her. »Besser, ich erledige das. Er ist imstande, den Herd anzuzünden, ohne zu merken, dass er elektrisch ist.«

Ein verbaler Schlagabtausch folgte, dann knallte eine Tür. Das ließ Christopher, der sich unter den Esstisch verzogen hatte, aufspringen und zur Tür hechten. Ich wusste nicht, was das kleinere Übel war. Hier drin mit Christopher, der versuchte, sich mit Zähnen und Krallen den Weg in die Küche zu erzwingen, oder in der Küche, wo sich die beiden Jungs krallten.

Schließlich ging die Tür auf, der Hund raste in die Küche und Greg stürmte raus, geradeaus weiter, aus dem Haus.

Irgendwie war in dem ganzen Tumult der Kaffee fertig geworden. Ramón brachte ihn herein. Er sah den Flur hinunter, dem Blonden nach.

»C'est la vie«, meinte er philosophisch. Er stellte die Tassen auf den Tisch, setzte sich hin und wies auf einen Sessel. Sein Körper war bronzefarben, seine Brust fast unbehaart – genau so, wie ich es gern habe. Fit, straff, gutaussehend. Seine Brustwarzen waren groß, flach und verführerisch, von der Farbe allerfeinster Zartbitterschokolade. Ich versuchte, nicht hinzuschauen, obwohl sie mich fixierten.

Wie durchtrieben der Kerl doch war. Die ganze Anmache bei den Frauen im Club, wo er sich als Casanova gebärdete, und dabei lebte er hier in der Vorstadt mit Frau, Hund und allem häuslichen Komfort. Auch wenn die Frau ein Mann war.

Er schien die häusliche Auseinandersetzung im übrigen sehr viel gelassener zu nehmen als seine Kämpfe mit Dolores. Ihr war es immer recht schnell gelungen, ihn auf die Palme zu bringen. Vielleicht war es für ihn ja noch zu früh am Tage, um so richtig auf Touren zu kommen. Es musste hoch hergegangen sein heute Nacht, jedenfalls nach den Überbleibseln auf dem Tisch zu urteilen. Vielleicht war Dolores aber auch nur eine ebenbürtige Partnerin für ihn. Was möglicherweise an ihrem gemeinsamen südamerikanischen Hintergrund lag. Es ist sehr viel leichter, in der Muttersprache miteinander zu streiten.

Hatte sie ihn so gereizt, dass er sie umgebracht hatte? Jedenfalls nicht kaltblütig. Ich konnte mir vorstellen, dass er ein Messer benutzte, aber nicht Gift. In der Hitze des Gefechts greift niemand zu Gift. Ramón machte mir nicht den Eindruck eines Killertyps, aber was wusste ich schon? Killer sind in der Regel keinem bestimmten Typ zuzuordnen. Sie sind dein Mann oder deine Frau oder dein Liebhaber. Dein Tanzpartner.

Ich hätte jetzt als Einleitung Smalltalk machen können, aber Ramón wusste genau, dass ich nicht aus Langeweile hergekommen war. Ich war noch nie bei ihm zu Hause gewesen. Im Club kamen wir ganz gut miteinander aus, aber vor heute Morgen hatte ich praktisch nichts über sein Privatleben gewusst. Der Blonde im Bett war eine Überraschung für mich gewesen. Aber in meinen Job klopfe ich an viele Türen. Ich bin an Überraschungen gewöhnt.

»Hat Cilla dir gesagt, dass wir erzählen, Dolores sei für ein paar Tage zur Erholung weg?«

»Ja«, sagte er. »Gute Idee. Auf diese Weise werden die Leute nicht so sehr trauern.«

»Und die Cops werden nicht aufkreuzen.«

»Ja, und die Cops werden nicht aufkreuzen.«

»Das würde dir gar nicht gefallen, was?«

Er zuckte die Achseln. »Mir persönlich ist es egal, es ist nur schlecht für den Club, wenn die Polizei sich da rumdrückt. Die Leute reden.«

»Lassen wir den Club mal beiseite. Sprechen wir von deinem Verhältnis zu den Cops.«

»Verhältnis? Ich habe keine Verhältnisse mit Cops.«

»Und du willst auch nicht, dass sie auf dich aufmerksam werden. Warum nicht?«

»Nervst du mich jetzt wegen dem, was ich im Krankenhaus gesagt habe? Ich sagte doch schon, das war einfach nur eine Geschichte.«

»Wusstest du, dass Dolores ein Transsexueller war?«

Die Frage überraschte ihn. Seine Antwort überraschte mich.

»Woher weißt du das?«

Nicht die Tatsache, dass sie transsexuell war, sondern, dass ich es herausgefunden hatte, erstaunte ihn.

Er hatte es die ganze Zeit gewusst. Er versuchte, so zu tun, als sei er überrascht, aber er hatte es die ganze Zeit gewusst.

»Die Autopsie. Weißt du was? Ich mag dich, aber du bist ein Scheißkerl.«

Er prallte förmlich zurück.

Es tat mir Leid, sobald es heraus war. Ich hatte es nicht zu ihm gesagt, sondern zu Dolores. Ich wollte, dass Dolores hier war und mir diese Fragen beantwortete. Jetzt war ich mir wenigstens über meine Gefühle im Klaren – ich war wütend, dass sie sich verdrückt hatte, bevor ich ihr auch nur ein paar meiner Fragen stellen konnte.

»Gut, ja, ich hab's gewusst«, gab er zu.

»Seit wann?« Ihm hast du es gesagt, Dolores, warum nicht mir?

»Schon ziemlich von Anfang an, als sie in den Club kam. Ich hatte eines Tages beobachtet, wie sie sich eine Nadel hier reinstach.« Ramón deutete auf seine Hüfte. »Ich dachte, sie nimmt vielleicht Drogen, und war sauer, dass sie es im Club tat. Da erzählte sie mir, dass sie transsexuell sei und sich Hormone spritze. Danach habe ich nie wieder eine Spritze bei ihr gesehen. Dolores ist sehr vorsichtig.«

»Und sonst weiß es niemand?«

»Ich hab es jedenfalls nicht weitererzählt, geht ja auch keinen was an. Ich habe noch andere Freunde, die transsexuell sind und denen es nichts ausmacht, wenn die Leute es wissen. Aber Dolores wollte das nicht, es war ihr Geheimnis.«

»Und was ist dein Geheimnis, Ramón?«

»Keine Geheimnisse«, lächelte er, »ich habe nichts zu verbergen.«

Ich tupfte ein paar Überreste des weißen Puders auf und rieb sie zwischen Daumen und Zeigefinger. »Du hättest also nichts dagegen, wenn die Polizei euch einen Besuch abstatten würde?«

»Wie kann ein nettes Mädchen wie du nur all diese garstigen Fragen stellen?«

»Weil ein netter Junge wie du mich die ganze Zeit anlügt. Weißt du, was ich glaube? Ich glaube, dass du und Dolores den Club für ein paar recht lohnende Deals benutzt habt. Worüber habt ihr euch ständig gestritten? Hast du vielleicht nicht den vereinbarten Anteil bekommen? Drogen oder Geld? Erinnerst du dich an den Streit, den du vor ungefähr einer Woche mit Dolores hattest? Als ich reinkam, hörtet ihr plötzlich auf. Wenn ihr euch über die Vorstellung in die Haare geraten seid, habt ihr gewöhnlich überhaupt keine Notiz von mir genommen, sondern einfach weiter gestritten. Aber damals war es anders. Ich habe nicht viel mitbekommen, aber seit ich so oft in den Club komme, verstehe ich das eine oder andere Wort Spanisch. Ich meine mich an die spanischen Wörter für ›Frau‹ und ›Geld‹ zu erinnern. Hab ich Recht?«

»Nein, du hast nicht Recht«, protestierte er. »Es gibt keinen Drogenhandel im Club. Wofür hältst du uns, für kolumbianische Drogenbarone?« Er starrte mich an. »Ich weiß wirklich nicht, was es mit dieser Frau und dem Geld auf sich hatte. Es war früh am Abend, noch niemand da. Ich ging in die Garderobe, und da saß eine Frau, eine hübsche Frau, bei Dolores. Wie ich die Tür aufmache, sehe ich einen Haufen Geld auf dem Tisch, etwa so hoch. Dolores ist sehr ärgerlich, sie sagt, wie kannst du es wagen, einfach so hereinzuplatzen? Ich tue das immer, aber das ist das erste Mal, dass sie so etwas sagt. Ich frage sie, was da vorgeht. Sie sagt, das geht dich überhaupt nichts an.«

»Und das da?«, fragte ich und deutete auf den Tisch, »hast du damit was zu tun?«

»Das habe ich nicht nötig. Na gut, letzte Nacht haben ein paar Freunde vorbeigeschaut, wir haben ein bisschen gekokst, aber ich deale nicht damit.« Etwas ruhiger setzte er hinzu: »Alles, was ich brauche, kriege ich von Greg.«

»Dealt er?«

»Nein. Er ist leitender Lagerist bei Woolworth.«

»Und die zahlen so gut, dass er euch Typen alles geben kann, was ihr wollt?«

»Er braucht nicht zu arbeiten, er hat Geld geerbt.«

»Five Dock ist nicht gerade Point Piper«, bemerkte ich.

»Weißt du, weshalb er dieses Haus gekauft hat? Weil er ein ganz normales Leben will – ein normales Leben in der Vorstadt.«

»Und du willst das auch?«

»Wenn mir nach Aufregung ist, gehe ich in den Club. Und hier brauche ich keine Miete zu zahlen.«

»Du wirst also ausgehalten wie eine Geliebte.«

Er schürzte die Lippen. »Das sehe ich anders.«

»Hast du deshalb den Cops erzählt, du seist gerade erst in dieses Land gekommen? Damit sie dich nicht näher nach deinen Lebensumständen befragen?«

»Nicht ganz.« Er war auf einmal auf der Hut.

»Wieso dann?«

Er schaute mich an und schüttelte ungläubig den Kopf. »Du bist unglaublich, wirklich unglaublich. In meinem Land lassen sie einen Gefangenen, wenn sie ihn verhören, nicht schlafen. Nacht für Nacht halten sie ihn wach, lassen ihn höchstens mal eine Stunde in Ruhe, dann wecken sie ihn wieder. Ich konnte es mir nie vorstellen, aber jetzt weiß ich, wie sich das anfühlt. Na schön«, er hob ergeben die Hände, »ich gestehe, ich gestehe. Wieso ich nicht mit der Polizei reden will? Weil ich ein illegaler Einwanderer bin. Ich komme keineswegs ›direkt aus Buenos Aires‹, ich bin schon zwei Jahre hier. Wenn die Polizei das rausfindet, werde ich abgeschoben, bevor ich ›piep‹ sagen kann.«

»Weiß Cilla das?«

»Ja, sie weiß es.« Er hatte meine Fragerei satt. »Bist du endlich zufrieden, oder willst du auch noch einen Liter Blut?«

Es klingelte. Christopher tobte los, sein Bellen hallte durch den Flur. Ramón ging ihm nach. An der Haustür wurden ein paar Worte gewechselt, dann kam er zurück ins Esszimmer. In Begleitung von Greg. Wieso musste Greg klingeln, wenn er hier wohnte? Dann fiel mir ein, dass er so wütend hinausgestürmt war, dass er die Schlüssel wohl vergessen hatte. Er war etwa eine halbe Stunde weg gewesen. Wo geht ein Mann in Five Dock hin, nur mit einem Handtuch bekleidet?

Er glotzte mich finster an. Zeit für einen formellen Rückzug. Ramón brachte mich raus. »Ruf mich an, wenn dir noch was einfällt. Und wenn jemand Fragen nach Dolores stellt, kennst du ja die offizielle Story.«

»Klar. Ich brauche übrigens immer noch eine neue Tanzpartnerin. Na, wie wär's?«, stupste er mich vertraulich an, wieder ganz in seinem Element. »Wenn du genauso gut tanzt, wie du Fragen stellst, wirst du eine Sensation.«

Ich hielt kurz in Leichhardt und genehmigte mir eine Thunfisch Artischocken-Pizza. Ich stehe auf den Belag, aber ich frage mich, was die Leute am Rest finden. Schmeckt doch wie altbackener Biskuitkuchen ohne Zucker. Das Merkwürdige ist, dass dieser pampige Weißmehlfladen von Leuten verspeist wird, die nicht im Traum darauf kämen, sich eine Packung Toastbrot zu kaufen. Aber der Kaffee war gut, und das Ambiente stimmte auch. Braune Holztäfelung, von der Decke hingen malerisch Fischernetze mit Schwimmern, und als weiteren Blickfang gab es eine höchst staunenswerte Nippes-Sammlung. Solider, altmodischer italienisch-australischer Kitsch. Mir gefiel es, es hatte irgendwie etwas Unschuldiges. Gott sei Dank keins dieser hypermodernen italienischen Cafés mit Fliesenboden, weiß gekalkten Wänden und viel blitzendem Chrom, die die Gemütlichkeit eines Kühlschranks haben.

Leichhardt lag auf dem Weg nach Newtown, zum Tropicana, wo ich für heute mit Cilla verabredet war.

Trotz der Tageszeit – drei Uhr nachmittags – waren die Straßen ziemlich ruhig. Die King Street war danach ein echter Schock. Neben mir riesige Laster mit zischenden Bremsen, deren Getriebe beim Schalten qualvoll aufkreischte, hinter ihnen endlose Autoschlangen vor den Ampeln an der großen Kreuzung beim Bahnhof. Zu allem Übel waren auch noch fast alle Abzweigungen entweder Einbahnstraßen oder Sackgassen. Wer mit dem Auto möglichst schnell wieder von der King Street herunter wollte, war zum Herumirren in einem Labyrinth verdammt, aus dem es nur einen einzigen Ausweg gab – das Auto stehen lassen und zu Fuß gehen. Was ich auch tat, als ich hinter dem Gebäude, in dem sich das Tropicana befand, glücklich einen Parkplatz ergattert hatte. Es standen noch ein paar andere Autos auf dem Platz, aber kein grauer Celica. Dafür fiel mir ein 66er Thunderbird ins Auge, eine echte Schönheit, himmelblau, mit weißen Sitzen, Eins-A-Zustand.

Ich stieg die Stufen hoch. Am Tag wirkte der rote Teppich nicht annähernd so flauschig wie nachts. Je höher ich kam, desto dämmeriger wurde es. Beim Öffnen der Tür vernahm ich Rumbaklänge. Sogar von weitem klang es furchtbar. Auch die Plastikpalmen zeigten sich ohne das farbige Licht, das ihnen am Abend schmeichelte, nicht gerade von ihrer vorteilhaftesten Seite. Es stank nach kaltem Rauch, was abends überhaupt nicht auffiel. Ebenso wenig wie die zerschrammten Wände. Was ein bisschen Atmosphäre doch ausmacht.

Ich hörte Cilla sprechen. Dem Klang ihrer Stimme und der Darbietung der Band nach zu urteilen würden sie den Job wohl nicht kriegen. Sie fingen an zusammenzupacken. Vom Outfit her stammten sie noch aus den Siebzigern. Schlaghosen und Schuhe mit kubanischen Absätzen. Der Leadsänger, ein schlaksiger Typ mit hohlen Wangen und schlaffem Schnurrbart, trug sogar Rüschenmanschetten. Die anderen hatten schwarze Schmachtlocken und Gesichter wie gemeißelt – eigentlich ganz mein Geschmack. Schade, dass sie musikalisch nichts loshatten.

Cilla saß auf einem Stuhl mitten im Raum. Er bildete die Spitze eines Dreiecks, dessen andere beide Punkte die Lautsprecher markierten. Sie hatte die Beine übereinandergeschlagen und hielt eine unangezündete Zigarette zwischen den Fingern. Als sie mich sah, stand sie auf.

»Hi. Komm mit an die Bar.« Sie trat hinter die Theke und goss zwei Espressos in winzige braune Tassen mit kleinen weißen Untertassen. Die eine schob sie mir zu, in ihre ließ sie zwei Stück Würfelzucker fallen.

»Cubanitos«, erläuterte sie und zog ihre schöngeschwungenen Augenbrauen über der Nasenwurzel zusammen, »sie glauben, die Musik liegt ihnen im Blut. Sie sehen Desi Arnaz im Fernsehen und meinen, sie bräuchten sich nur auf eine Bühne zu stellen und – hey presto, schon macht dich Gott zum Musiker. Die haben einfach keine Ahnung! Sag mal, Claudia, was hast du eigentlich mit deinem Haar gemacht? Willst du dich etwa um den freigewordenen Job bewerben?

Ich mochte, wie sie meinen Namen aussprach, es klang melodisch, jeder Vokal einzeln ausgesprochen, nicht so verwaschen wie im Englischen.

»Eine Veränderung im Leben ist genausogut wie ein Urlaub.«

»Wenn du Urlaub machen willst, dann fahr nach Rio. Für rotes Haar würden die Mädchen dort ihr Leben geben.«

»Kein so toller Urlaub, wenn ich tot wäre. Und das mit dem Job hast du wohl nicht ernst gemeint?« fragte ich bedauernd.

»So viele Musiker, so wenig Talente«, murrte sie. Dann hellte sich ihr Gesicht auf. »Das ist eigentlich gar keine so schlechte Idee. Warum steigst du nicht wirklich bei uns ein? Du hast die Beine dafür.« Sie grinste. »Und jetzt auch noch das Haar. Den Rest kann Ramón dir beibringen. Du bist ein Naturtalent.«

Ich *war* gut mit meinen Beinen, das machte das jahrelange Karatetraining. Ich hatte bereits mehrere Runden mit Ramón auf dem Parkett gedreht, und meine Mutter war Tänzerin, der Gedanke war also gar nicht so abwegig. Ich begann mich langsam dafür zu erwärmen, so wie jemand in einer Karaokebar nur noch das letzte bisschen Ermutigung braucht, um den Schritt auf die Bühne zu wagen. Wenn mir jetzt jemand ein konkretes Angebot machte, war ich imstande, ja zu sagen.

»Ich komme gerade von Ramón. Er meinte, ungefähr vor einer Woche sei eine Frau bei Dolores aufgekreuzt. Weißt du etwas davon?« Während ich sprach, tippte sich Cilla unentwegt mit der unangezündeten Zigarette an die Lippen.

»Ja, ich erinnere mich. Ich erinnere mich, weil sie nicht wie eine Frau aussah, die abends in Clubs geht.«

»Wie sah sie denn aus?«

»Sehr hübsch, gut angezogen, teuer. So, als ob sie zwar nicht viel in Clubs geht, aber trotzdem gut aussehen will. Nicht mehr jung. Vierzig, vielleicht fünfundvierzig. Australischer Akzent. Sie fragte nach Dolores.«

»Sagte sie Dolores? Nicht Dolores Delgado? Nicht die Tangotänzerin?«

Cilla dachte einen Augenblick nach, spielte mit ihrer Zigarette. »Nein, nur Dolores. Ich sagte ihr, Dolores habe vor der Show keine Zeit. Sie sagte, ›Sagen Sie ihr, Margaret Shaver möchte sie sprechen. Ich glaube, dass sie mich empfangen wird.‹«

»Margaret Shaver?«

»Ja. Dolores wirkte überrascht, aber sehr interessiert.«

»Habt ihr hier ein Telefonbuch?«

»Welches willst du?«

»Die weißen Seiten. L-Z.«

Sie zog es unter der Theke hervor und gab es mir.

Der Name Shaver kam im Telefonbuch von Sydney nur ein einziges Mal vor. Shaver, S. Short St., Balmain. Ich wählte die Nummer und fragte nach Margaret. Sie kannten keine Margaret. »Ich bin auf der Suche nach einer Margaret Shaver, haben Sie vielleicht eine Verwandte, die so heißt?«

»Nein, habe ich nicht«, sagte die Stimme am anderen Ende, »und falls Sie mir etwas verkaufen wollen – ich habe kein Interesse.«

»Bist du dir mit dem Namen ganz sicher?«, quetschte ich Cilla aus, nachdem der Teilnehmer aufgelegt hatte.

»Sie sagte Margaret Shaver. Hätte ich sie nach ihrer Geburtsurkunde fragen sollen?«

»Wäre vielleicht ganz nützlich gewesen. Na ja, das nächste Mal. Darf ich mal die Vorbestellungen für den Abend durchsehen, an dem Dolores starb?«

Cilla kippte ihren Kaffee in einem Schluck hinunter. Ich hatte meinen schon längst ausgetrunken, aber sie mochte ihn lieber kalt. »Klar. Neben dem Telefon.«

Ich rechnete zwar nicht damit, dass der Mörder telefonisch einen Tisch vorbestellt hatte, aber nachsehen konnte nicht schaden. Vielleicht weckte ein bestimmter Name ja eine Erinnerung. Ich fand keine Margaret Shaver und auch sonst keinen Namen, der mir etwas sagte.

Aber etwas anderes fiel mir ein. Dolores hatte sich an jenem Abend beklagt, dass jemand sie gekniffen habe. Die Autopsie hatte Einstiche an den Hüften und am Po ergeben. Dolores hatte sich den Po gerieben. Konnte der Einstich einer Spritze sich wie ein Kneifen anfühlen? Möglich. Vor allem, wenn der Bereich durch andere Injektionen verhärtet war. Sie hätte einen kleinen Nadelstich gespürt. Oder ein Kneifen. Und als sie sich den Po rieb, verteilte sie das Gift womöglich erst so richtig.

Die Namensliste hatte mich nicht weitergebracht, vielleicht sagten die Fotos mehr. Im Tropicana wurden viele Geburtstage, Hochzeiten und andere Feste gefeiert, und in der Regel nahmen die Leute gern ein Erinnerungsfoto mit nach Hause. Dafür war Jimmy zuständig. Eigentlich hieß er Jemal, aber Jimmy war für seine Kundschaft leichter zu behalten, und genau das wollte er ihr so leicht wie möglich machen. Er war der Clubfotograf, machte Schnappschüsse von Gruppen und von Einzelpersonen, die mit Ramón und Dolores tanzten, und entwickelte sie innerhalb einer Stunde. Die Gäste mussten sie nicht kaufen, wenn sie nicht wollten, aber wenn sie sie sahen, taten sie es meist doch. Jimmy erledigte alles für sie, sie brauchten nicht extra anzurufen und Abzüge zu bestellen, ja sie mussten nicht einmal warten. Sie mussten nur mit der Hand in die Tasche greifen.

»Hast du Jimmys Nummer?«

»Die von dem Fotografen?«

»Ja. Ich möchte einen Abzug von jedem Foto, das er in der bewussten Nacht gemacht hat.«

»Er wird hocherfreut sein, das zu hören. Das ist eine Menge Geld.«

»Dolores zahlt. Ich bin sicher, sie wäre mir liebend gern behilflich herauszufinden, wer sie umgebracht hat.«

Ich erzählte ihr von der Kreditkarte und dass ich sie beim Einkaufen benutzte. Sie fand die Idee genial, bezweifelte aber, dass ich, ganz auf mich allein gestellt, mit Dolores im Geldausgeben Schritt halten könnte. »Vielleicht kannst du ein bisschen Unterstützung gebrauchen«, meinte sie. »Im Strathfield Plaza liegt ein Kaschmirpulli im Schaufenster, der mich jedes Mal, wenn ich vorbeigehe, anlächelt.«

»Hast du übermorgen zu tun?«

»Vormittags habe ich frei.«

»Gut. Dann gehen wir einkaufen.« Cilla hatte Recht. Ich tat, was ich konnte, aber allein kam ich mit Dolores' Tempo nicht mit. Außerdem machte Einkaufengehen zu zweit viel mehr Spaß. Ich hätte gern gewusst, wer das Ganze am Ende bezahlen würde. Royal Dolphin Enterprises wirkte recht vielversprechend. Ich sah auf die Uhr. Heute reichte die Zeit nicht mehr, eine Gesellschaft zu überprüfen. Die ASC, Australian Securities Commission, hatte geschlossen, bis ich dort sein konnte, und außerdem war ich hier noch nicht fertig.

»Hat sonst irgendjemand nach Dolores gefragt?«

»Ach ja, das hätte ich beinahe vergessen. Du stellst so viele Fragen«, sagte sie. »Ein Mann kam vorhin herein, zusammen mit den Cubanitos. Erst dachte ich, er gehört zu ihnen, aber er hatte blondes Haar und war ganz anders angezogen. Er konnte höchstens ihr Manager sein. Er ging nach hinten. Ich folgte ihm. Finde ihn in der Garderobe. Was wollen Sie hier? frage ich. Er sagt, er möchte ein Geschenk für Dolores dalassen. Eine Blume in einer Schachtel, eine Orchidee, mit Schleife und allem Drum und Dran. Okay, lassen Sie es bei mir. Er sagt nein, ich komme heute Abend noch mal und hoffe, sie dann anzutreffen. Sie ist krank, sie hat sich ein paar Tage freigenommen. Wo kann ich das Geschenk hinschicken?, fragt er. Ich weiß es nicht. Sie müssen es doch wissen, sagt er. Er fragt noch mal, immerzu dieselbe Frage, wo ist sie? Ich werde misstrauisch. Dann kommt der Sänger, um mir zu sagen, dass sie soweit sind. Ich frage ihn auf spanisch, ob er den blonden Typen kennt. Er sagt nein. Also sage ich zu dem Blonden, es wird Zeit, dass Sie verschwinden. Er sieht, dass ich misstrauisch geworden bin. Er hebt die Hände hoch und sagt, okay, ich gehe.« Cilla spielte wieder mit der Zigarette, sie holte mehr aus ihr heraus als jede Raucherin. »Weißt du, ich glaube nicht, dass er gekommen ist, um Dolores ein Geschenk zu bringen. Er will etwas von ihr.«

»Wie sah er aus?«

»Blond, nicht groß, nicht klein, kein Schnurrbart. Zuerst wirkte er ganz in Ordnung, aber wie er immer weiter fragt, wo sie ist, und ich muss es doch wissen, werden seine Augen ganz seltsam, als ob eine andere Person in seinem Körper lebt und zum Fenster hinausschaut.«

Offenbar war Cillas Phantasie etwas sehr rege. Ich quetschte sie noch ein bisschen aus, aber sie wiederholte immer nur, der Mann habe merkwürdig ausgesehen. Er war mit der Band aufgetaucht, und ich war gekommen, als sie gerade fertig waren. »Wie lange hat die Band gespielt?«, fragte ich Cilla.

»Ich habe sie vielleicht zehn Minuten spielen lassen«, schätzte sie. »eigentlich hätte ich gar nicht so lange gebraucht«, fügte sie hinzu. »Ich wusste schon nach einer halben Minute, dass sie nichts taugen.« Also war der Typ ungefähr zehn Minuten vor meiner Ankunft gegangen. Vielleicht war ich ihm sogar auf der Straße begegnet.

Ein Blonder, nicht klein, nicht groß, kein Schnurrbart. Na prima. Das könnte jeder sein. Es hätte Greg sein können, Ramóns Freund. Aber ihn hätte Cilla sicherlich erkannt. Oder war er ein wohlgehütetes Geheimnis?

»Kennst du Greg?«

»Ramóns Freund? Er hat dir von Greg erzählt?«

»Ich war heute in Five Dock. Ramón hat mir eine ganze Menge erzählt.«

»Ja, wirklich?«, fragte Cilla in dem Versuch herauszubekommen, wie viel ich wusste.

»Wirklich. Wir haben lange geredet. Das meiste habe ich bereits wieder vergessen. Ich habe vergessen, wie lange er schon in Australien ist und dass er illegal arbeitet. Und ich habe den Namen des Clubs vergessen, in dem er arbeitet. Das geht mich nichts an. Ich will lediglich herausfinden, wer Dolores umgebracht hat.«

Sie verstand den Hinweis. »Möchtest du noch einen Kaffee?«

»Später vielleicht. Ich würde gerne noch mal einen Blick in die Garderobe werfen.«

»Eine Minute«, sagte sie. Die Jungs von der Band hatten inzwischen zusammengepackt und wollten sich verabschieden. Sie ging zu ihnen hinüber, dankte ihnen für ihr Kommen und versicherte noch einmal, dass sie sich gegebenenfalls melden würde, bot ihnen aber keinen Drink an. Sie entledigte sich ihrer Aufgabe rasch und effizient. Im Handumdrehen standen sie draußen.

Gemeinsam gingen wir nach hinten in die Garderobe. Mein Mut sank. Aber es musste wohl irgendwann sein, es konnte nicht ewig rausgezögert werden. »Wann wurde der Raum gereinigt?«, fragte ich.

»Heute, bevor die Band kam«, sagte Cilla. »Es ging nicht anders. Er muss hergerichtet sein, falls wir eine neue Tänzerin finden. Aber keine Sorge, ich habe ihre Sachen für dich aufgehoben.«

»Was hast du aufgehoben?«

»Komm, ich zeig es dir.«

Wir verließen den Raum durch die andere Tür. In einer Ecke lagen Dolores' Prachtgewänder, noch auf den Bügeln, über einem Karton. Ich hob sie auf und legte sie über eine Stuhllehne. In dem Karton befanden sich ihre Makeuputensilien. Ich sah ihn kurz durch. Keine verräterischen Zettel mit Telefonnummern, keine Visitenkarten, keine Streichholzbriefchen von Orten, an denen Dolores vielleicht gewesen war. Ich weiß gar nicht, warum ich überhaupt nach Streichholzbriefchen suchte, Dolores hatte nicht geraucht, aber manchmal bewahren Menschen solche Dinge auf.

Etwas fehlte: die Sammlung von Angostura-Bitter-Fläschchen. Ich fragte Cilla danach.

»In der Mülltonne«, sagte sie. »genau wie die gebrauchten Kleenex und Wattepads. Ich weiß beim besten Willen nicht, wie sie in diesem Chaos leben konnte. Und weißt du, was ich noch gefunden habe? Eine Spritze. Hab ich auch weggeworfen.« Sie verzog angeekelt das Gesicht. »Ich mag gar nicht daran denken. Und das in meinem Club.«

»Es waren wahrscheinlich Hormone«, erklärte ich ihr.

»Du meinst so was, wie die Fußballer schlucken?«

Sie wusste es nicht.

Die Ironie, die in dem Gedanken lag, dass Dolores etwas einnahm, das ihr Aussehen in Richtung Fußballspieler veränderte, amüsierte mich. »Weibliche Hormone. Dolores war früher ein Mann, sie war transsexuell.«

Cilla starrte mich ungläubig an. »Das ist nicht wahr. Nein. Auf keinen Fall«, wehrte sie ab. »Sie hatte Brüste, sie hatte nichts in der Hose, ganz flach«, sie machte eine anschauliche Handbewegung. »Ihr Gesicht war glatt. Nein. Nein. Das glaube ich einfach nicht.« Je vehementer sie es zu leugnen versuchte, desto stärker dämmerte ihr die Wahrheit.

»Sie hatte Operationen, sie spritzte sich Hormone, die ihren Körper veränderten.« Cilla schüttelte immer noch den Kopf. Auf einmal fing sie an zu lachen. »Wenn ich an die vielen Männer denke, die hinter ihr her waren, mit ihr tanzten, die ganzen Kunden – wenn sie gewusst hätten, dass sie mit einem Mann tanzten!«

»Sie tanzten mit einer Frau«, stellte ich richtig. »Dolores war eine Frau, sie war einfach nur in den falschen Körper hineingeboren.«

Wie fühlte sich das an, Dolores, im falschen Körper zu sein, vor den Operationen, als du klein warst, wie war das? Ich hätte es gern von dir selbst gehört, weil ich es mir beim besten Willen nicht vorstellen kann.

Eine Ahnung davon, wie unwohl ein Mensch sich in seinem Körper fühlen kann, hatte ich wohl am ehesten damals bekommen, als ich in der vierten Klasse so hochaufgeschossen war, dass ich besser an die High School gepasst hätte. Ich war schrecklich unbeholfen, rempelte dauernd irgendwo gegen, die anderen Kinder guckten mich an, als sei ich ein Monster, und die Lehrerinnen und Lehrer erwarteten ständig, dass ein großes Mädchen wie ich vernünftiger war. Mit sechzehn ging es mir dann schon sehr viel besser. Ich hatte aufgehört zu wachsen, und die anderen holten allmählich auf.

»Besteht vielleicht die Chance, dass das Zeug, das du weggeworfen hast, noch nicht abgeholt wurde?«, fragte ich Cilla. Ich freute mich allerdings nicht gerade darauf, im Müll herumzuwühlen, vor allem, weil eine Spritze dabei war.

»Es müsste noch in den Mülltonnen hinten im Hof sein«, sagte sie.

Sie schloss mir die Hintertür auf. Die Tür hatte ein Glasfenster, durch das ich hinaussehen konnte, über die Dächer weg. Sie führte auf einen kleinen Absatz und eine alte Holztreppe. Unten im Hof konnte ich mein Auto erkennen, und noch vier oder fünf andere. Zwischen dem Thunderbird und meinem Daimler stand ein schwarzer Barina mit dunkel getönten Scheiben. Er stach heraus wie ein Chihuahua unter Schäferhunden.

»Wem gehören die Autos?«, fragte ich.

»Der BMW gehört zu dem Elektrogeschäft, die anderen kenne ich nicht. Bis auf den Thunderbird – das ist meiner«, fügte sie hinzu, nicht ohne einen gewissen Stolz.

»Macht was her«, sagte ich. »Neu?« Das letzte Mal, als ich hier war, hatte Cilla noch einen klapprigen alten Honda gefahren. Ich konnte kaum glauben, dass das Geschäft seither einen solchen Aufschwung genommen hatte.

»Ja, mein Onkel ist gestorben, der Bruder meines Vaters. Er hat mir den Wagen vererbt. Stand fünfzehn Jahre in der Garage. Das wird jetzt anders. Dieses Auto hat seine große Zeit noch vor sich.«

Hinter den Autos befanden sich Verschläge, die stark an Windhundboxen erinnerten. Meines Wissens war Newtown alles andere als eine Hochburg der Windhundzucht. Ich fragte Cilla, was früher in diesem Haus gewesen war. Sie hatte keine blasse Ahnung, und es interessierte sie auch nicht. Sie öffnete einen der Verschläge und deutete auf vier große Abfalltonnen. »Die Katzen«, beantwortete sie meine unausgesprochene Frage, »Riesenkatzen, manche groß wie Tiger. Der Müll ist immer überall verstreut. Hier«, sie hob den Deckel der einen Tonne, »das ist das Zeug aus Dolores' Zimmer.«

Ich ging zu meinem Auto und öffnete das Handschuhfach. Vermutlich bin ich der einzige Mensch auf der Welt, in dessen Handschuhfach tatsächlich Handschuhe liegen. Ich nahm ein paar Müllsäcke heraus und breitete sie auf dem Boden aus. Dann streifte ich die Handschuhe über und kippte die Abfalltonne um. Cilla erbot sich nicht, mir zu helfen. Hätte ich an ihrer Stelle auch nicht getan. Ich klaubte jedes einzelne Bitter-Fläschchen, das ich finden konnte, heraus, und wühlte auch den Rest durch, auf der Suche nach irgendetwas, das interessant sein könnte. Aber außer der Spritze war da nichts. Ich legte sie zu den Flaschen.

Bisher hatte ich nur ein einziges Mal in meinem Leben eine Mülltonne durchsucht, und damals trug ich keine Handschuhe. Es war ein Abfallbehälter in der Innenstadt gewesen, George Street. Ich hatte einen Apfel gegessen, und als ich das Kerngehäuse wegwarf, waren die Autoschlüssel gleich mitgeflogen. Und blieben sie etwa hübsch obenauf liegen, so dass ich sie nur wieder hätte aufzunehmen brauchen? Kein Gedanke. Erst nach einer ganzen Weile Herumwühlen in Dingen, die jeder Beschreibung spotteten, fand ich die Schlüssel.

Das Wühlen im Müll war dabei freilich nur die eine Seite des Alptraums gewesen. Die andere ergab sich aus der Tatsache, dass ich mich mitten in der City befand. Ich hätte tot auf dem Gehweg liegen können, die Leute wären einfach über mich hinweggestiegen und ihrer Wege gegangen. Dass ich dagegen in einer Mülltonne wühlte, war etwas anderes! Jeder einzelne Passant und jede einzelne Passantin drehten sich – aus sicherer Entfernung – nach mir um. Einige blieben sogar stehen. Allmählich bildete sich ein richtiger kleiner Menschenauflauf.

Mein Gesicht war bereits tomatenrot, aus Verlegenheit, Frustration oder einer Kombination von beidem. »Sie fragen sich wahrscheinlich, warum ich Sie alle hierherbestellt habe«, sagte ich laut. »Ich habe Ihnen etwas mitzuteilen. Ich suche nicht etwa nach Essen. Ich habe aus Versehen meine Autoschlüssel hier reingeworfen, und suche sie jetzt. Möchte mir vielleicht jemand helfen?« Damit sprengte ich zwar die Menschenansammlung, aber meine Schwierigkeiten waren noch nicht zu Ende. Schließlich hatte ich auch an die Obdachlosen zu denken. Sie hatten den Bezirk unter sich aufgeteilt. Ich wilderte also in fremdem Revier. Möglicherweise sogar in dem meines Vaters. Ich fragte mich, ob er auch regelmäßig eine bestimmte Abfalltonnen-Runde machte. Das war das Allerschlimmste daran. Dass ich tat, was mein Vater jeden Tag tun musste. Alles in mir sträubte sich dagegen, und ich hasste den Gedanken, dass mein Vater täglich in dieser Situation war, angestarrt von den Fremden auf der Straße, die dachten, was Leute bei einem solchen Anblick eben denken. Vielleicht machte es ihm ja nichts aus. Mir machte es sehr wohl etwas aus.

Und jetzt wühlte ich wieder mal in fremdem Müll, auf der Suche nach Spritzen und leeren Flaschen.

Ich packte die Spritze und die Fläschchen sorgfältig ein und warf den übrigen Müll in die Tonne zurück. Cilla und ich gingen wieder hinauf. Ich packte die Kleider und das Make-up zusammen und trug alles zu meinem Wagen.

Ich verstaute das Zeug im Kofferraum und drückte mich an dem Barina vorbei. Wenn ich an Autos mit getönten Scheiben vorbeigehe, packt mich immer der unwiderstehliche Drang hineinzustarren, aber diesmal war nichts zu erkennen; das Fahrzeug sah aus, als käme es direkt aus der Ausstellungshalle.

Am Hofeingang gingen Leute vorbei, auf dem Heimweg von ihrer Arbeit. Vor mir lag der ganze Abend, ein freier Abend, aber ich freute mich nicht darauf. Ich wollte meine Mutter besuchen. Was ich ihr sagen musste, war nicht mit einem Anruf zu erledigen. Ich musste ihr von Dolores erzählen. Nicht nur, dass sie tot war, sondern auch, dass ich es für Mord hielt. Und schlimmer noch, ich würde ihr Fragen stellen müssen.

Wenn Carol ihre Mutter in einem Mordfall verhören müsste, würde sie diese Aufgabe höchstwahrscheinlich einem Kollegen übertragen. Das hätte ich auch gern getan, wenn mir jemanden eingefallen wäre, der es für mich hätte erledigen können. Ganz gleich, wie gut ich in meinem Job war, wie gerissen und clever, für Mina blieb ich ewig in der vierten Klasse.

Ich fuhr aus dem Hof hinaus und bog in die Seitenstraße ein. Es dauerte lange, bis ein Auto nach dem anderen sich in den Verkehr auf der King Street einfädeln konnte. Erst in der Cleveland Street bemerkte ich den schwarzen Barina.

Der Barina blieb auf der ganzen Cleveland Street hinter mir. Als ich mit dem Hauptverkehrsstrom in die Anzac Parade einbog, war er immer noch da. Im Licht der Ampel an der Kreuzung Anzac Parade/Alison Road konnte ich einen Blick auf das Nummernschild werfen. Ich legte die Nummer in einer der Gehirnzellen ab, die ich für solche Informationen freihalte. Die Rennbahn auf der einen, Centennial Park auf der anderen Seite, fuhren wir auf der breiten Straße in die langgezogene Kurve ein. Nachts fährt sich diese Strecke wie Le Mans oder Monte Carlo. Jetzt, um sechs Uhr abends, kamen wir kaum in Versuchung, die Geschwindigkeitsbegrenzung zu überschreiten, auch wenn wir nicht gerade dahinkrochen.

In der Belmore Road wartete der nächste Stau. Der Barina war immer noch da, unmittelbar hinter mir, ich spürte fast seinen heißen Atem im Nacken. Es war ein vage unbehagliches Gefühl, das kleine Pelztier, das zusammengerollt in meinem Magen lebt, schien zu gähnen und sich zu recken, ohne jedoch ganz aufzuwachen. Dieses kleine Tier heißt Angst. Mein Schatten hielt sich zu dicht hinter mir, um ein Profi zu sein; die Hauptverkehrsstraßen, auf denen wir uns bewegten, waren so hell erleuchtet, dass ein geschickter Verfolger sich ohne weiteres einen Abstand von fünf oder sechs Autos leisten konnte, ohne das Risiko einzugehen, sein Objekt aus den Augen zu verlieren. Doch das machte es eher schlimmer. Ein Profi macht nur seinen Job, jeder andere hat einen persönlichen Grund. Er geht Risiken ein, macht Fehler. Deshalb ist er gefährlich.

Es musste derselbe Barina sein, der beim Club neben mir geparkt hatte. Aber wo hatte sich der Fahrer versteckt? Ich hatte niemanden im Hof herumhängen sehen, und auch im Auto hatte niemand gesessen, ich hatte doch hineingeschaut. War er irgendwo in der Nähe gewesen, vielleicht um die Ecke, hatte gewartet, bis ich einstieg und war zu seinem Auto gerannt, als er mich losfahren sah? Oder waren sie die ganze Zeit mit mir im Hof gewesen? Hatten in einem der Verschläge gehockt, gewartet, mich beobachtet, belauscht?

Hatte der graue Celica sich in einen schwarzen Barina verwandelt, und derselbe Fahrer wartete nun auf eine günstige Gelegenheit für einen zweiten Versuch? Ich freute mich nicht gerade auf das, was heute Abend noch vor mir lag – meiner Mutter von Dolores zu erzählen –, noch weniger aber gefiel mir, was da hinter mir lauerte. Eigentlich hatte ich auf der Fahrt darüber nachdenken wollen, wie ich Mina das Ganze am schonendsten beibrachte. Nun hatte ich ein aktuelleres Problem. Ich rief mir in Erinnerung, dass ich es schließlich genau so gewollt hatte. Trotzdem war ich jetzt, wo es so weit war, alles andere als glücklich. Ich konnte immer noch aussteigen. Die Nachforschungen sein lassen, mich wieder in mein altes Selbst verwandeln, nach Hause gehen und meinem Haar seine alte Farbe zurückgeben. Nein, konnte ich nicht, dafür war es zu spät. Ich konnte mich schlecht umdrehen und sagen, hey Jungs, war alles nur ein Missverständnis, ich bin gar nicht Dolores Delgado, ich bin Claudia Valentine. Sie wussten inzwischen, dass ich in der Sache drinhing, ich war zu weit gegangen, um die Maske jetzt noch ablegen und ungeschoren davonkommen zu können.

Andererseits war ich offenbar noch nicht weit genug gegangen. Ich wusste immer noch nicht viel. Wenn ich mich jetzt umdrehte und meine Verfolger stellte, gab es zwei Möglichkeiten – sie konnten mich umbringen, oder sie konnten abhauen. In beiden

Fällen würde ich nicht herausfinden, wer sie waren und warum sie Dolores aus dem Weg räumen wollten. Ich hatte von Anfang an gewusst, dass es gefährlich werden konnte. Mit dieser Gefahr musste ich jetzt leben. Der Fisch zappelte am Haken. Ich musste nur noch dafür sorgen, dass nicht ich der Fang war, der am Köder erstickte.

Die Ampel schaltete auf grün. Ich fuhr die Alison Road hinunter. Der Hauptverkehr wälzte sich weiter in Richtung Belmore, der Barina folgte mir. Solange ich fuhr, würde auch der Barina fahren. Ich stellte die Weichen, beruhigte ich mich. Ich gab die Richtung an, der Barina würde mir folgen, wohin ich auch fuhr. Aber ich wollte nicht, dass er mir bis vor die Haustür meiner Mutter hinterher kam.

Ich parkte vor einem alten Friedhof, ein paar Straßen von Mina entfernt. Der Friedhof war nur klein, aber er wirkte irgendwie gespenstisch, und dieser Eindruck wurde noch verstärkt durch das orangefarbene Licht, das aus Belmore Park von der anderen Seite der Straße herüberfiel, ein Licht, das die dürftigen Kiefern im Park wie Geisterbäume wirken ließ. Hier war alles ganz anders, als ich es in Erinnerung hatte. Die Parks in Sydney mussten sich in jüngster Zeit heftige Verschönerungsmaßnahmen gefallen lassen. Im Großen und Ganzen war das Ergebnis nicht übel, ich konnte nur nicht so ganz einsehen, was vorher nicht in Ordnung gewesen sein sollte. Was schadete es schon, wenn die Wege nach längerem Regen ein bisschen schlammig wurden? Die Kinder liebten das. Na gut, ein paar Landschaftsarchitekten hatten dadurch Arbeit. Und wir alle hatten Arbeit weiß Gott bitter nötig.

Ich beobachtet, wie der Barina ein Stückchen vor mir parkte. Ich schlüpfte aus meinen Schuhen und zog Joggingschuhe an. Dann stieg ich langsam aus und schloss das Auto sorgfältig ab. Der Fahrer des anderen Wagens würde nicht aussteigen, bevor ich mich nicht von meinem entfernte.

Und dann sprintete ich los. Meine Beine waren nicht bloß Show. Ich spurtete durch den Park, dann die Straße hinunter. Meine Verfolger konnten vielleicht einen Schatten im Park erkennen, aber sie mussten schon sehr schnell sein, wenn sie mir die Straße entlang folgen wollten. Zu Fuß war ich in meinem Element.

Der Daimler war leicht auszumachen, dafür war ich ohne ihn so gut wie unsichtbar. Normalerweise nahm ich mir ein Mietauto, wenn ich jemanden verfolgte, aber das heute Abend war nicht geplant gewesen. Der Daimler wurde allmählich alt, aber er liebte die Jagd noch immer. Und seine Auffälligkeit war durchaus nicht nur von Nachteil. Heute kam sie mir besonders zugute – ich wollte zwar nicht, dass mein Schatten mich bis zum Haus meiner Mutter begleitete, aber ich wollte ihn auch nicht aus den Augen verlieren.

Auf der anderen Seite des Parks warf ich einen kurzen Blick zurück. Der Fahrer des Barina war ausgestiegen und bewegte sich in meiner Richtung. Ich gewann den flüchtigen Eindruck eines Mannes, mittelgroß, mittlere Statur. Er trug eine dieser Windjacken mit Kapuze, die gerade modern waren – seine war's allerdings nicht. Immerhin erfüllte sie ihren Zweck, sie verbarg sein Gesicht und seine Haarfarbe.

Ich lief weiter. Die Gegend hier kannte ich wie meine Westentasche. Obwohl ich nicht mehr gern herkam, kannte ich noch sämtliche Abkürzungen und Schleichwege. Ich kletterte über den Zaun in Panadopoulos' Hinterhof. Bei der Landung knickte ich einen Zweig an einem Kapsikumstrauch. Ich duckte mich und verharrte bewegungslos. Durch einen Spalt zwischen den Zaunlatten beobachtete ich eine Gestalt, die stehen blieb und die Straße hinauf und hinunter spähte. Es hätte der Mann sein können, der mich verfolgt hatte, aber es gab hier keine Straßenlaternen, und die Nacht war dunkel. Der Typ musste gut zu Fuß sein, wenn er mich so schnell eingeholt hatte. Vielleicht war es ja auch nur ein harmloser Passant. Schließlich mussten auch noch Leute unterwegs sein, die nicht hinter mir her waren. Der Mann blieb einen Augenblick stehen und ging dann weiter.

Ich drückte mich noch ein Weilchen in den Kapsikumstrauch. Nichts rührte sich. Niemand blieb stehen, niemand kam vorbei. Als ich das Gefühl hatte, lange genug gewartet zu haben, machte ich mich daran, über verschiedene Zäune zu klettern und durch mehrere Hinterhöfe zu huschen. In den meisten hatte ich als Kind gespielt. Ich kannte nicht mehr alle Leute, die hier wohnten, sie kamen und gingen, aber die Hinterhöfe blieben im Großen und Ganzen immer gleich, abgesehen von einer Familie, die ihren zubetoniert hatte und ihn kurze Zeit später wieder aufgraben ließ, weil sich Abwasserprobleme einstellten.

Die griechische Familie, die unmittelbar neben Mina gewohnt hatte, war zurück nach Skiathos gegangen. Jetzt hatte sie koreanische Nachbarn, die mir völlig fremd waren. Heute sollte ich sie kennen lernen. Der Mann kam gerade aus der Garage, als ich in seinen Hinterhof hechtete. »N'abend«, sagte ich wohlerzogen. »Ich bin Minas Tochter. Ich wollte hier bloß rasch durch.« Sprach's und setzte meinen Weg fort. Das schien mir besser, als lange Erklärungen vom Stapel zu lassen.

Er stand vor seiner Garage und glotzte mir nach. Als ich an Minas Hintertür klopfte, kam er zum Zaun. Ich konnte gerade noch die obere Hälfte seines Kopfes erkennen. Er blieb wie gebannt stehen, auch als ich nach Mina rief. Wer eine Nachbarin hat, die als Strauß auftritt, ist wohl neugierig, wie ihre Küken aussehen. Vor allem, wenn eins davon gerade durch seinen Hinterhof spaziert.

Ich rief Minas Namen. Ich dachte, sie habe mein Klopfen überhört. Die Musik war zu laut. Eigentlich war es gar nicht ihre Art, so laut Musik zu hören. Ich klopfte und rief noch einmal. Nichts.

Jetzt wachte das kleine Tier in meinem Magen richtig auf. Vielleicht war die Musik so laut gestellt worden, um irgendetwas zu übertönen. Vielleicht war der Typ mir ja doch bis hierher gefolgt. Mein Gott, schoss es mir durch den Kopf, wie konnte ich nur so dumm sein und auch noch nach ihr rufen?

Ganz vorsichtig drehte ich den Türknauf. Die Tür war nicht abgeschlossen, sie ging ganz leicht auf. Ich hörte die Stimme meiner Mutter im Wohnzimmer. Sie klang überhaupt nicht nach ihr.

Irgendwas ging da vor. Ich packte den Schirm, der hinter der Tür stand, und schlich zur Wohnzimmertür. Mit einem Satz hechtete ich in die offene Tür, den Schirm mit beiden Händen umklammernd, wie die Polizei im Fernsehen ihre Waffe.

Und dann blieb ich wie vom Donner gerührt stehen. Der Kiefer fiel mir herunter, ich traute meinen Augen nicht. Da war ein Mann, der küsste meine Mutter! Ein Mann, den ich kannte!

»Brian! Was machst du denn hier?«

Brian Collier war Journalist. Er und mein Vater hatten bei derselben Zeitung gearbeitet, er war ein Freund der Familie. Falls wir zwei als Familie durchgehen. Ich war ihm vor ein paar Jahren zufällig wieder begegnet, und seither hatten wir losen Kontakt gehalten. In meinem Job als Privatdetektivin war Brian mir oft sehr nützlich, und im Laufe der Zeit hatten wir uns angefreundet. Ich hatte immer den Verdacht gehabt, dass Mina seine heimliche Flamme war, aber nicht mitbekommen, dass er dabei war, diese Flamme zum Feuer zu schüren.

»N'abend, Claudia.« Wenn Verlegenheit sich personifizieren könnte, hätte sie jetzt die Gestalt von Brian Collier angenommen. Er schaute drein, als hätte ich ihn mit heruntergelassenen Hosen erwischt. Dabei hatte er lediglich die Krawatte abgenommen. Anders meine Mutter. Sie trug eines ihrer alten Tivoli-Kostüme. Eins von denen, die sie mich als Kind nie anprobieren ließ und jahrelang sorgfältig aufbewahrte. Es bestand größtenteils aus Netzstoff, mit ein paar an strategischen Punkten platzierten Ziermünzen. Das heißt, vor dreißig Jahren waren sie vielleicht strategisch platziert gewesen, jetzt weniger.

Ich war offenbar in eine Art Party hineingeplatzt. Die beiden tanzten, falls das, was Brian tat, als Tanz bezeichnet werden konnte. Ich war einfach platt, um einen Ausdruck meiner Mutter zu gebrauchen.

»Claudia!«, rief meine Mutter und kam auf mich zugetrippelt. »Dein Haar ist ja schwarz. Na, macht nichts. Trink einen Schluck Champagner.«

»Aber Mum, seit wann trinkst du denn Alkohol!«

»Sie trinkt nicht und ich tanze nicht, das ist meiner Ansicht nach ein Patt«, meinte Brian. Ich hatte ihn noch nie so schüchtern erlebt. Das machte ihn mir im Grunde nur noch sympathischer. Meine Mutter hatte immer gesagt, Brian habe ihr beigestanden, als mein Vater sich schließlich ins Vergessen trank. Sie hatte nie erwähnt, dass er die Rolle des Hausfreunds übernahm.

»Mum, was geht hier vor?«, fragte ich mit einer Stimme, irgendwo zwischen verwirrtem Kind und strengem Elternteil.

»Mein Gott, Claudia, Kind, bleib locker«, riet sie mir nonchalant.

›Bleib locker‹? Ich hörte wohl nicht recht. Meine Mutter sagte nie ›bleib locker‹!

»Sie ist beschwipst. Brian, du hast meine Mutter betrunken gemacht«, sagte ich anklagend. Und es hatte ganz so ausgesehen, als sei er kurz davor gewesen, die Situation auszunützen.

Meine Mutter schlingerte zu mir herüber, auf hohen Absätzen, die aussahen, als könnten sie eine Menge Schaden anrichten. »Es ist alles in Ordnung«, tröstete sie mich. Sie versuchte, meinen Arm zu tätscheln, traf aber daneben. »Wir haben bloß ein bisschen getanzt und ein bisschen getrunken, nur eine kleine Feier.«

»Feier nennst du das? Du hast doch wohl nicht vor zu heiraten, oder? Es heißt, die Tochter ist immer die letzte, die es erfährt«, sagte ich sarkastisch.

Hoch aufgerichtet stelzte ich in die Küche und setzte Kaffeewasser auf. Niemand kam mir nach, und ich war dankbar dafür. Das war allerdings auch das einzige, wofür ich dankbar war. Ich lehnte mich an den Küchenschrank und starrte die Wand an. Da hing noch immer das aus Linsen gebastelte Bild, das ich in der zweiten Klasse gemacht hatte: ein in typisch kindlicher Manier dargestelltes Haus mit einem Fußweg bis zur Tür. Im Laufe der zwanzig Jahre, die es da hing, waren ein paar Linsen aus dem Weg herausgefallen und nie ersetzt worden. Jedes Mal, wenn ich zu Mina kam, registrierte ich die fehlenden Linsen, und jedes Mal wollte ich es ausbessern, aber ich tat es nie. Es war wie bei einem Bild, das schief hängt – lass es lange genug so hängen, und es wächst dir ans Herz; aus Abneigung wird Zuneigung.

Meine ganze Kindheit hindurch hatte meine Mutter keinen Freund gehabt, obwohl es ihren Betty-Grable-Beinen nie an Bewunderern gefehlt hatte. Als ich ins Teenie-Alter kam und die ersten Jungenbekanntschaften hatte, fragte ich sie einmal danach. »Ich bin vollkommen glücklich so, wie es ist«, hatte sie geantwortet. Und damit hatte es sich. Als die Leute meinten, sie solle sich doch den Film *Shirley Valentine* ansehen – und zwar nicht nur wegen des Nachnamens –, sagte sie: »Dafür brauche ich nicht nach Griechenland zu fahren, das kann ich in meinem eigenen Hinterhof haben.« Ich hatte das immer für einen Scherz über den bewussten griechischen Nachbarn gehalten, aber seit vorhin dachte ich anders.

Vor allem aber dachte ich, dass ich mich wie eine komplette Idiotin benommen hatte. Ins Wohnzimmer zu platzen wie Rambo, mit einem Schirm bewaffnet. Hatte ich mir nicht immer den Mund fusselig geredet, Mina sollte mal ausgehen, sich was gönnen, Spaß haben? Ich wusste, dass sie nicht trank; das war Sache meines Vaters gewesen. Und jetzt, wo sie es sich offensichtlich gutgehen ließ, fühlte ich mich ... wie fühlte ich mich eigentlich?

»Nimmst du das Ding eigentlich irgendwann mal wieder vom Herd?« Das war Collier. Das Wasser kochte wie wild.

Ich nahm den Kessel herunter.

»Du wirst es vielleicht nicht glauben, aber das war das erste Mal.« Er wirkte immer noch schüchtern, als wolle er sich bei mir entschuldigen, als sei ich Minas Mutter und nicht umgekehrt. Da stand er, ohne Krawatte, das sorgfältig mit Wasser geglättete Haar völlig verstrubbelt. Und ich dachte, ich hätte Probleme! Schwer zu sagen, wer hier verlegener war – er oder ich.

Ich fing an, die Situation von ihrer leichten Seite zu nehmen. »Eigentlich will ich gar keinen Kaffee. Ich werde mich euch anschließen und ein Gläschen Champagner mittrinken, und ich will keine Kommentare von wegen eine Person zu viel im Zimmer hören, Brian.«

»Sieht so aus, als hätte das Wasserkochen seinen Zweck erfüllt«, meinte Brian. »Willkommen im wirklichen Leben.«

Glücklicherweise war Victor Sylvesters Tanzabend zu Ende, und noch besser war, dass Mina es nicht bemerkt hatte. Es war auch so noch reichlich laut. Mina erzählte mir haarklein die ganze lange Geschichte dieses Tages, dass Brian sie zum Rennen eingeladen hatte, wo sie seit Jahren nicht gewesen war, dass sie eine hübsche Stange Geld gewonnen, ein paar Flaschen Champagner gekauft und eigentlich zum Essen hatten ausgehen wollen, dann aber ›nur auf ein Gläschen‹ hier zu Hause gelandet waren. Sie wackelte ins Schlafzimmer, etwas holen, das sie mir zeigen wollte. »Hat der Gewinn denn nicht mal für Moet gereicht?«, fragte ich Brian, als sie draußen war. »Sie bestand auf Minchinbury«, quetschte Brian zwischen den Zähnen heraus. Mina war schon wieder da.

»Ist das nicht hübsch?«, strahlte sie und hielt sich eine goldene Kette mit Smaragden um den Hals. Ich blinzelte Brian spöttisch zu. »Von dir?« Er schüttelte nachdrücklich den Kopf.

Mein Stil war es nicht gerade, aber Mina mochte protzigen Goldschmuck. »Steht dir gut«, sagte ich. »Stammt das auch aus dem Gewinn?«

»Dolores hat sie mir gegeben. Ich werde sie heute Abend tragen.«

Es war ein scheußliches Gefühl. Da saß ich und musste meiner Mutter sagen, dass Dolores tot war, während sie sich darauf freute, Dolores' Kette auszuführen. Mir hatte sowieso vor diesem Gespräch gegraut, aber es war noch schlimmer, als ich gedacht hatte. Sie gab mir die Kette, damit ich sie mir genauer ansehen konnte. »Dir gegeben?«, wiederholte ich lahm.

Mina setzte sich und klopfte einladend neben sich aufs Sofa. »Sie hat irgendeinen reichen Geldonkel an der Leine«, sagte sie vertraulich, »einen ganz großen Geschäftsmann. Gordon nochwas. Er hat sie ihr geschenkt, aber sie gefiel ihr nicht. Sie fragte mich, ob ich sie haben wollte. Ich fragte, ob sie ganz sicher sei, dass sie sie verschenken wollte, und sie meinte: ›Aber natürlich!‹ Du weißt doch, wie sie redet, Claudia. Sie meinte, sie sei gerade dabei, ein bisschen Ballast abzuwerfen, bevor sie fortgeht.«

Dolores hatte Mina gesagt, dass sie fortwollte? Ich wusste nur zu gut, wie Dolores redete, aber offenbar hatte sie mit meiner Mutter sehr viel mehr geredet als mit allen anderen. Cilla hatte sie nichts gesagt, mir gegenüber hatte sie nichts erwähnt. Aber meine Mutter wusste es. Wenn ich nicht das Ticket gesehen hätte, wäre das Ganze für mich wieder eine von Dolores' Geschichten gewesen.

»Dolores hat dir gesagt, dass sie fortgehen wollte?«
»Ja«, meinte Mina fröhlich, »nach Spanien.«
Nach Spanien? Auf dem Ticket stand Bangkok.
»Nicht nach Bangkok?«
»Was soll sie denn in Bangkok? Sie sagte, sie ginge nach Spanien. Es war Spanien, da bin ich ganz sicher.«
»Wann wollte sie gehen?«
»Weiß ich nicht. Bald, hat sie gesagt.«
»Und wollte sie allein reisen, oder wollte dieser Gordon mitkommen?«
»Das weiß ich doch nicht, warum fragst du sie denn nicht selbst?«, sagte sie ungeduldig. »Guter Gott, das ist ja wie ein Verhör!«
Ich legte die Kette aufs Sofa. »Mum, ich kann Dolores nicht fragen«, sagte ich mit ruhiger, gefasster Stimme. Mit derselben Stimme hatte meine Mutter mir damals die Sache mit meinem Vater erklärt und warum er nicht mehr bei uns leben würde.
Offenbar erkannte sie den Ton. Mit einem Mal wirkte sie fast nüchtern. »Es ist etwas passiert, oder?«
»Ja«, sagte ich einfach. »Dolores hatte einen Herzanfall im Club. Die Wiederbelebungsversuche haben nichts genützt ... sie konnten nichts mehr für sie tun.«
Ihr Gesicht zeigte einen Ausdruck ungläubiger Bestürzung. »Sie ist gestorben?« Irgendwie muss es ausgesprochen werden, aber es bleibt immer unangemessen. »Aber ... aber ... sie ist doch noch viel zu jung für einen Herzanfall.« Sie saß da und starrte die Kette an, während der Schock sie allmählich, in Wellen, überfiel. »Sie muss herzkrank gewesen sein, es war fast, als wüsste sie, dass so was passieren würde«, sagte sie leise, »deshalb hat sie auch ihren Schmuck und die anderen Dinge verschenkt. Sie muss es gewusst haben.«
»Es war kein normales Herzversagen. Ich glaube, dass sie ermordet wurde.«
»Nein«, schrie sie auf, »nein, nicht ermordet!«
Normalerweise pflegte ich meine Fälle nicht mit meiner Mutter zu erörtern, vor allem keine Mordfälle, aber normalerweise

»Ist lange her, dass ich mit denen zu tun hatte. Warum?«

»Ich hätte gerne gewusst, was sie so herausgefunden haben. Das Leichenschauhaus hat ihnen Proben geschickt.«

»Völlig aussichtslos, wenn du eine Außenstehende bist. Warum fragst du nicht deine Freundin von der Kripo?«

»Sie will vorläufig noch nichts mit der Sache zu tun haben. Wenn ich sie bekniee, würde sie es tun. Aber so lange, wie das auf dem offiziellen Weg dauert, sind wir alle tot, bevor wir was erfahren.« Meine eigenen Worte gellten mir in den Ohren. Warum klang es bloß so bedrohlich, es war doch nur eine Phrase? Es war Zeit, dass ich von hier fortkam.

Ich ging in die Küche, um mich von Mina zu verabschieden. Ich fand sie ebenfalls auf das Linsenbild an der Wand starrend. Sie hatte geweint. »Wir sollten endlich mal ein Pfund Linsen kaufen und das ausbessern, Claudia.«

»Ja, sollten wir. Ich ruf dich an. Geh wieder rein zu Brian, ich glaube, er vermisst dich.«

Ich nahm denselben Weg, den ich gekommen war, allerdings ohne durch Hinterhöfe Haken zu schlagen. Ich ging hinten herum und spähte durch den Zaun. Keiner da. Ich zog mich hoch und sprang auf der Straßenseite runter. An den Häusern entlang, dann durch den Park. Nicht einmal ein Hund bellte. Und dabei war es erst acht Uhr abends.

Der Daimler war noch da. Der Barina auch. Ich inspizierte den Kofferraum. Alles an seinem Platz. Ich drehte den Zündschlüssel und fuhr los. Der Barina auch.

Der Barina verfolgte mich bis zum Cross. Er wartete, bis ich auf den Parkplatz des Royale gefahren war, bog aber nicht ein.

Ich nahm Dolores' Sachen aus dem Kofferraum und ging zum Empfang. Laut Patrick waren keine Nachrichten oder Anrufe für mich oder Dolores eingegangen. »Wenn jemand fragt, egal nach was, möchte ich es wissen«, sagte ich.

»Klar«, versprach Patrick in gewohnt lässiger Manier.

Ich ging hinauf.

Es war ein seltsames Gefühl, wieder Kleider in den Schrank zu hängen, aus dem Dolores vorher Sachen herausgenommen und eingepackt hatte, bereit, fortzugehen. Als sei sie auf dem Rückweg, und ich bereitete alles für ihre Ankunft vor. Aber sie würde nicht zurückkommen. Nie mehr würde sie den Schrank öffnen, liebevoll ihre Kleiderkollektion mustern und dann gewissenhaft das schönste und passendste aussuchen.

Es war natürlich völlig sinnlos, was ich da tat, aber ich wusste einfach nicht, was ich sonst mit den Kleidern anfangen sollte. Dies war immer noch Dolores' Zimmer, es waren ihre Sachen. Sie gehörten ihr. Irgendwann würde ich etwas unternehmen müssen, sie verkaufen oder weggeben. Aber nicht jetzt.

Jetzt konnte ich höchstens ein bisschen aufräumen. Es war Dolores' Zimmer, aber im Augenblick wohnte ich darin. Ich bin zwar selbst nicht übermäßig ordentlich, hätte aber doch gern wenigstens einen freien Blick auf die horizontalen Flächen gehabt. Es schien nahezu unmöglich, in einem derart chaotischen Zimmer einen klaren Gedanken zu fassen.

Ich sortierte den Schmuck und legte die einzelnen Stücke in die ihnen zugedachten Fächer. Dolores hatte dafür ein bestimmtes System, aber sie richtete sich nicht danach. Es gab ein Kästchen für die kostbareren Teile; die wirklich interessanten, ausgefallenen

Stücke befanden sich jedoch in einer anderen Schatulle – oder hätten zumindest dort sein sollen. Das meiste lag einfach auf dem Schminktisch. Zusammengetragen aus Paddington, Ahah Dodo in Glebe, aus der City. Sie besaß auch Schmuck, der eigens für sie angefertigt war. Ohrgehänge in Form von Hochzeitstorten und goldenen Tanzschuhen sowie Miniaturnachbildungen von ihr selbst und Ramón, tanzend, eine Figur für jedes Ohr.

Die Stücke in dem anderen Kästchen, die teuren, machten zwar viel her, waren aber nicht besonders originell. Protziger Goldschmuck, ähnlich wie die Kette, die sie Mina geschenkt hatte. Mina hatte doch einen Namen erwähnt. Gordon, ein ganz großes Tier in der Geschäftswelt. War das der Typ, der die Rosen mitgebracht hatte? Der hatte zwar absolut nicht nach Tycoon ausgesehen, aber neuerdings trat diese Spezies ja in den unterschiedlichsten Formen und Größen auf. Vielleicht wirkte er im Anzug größer. Irgendeinen Grund hat es ja wohl, dass Männer Anzüge tragen.

Ich war fast fertig. Die Angostura-Fläschchen steckte ich in eine Plastiktüte, die Spritze wickelte ich in Kleenextücher und tat sie ebenfalls in eine Plastiktüte, dann stopfte ich das Ganze in meine kleine Reisetasche.

Für Dolores sah Dolores' Apartment jetzt superordentlich aus, und auch für mich war es gar nicht schlecht. Ich hatte nichts weggeworfen, nur ein bisschen Ordnung geschaffen. Ich mixte mir einen Gintonic und blätterte das Buch über Geschäfte mit Japanern durch. Auf einer einsamen Insel ohne jeden Lesestoff hätte ich es sicherlich faszinierend gefunden. Aber ich war nicht auf einer einsamen Insel. Ich legte es beseite und stellte den Fernseher an, ohne mich recht konzentrieren zu können. Musste ich ja auch nicht. Ich war jetzt über eine Stunde auf dem Zimmer, und niemand hatte angerufen. Eine erneute Nachfrage bei Patrick verlief ergebnislos.

Mein Schatten war verschwunden.

Es war fast zehn Uhr, und ich hatte Hunger. Ich musste schließlich nicht die ganze Nacht hier herumhängen. Ich hatte ein Mobiltelefon, war also mobil.

Ich rief meine Freundin Lucy an und fragte, ob sie Lust auf ein Treffen in einer der Brasserien in Bayswater Road hätte. Sie meinte, liebend gern, aber sie sei im Augenblick etwas knapp bei Kasse. Die Zeiten seien schwer. Keine Ahnung, warum die Zeiten für sie schwer waren. Meines Wissens wurden Ärztinnen immer noch bezahlt.

Ich sagte, Geld spiele keine Rolle, ich hätte eine Goldmine geerbt. Sie sagte, sie sei in zwanzig Minuten da.

Mir war eingefallen, dass ich ja mit Dolores' Karte bezahlen konnte. Ich wurde zunehmend neugieriger auf Royal Dolphin und fragte mich, wie viel ich wohl noch ausgeben könnte, bevor jemand einschritt.

Lucy arbeitete in der allergologischen Abteilung im Prince-Albert-Hospital. Tagsüber Ärztin, nachts Girlie. Sie war klein und sehr schlank. Wie eine Stange Dynamit. Beim Essen fragte ich sie, ob sie je mit dem Labor in Lidcombe zu tun gehabt hatte.

»Nö«, meinte sie, »wieso?«

»Ich muss 'was analysieren lassen. Auf Spuren von Gift.«

Das aufgespießte Stückchen gegrillte Paprika, das Lucy gerade in den Mund schieben wollte, blieb auf halbem Wege in der Luft. »Gift. Willst du mir das Essen vermiesen?«, fragte sie, die Paprika nun doch mit unvermindertem Appetit verspeisend. »Wie wär's mit einem privaten Labor?«

Es schien wesentlich zweckmäßiger, das Zeug nach Lidcombe zu bringen, wo sie bereits diverse Proben von ... Dolores analysierten. Allmählich verging mir selbst der Appetit.

Allerdings nicht der auf eine nette, informative Dinner-Plauderei. Nach dem Dessert kam ich auf mein ursprüngliches Thema zurück. »Kennst du dich mit Giften aus?«

»Ein bisschen«, sagte Lucy und zündete sich eine Zigarette an. »Über Allergene weiß ich mehr, aber begrenzt kenne ich mich auch in der Toxikologie aus.«

»Welches Gift macht, dass du bei einem Herzanfall sabberst?«

Sie dachte einen Augenblick nach, zog an der Zigarette, musterte den attraktiven Kellner, der an unserem Tisch vorüberging, und blies elegant den Rauch aus. »Muskelschwäche?«

Dolores' Bewegungen waren schlapp gewesen, wie bei einer Gliederpuppe. »Möglich.«

»Es ist nicht mein Fachgebiet, und ich würde es ungern vor Gericht beschwören, aber es gibt da ein Indol-Alkaloid namens Bufotenin, das diese Wirkung hat. Kommt in den Hautdrüsen von Kröten vor, in Samen und Blättern bestimmter Pflanzen, Oleander zum Beispiel, und in Amanita-Pilzen. Das sind die hübschen Roten mit den weißen Punkten, unter denen Zwerge und Elfen wohnen.«

»Man müsste das Zeug also essen?«

»Das wäre eine Möglichkeit. Klingt verlockend – ›sautierte Krötenbeine in Fliegenpilzsauce mit Oleanderblättersalat‹. Das Dumme ist, dass es schmecken würde wie Scheiße.«

»Und die andere Möglichkeit?«

»Wenn du dich auskennst, könntest du das Bufotenin extrahieren. Es ist in Alkohol löslich, du könntest also einen Drink damit aufpeppen. Wenn du den Geschmack immer noch nicht magst, könntest du es auch injizieren. Gehen wir?«

Wie gewöhnlich war Lucy nicht einfach mit einem Abendessen zufrieden, wir mussten uns noch irgendwo austoben. Am Schluss landeten wir in einem Club in Darlinghurst. Es war gar nicht so leicht, mit Handy in der Tasche zu tanzen, aber ich schaffte es. Ich hätte es sonst nirgends hinlegen können. Dass ich Patrick die Nummer gegeben hatte, war allerdings Zeitverschwendung gewesen. Die ganze Nacht kam kein einziger Anruf. Um halb drei morgens fand ich, dass es Zeit war, den Abend zu beenden. Ich musste schließlich früh raus.

»Komm schon, Lucy«, sagte ich, »hier kommt doch nichts Neues nach.«

»Stimmt«, meinte sie und blickte prüfend in die Runde, »und was da ist, wird auch nicht mehr besser.«

Obwohl es so spät geworden war, wachte ich frisch und munter auf. Ich hatte nicht zu viel getrunken und fühlte mich blendend.

Punkt neun rief ich bei der Kfz-Zulassungstelle meinen Kumpel

Bernie an. Er sagte, er hätte lange nichts von mir gehört. Ich sagte, in meinem Geschäft sei Schweigen eine Tugend. Er sagte, wann essen wir denn mal zusammen. Ich sagte, jederzeit, wenn deine Frau mich einlädt. Das ernüchterte ihn. Er wechselte das Thema und fragte nach dem Grund meines Anrufs. Als ich ihm sagte, dass ich ein paar Angaben zu einem Kennzeichen brauchte, spürte ich, wie die Distanz noch größer wurde. Keine Ahnung, warum das auf einmal ein Problem sein sollte; jahrelang hatte ich anstandslos derartige Auskünfte von ihm bekommen. »Kannst du nicht sprechen?«, fragte ich. Ich hatte nicht gedacht, dass so früh außer ihm noch jemand im Büro war.

Schließlich stellte sich heraus, dass das Problem daher rührte, dass Bernie die Zeitungen gelesen und die Fernseh-Nachrichten gesehen hatte. Außerdem hatten sie eine offizielle Weisung bezüglich der Weitergabe von Informationen an Privatdetektive erhalten.

»Aber Bernie«, sagte ich, »es hat doch nichts mit den Banken zu tun. Glaubst du wirklich, ich helfe denen, ihre Schulden einzutreiben? Denen gehört doch praktisch unser Land, jedenfalls der größte Teil davon. Mit so was habe ich nichts zu tun. Mir geht es einzig und allein um mich. Ich werde von einem Wagen verfolgt.« Ich gab ihm die Nummer. »Du bist ein Angestellter des öffentliches Dienstes, ich bin ein Mitglied der Öffentlichkeit. Also sei mir gefälligst zu Diensten.« Während seines unvermeidlichen Kommentars, wie gern er mir auf anderem Gebiet zu Diensten wäre, hielt ich den Hörer weg, und nahm ihn gerade rechtzeitig wieder ans Ohr, um noch zu hören, dass er zurückrufen werde. »Eventuell bin ich nicht zu Hause, ich wohne zur Zeit bei einer Freundin. Aber du kannst eine Nachricht auf meinem Anrufbeantworter hinterlassen.«

»Tue ich das nicht immer?«, sagte er. Wir tauschten noch ein paar Nettigkeiten aus, dann sagte Bernie: »Also, bums später.« Ich war heute zu langsam, normalerweise gelang es mir, vorher aufzulegen. Es war inzwischen langweiliger als das Gähnen am Montagmorgen.

Ich ging zum Schrank und nahm die Tasche mit dem Zeug für

Lidcombe heraus. Als ich die Tür öffnete und das Zimmer verlassen wollte, stockte ich plötzlich. Vor der Tür auf dem Boden lag ein durchsichtiger Plastikkarton mit einer Geschenkschleife oben drauf. Er enthielt eine Orchidee; sie erinnerte an das Emblem von Thai Airways.

Unter der Schleife steckte eine schlichte weiße Karte mit vornehmem Büttenrand. Darauf stand: ›Lunch. Heute im Ramada Renaissance. 1.30.‹

Stammte das von dem Typ, der auch im Club aufgetaucht war, oder von dem mit dem Rosenstrauß? Von dem im Barina oder dem im Celica? Vielleicht war es sogar immer derselbe gewesen?

Offenbar waren sie sich ihrer Sache sehr sicher. Woher wussten sie, dass ich nicht ihretwegen eine Verabredung mit Tom Cruise absagen musste?

Ich legte die Orchidee zu den anderen Sachen in die Tasche und marschierte zur U-Bahn-Station Kings Cross. Lidcombe lag ziemlich weit draußen. Wenn ich einen durchgehenden Zug bekam, würde ich genauso schnell dort sein wie mit dem Auto. Außerdem konnte ich im Zug nicht so leicht verfolgt werden. Trotzdem hielt ich die Augen offen, die ganze Zeit, vom Eingang des Royale, das Cross entlang, auf der Rolltreppe zur U-Bahn-Station hinunter, bis auf den Bahnsteig. Erst als der Zug sich in Bewegung setzte, ließ ich mich in meinen Sitz zurückfallen und entspannte mich.

Fast bis Redfern verlief die Strecke unterirdisch, in dunklen Tunneln. Central Station gestattete den Fahrgästen einen kurzen Blick auf die Stadt, dann ging es weiter nach Westen, Richtung Campbelltown. In Redfern fuhren wir an den hässlichen Backsteinbauten vorbei, die früher von der Eisenbahn genutzt worden waren und jetzt Paddys Markets beherbergten. Ich mochte diese Gebäude, schmutzige Lagerhallen, deren Fenster nie geputzt worden waren, seit sie da standen. Wer sich länger als fünf Minuten darin aufhielt, hatte wahrscheinlich schon eine Staublunge, aber dieser Dreck war wenigstens sichtbar.

Die Häuser standen hier dicht an den Schienen, und noch der allerkleinste der ohnehin winzigen Hinterhöfe protzte mit einer automatischen Hills-Brunnenwinde. Dabei waren wir erst in Newtown. Um Petersham wichen die grünen, rosa- oder ockerfarbenen Reihenhäuser rotbraunen Backsteinbungalows. In Summer Hill wurden die Häuser dann größer, und es gab mehr Grün dazwischen.

Die Graffiti an den Bahnunterführungen hier draußen waren ganz anders als die in der City. Weniger Slogans, dafür mehr farbige Muster, die wirkten wie aus dem fahrenden Zug heraus aufgesprühte, bunte Arabesken. Vielleicht waren sie ja tatsächlich so entstanden. Die Leute an den Haltestellen trugen Trainingsanzüge, blaue Jeans – nicht schwarze! –, mit Sprüchen bedruckte T-Shirts, und es wurde viel mehr geraucht als in der Stadt. Lag das nun daran, dass an den Haltestellen in der City überall Schilder angebracht waren, mit der Bitte, das Rauchen zu unterlassen, oder daran, dass die Leute dort keine Zeit zum Rauchen hatten?

Wir hielten in Strathfield, wo alle Züge halten, auch die Schnellzüge. Hinter Strathfield passierten wir den Rookwood-Friedhof. Hier lag meine Großmutter, Minas Mutter. Ich winkte ihr schnell im Geiste zu.

Schließlich erreichten wir Lidcombe. Ich stieg aus und ging die Treppen hoch. Der Geruch von Döner Kebab, gemischt mit dem Metallgeruch der Gleise. Es war ein klarer Tag, eine leichte Brise wehte, aber am Himmel hing eine Dunstglocke – Luftverschmutzung. Oben bot sich mir der überwältigende Anblick einiger kleiner Läden und – einen Block weiter – zweier Pubs. Das eine hieß Railway Hotel, nicht gerade originell. Allerdings war der Name nur aus einer bestimmten Position zu erkennen, die hoch genug sein musste, um die Buchstaben über der ausgespannten Markise lesen zu können. Andernfalls hätte man geschworen, der Name des Pubs sei einfach ›Tooheys on Tap‹. Es war alles genauso wie im Randwick meiner Kindheit, nur gab es hier ein paar Läden weniger.

Als ich die Stufen zum Taxistand hinunterging, fuhr gerade ein großer gelber CC-Lastwagen vor. Der Fahrer hob einen Stapel

Corn-Chips-Schachteln heraus und balancierte ihn gekonnt über die Straße.

Ich stieg ins erste Taxi. Es lag keins der üblichen Schaffelle auf dem Sitz, doch gegen das, was meine Augen erblickten, war ein Schaffell gar nichts: Vorder- und Rücksitze waren mit künstlichem Leopardenfell bezogen, schwarze Flecken auf weißem Grund. Ich hatte mal in einer Zeitschrift ein Bild von Joan Collins gesehen, wie sie sich vor einem solchen Hintergrund rekelte – aber es war wohl nicht dieses Taxi gewesen, und ich war nicht im geringsten versucht, es ihr nachzutun. Der Fahrer sah aus wie Omar Sharif. Ich sagte ihm, wo ich hin wollte, und wir fuhren los. Omar war kein großer Redner. Auch gut – es wäre wohl gar nicht so einfach gewesen, sich neben diesen schreienden Bezügen bemerkbar zu machen.

Das Lidcombe Hospital lag nur etwa sieben Dollar vom Bahnhof entfernt. Busse verkehrten nur wenige, und die wenigen fuhren die Joseph Street an, wo der private Teil des Krankenhauses lag. Die öffentlichen Verkehrsmittel konnten kaum mit dem Wegzug der Menschen in die Vorstädte Schritt halten; zum Teil hatten sie den Versuch sowieso schon aufgegeben.

Wir bogen links ab, Richtung Krankenhausgelände. Die Gebäude waren niedrig und weitläufig. Hier und da hatte sich inmitten des kurzgehaltenen Rasens ein Fleckchen einheimischer Flora angesiedelt. Der Komplex schien sich kilometerweit zu erstrecken. Wenn es draußen im Westen eins im Übermaß gibt, dann ist das horizontaler Raum. Der Fahrer wusste, wo die Labors lagen. Wir fuhren eine Straße, gesäumt von einer Reihe Dattelpalmen, entlang. »Hier ist es«, sagte er und deutete auf ein zweistöckiges Gebäude mit Aluminiumrollläden. Auf einer Tafel stand: ANALYSE-LABORS, ABTEILUNG FÜR ARBEITS- UND UMWELTMEDIZIN, MESSSTELLE ZUR ÜBERWACHUNG VON UMWELTSCHÄDEN.

Das Gebäude besaß eine Eingangshalle und einen kleinen Empfangsbereich vor einer Doppeltür, auf der in schwarzen Lettern ›Analyse-Labors‹ stand. Am Empfang saß eine etwa fünfzigjährige Frau mit ordentlicher Dauerwellfrisur – genau der Typ

Frau, der an solchen Stellen die heimliche Chefin ist. Im Moment widmete sie sich einem Mann und einer Frau von der Polizei, die je eine große braune Papiertüte mit Marihuana in der Hand hielten. Ganze Pflanzen, frisch gepflückt. Mit Sicherheit mussten sie sie nicht analysieren lassen, um sie klassifizieren zu können. Die Empfangsdame winkte sie hinein, und sie gingen durch ins Labor.

Ich marschierte forsch zum Tisch, nannte meinen Namen, zeigte meinen Ausweis und erklärte mein Anliegen, in der Hoffnung, es klänge so, als sei mir die ganze Prozedur bestens bekannt. Ich trug meinen Namen, Ankunftszeit und Anlass für meinen Besuch in ein Buch ein, unterschrieb und wandte mich entschlossen der Doppeltür zu. »Einen Augenblick«, sagte sie. »Kommen Sie vom Leichenschauhaus?«

»Ich bringe Proben für eine Analyse.« Ich öffnete meine Tasche und zeigte sie ihr. »Es hat mit einer Leiche zu tun, der Fall ist vom Leichenschauhaus hierher delegiert worden.«

»Bitte nehmen Sie kurz Platz«, sagte sie und wies auf zwei Stühle an einem kleinen Tisch, auf dem ein Stapel Zeitschriften lag. »Ich rufe jemanden, der sich um Sie kümmert.« Sie wählte eine Nummer. »Matthew? Sylvia. Kannst du mal kurz herauskommen? Hier ist eine Frau mit ein paar Proben.« Sie lauschte in den Hörer; dabei wandte sie mir den Rücken zu. Ihre Antwort bekam ich trotzdem mit: »Das glaube ich nicht. Ich habe sie noch nie hier gesehen.« Noch ein paar Sätze, dann legte sie auf. »Matthew Davidson wird sich um Sie kümmern. Es dauert nur etwa zehn Minuten.«

»Danke.« Niemand passierte diese Tür ohne Sylvias Erlaubnis, wie sie mir auf die nettestmögliche Weise klargemacht hatte. Sie machte ihren Job, und sie machte ihn gut. »Arbeiten Sie schon lange hier?«, fragte ich.

»Ungefähr fünf Jahre«, antwortete sie. Vielleicht eine Wiedereinsteigerin nach zwanzig Jahren Hausfrauendasein und Kindererziehung. Kein Wunder, dass sie das hier mit links erledigte.

Noch ein Polizist kam herein, ein vor Gesundheit geradezu

strotzender junger Kerl. Er trug Jeans und ein hellgrünes, kurzärmeliges Hemd. In der Hand hielt er einen Plastikbeutel mit weißem Puder. Die Polizisten wurden entschieden immer jünger. Und gutaussehender.

Ich saß derweil auf meinem Stuhl und wartete. Hätte ich mir denken können, dass ich hier warten musste. Das gehörte nun mal zu Behörden. Auf der Uhr über der Doppeltür konnte ich beobachten, wie die ersten zehn Minuten verstrichen. Die Langeweile zwang mich, in einer der Zeitschriften auf dem Tisch zu blättern, aber das ließ ich schnell wieder sein. Mikrofiltrierungsvorrichtungen und Reagenzglasreihen waren nicht gerade fesselnder Lesestoff. Die restliche Zeit verbrachte ich damit, die Aufschrift ›Analyse-Labors‹ auf der Tür anzustarren und so viele Wörter wie möglich aus den Buchstaben zu bilden.

Dreiundzwanzig Minuten später ging die Tür auf und ein Mann im weißen Arbeitskittel trat heraus. Er sah die Empfangsdame an, und sie blickte zu mir herüber. Er kam und stellte sich vor. »Matthew Davidson«, sagte er.

»Claudia Valentine.« Wir gaben uns die Hand. Er hatte sehr weiße Haut, schwarzes Haar und einen sorgfältig getrimmten schwarzen Bart. Ich dachte an meine erste Begegnung mit Steve; es war ebenfalls in einem Krankenhaus gewesen, und er hatte auch einen Laborkittel getragen. Aber diesmal war es anders. Ich hatte alles andere als Schmetterlinge im Bauch.

»Kommen Sie«, sagte Davidson. Wir gingen durch die Doppeltür, dann einen Flur entlang. Es roch, wie es in den Krankenhäusern meiner Kindheit zu riechen pflegte. Als ich ihn fragte, was das sei, sagte er: »Welcher Geruch? Ich rieche nichts.«

Eine junge Inderin, ebenfalls im Laborkittel, holte etwas aus einem Kühlraum. Ich spürte den kalten Luftzug, als wir vorbeigingen, und sah viele kleine Glasbehälter mit Blut, Urin, Leber, Hirn und anderen Dingen, die ich auf die Schnelle nicht identifizieren konnte. Da drin wurden wohl auch Teile von Dolores aufbewahrt. Der Anblick war sehr viel weniger unangenehm als der Gedanke daran beim Essen gestern Abend. Irgendwie war ich dem Zeug zugetan, als seien es Teile von Menschen, die ich gekannt hatte. Ich fragte mich, ob die Laborantinnen auch so empfanden, oder ob es für sie einfach nur Proben und Nummern waren.

Wir kamen an Räumen vorbei, die wie klassische Chemielabors aussahen – Teströhrchen, Bunsenbrenner, Pipetten und ein Haufen blitzender Geräte, zum Teil an Computer angeschlossen. Schließlich wurde ich in ein Büro geführt. »Was kann ich für Sie tun?«

Die Antwort auf diese Frage hatte ich mir auf der Fahrt hierher überlegt. Er konnte für mich die Fläschchen und die Spritze nach Giftspuren untersuchen. Lucy hatte vorgeschlagen, ein privates Labor damit zu beauftragen, aber ein privates Labor hatte nicht die Körperteile von Dolores. Die waren hier. Wenn auch die Fläschchen und die Spritze hier untersucht wurden, konnten Gegenproben gemacht werden. Manchmal war es von Vorteil, alle Eier in einem Korb zu haben.

Da war nur ein Problem: Eher ging ein Kamel durch ein Nadelöhr, als dass eine Privatperson Zugang zu den Möglichkeiten dieses Labors bekam. Aber immerhin hatte ich es durch die Doppeltür geschafft. Nach geduldigem Warten und genauester Musterung durch Sylvia. Die erste Hürde hatte ich genommen.

Auf der Bahnfahrt hatte ich Zeit gehabt, mir mein Vorgehen im einzelnen zurechtzulegen. Eine meiner Äußerungen gegenüber Bernie heute Morgen hatte mich auf eine Idee gebracht.

Die Analyse-Labors waren eine Einrichtung des öffentlichen Dienstes, hier arbeiteten Angestellte des öffentlichen Dienstes. Ich zahlte Steuern, zahlte also indirekt ihr Gehalt, also arbeiteten sie in gewisser Weise auch für mich. Ich war ein Mitglied der Öffentlichkeit, ihre Aufgabe war es, für mich zu arbeiten, und wenn ich etwas hatte, das ich in einem Labor analysieren lassen wollte, mussten sie es theoretisch für mich analysieren. Eine Art Privatisierung von der Basis her. Ein wunderschöner Gedanke – logisch, effizient, simpel.

Ich hatte die Idee noch vor Newtown wieder verworfen.

Das brachte mich auf die zweite Idee – frag nicht, was sie für *dich* tun können, sondern frag, was du für *sie* tun kannst.

Ich nahm die Päckchen aus meiner Tasche und legte sie vor ihn auf den Schreibtisch. Entweder war er etwas schwer von Begriff, oder er war nicht so smart, wie ich gedacht hatte. Bei den meisten Menschen weckt ein Päckchen ihre Neugier, sie wollen wissen, was drin ist, vor allem, wenn es ihnen jemand wie ein Geschenk hinlegt. Matthew aber zeigte nicht die leiseste Spur von Interesse.

Also wickelte ich die Päckchen mit den Fläschchen vor seinen Augen aus. Sie wirkten wie die Überreste eines Säuferfrühstücks *en miniature*. Er wartete. Ich packte auch noch die Spritze aus. »Ja?«, sagte er ermunternd, nachsichtig wie zu einem Kind. »Woher kommen Sie noch mal?« Er musste mich für eine Vertreterin halten, die ihm eine neue Laborausstattung vorführte, oder für eine Zauberin mit einer Tasche voller Tricks.

Ich hielt ihm meine Lizenz unter die Nase. »Ich arbeite an dem Dolores-Delgado-Fall. Dies hier wurde am Tatort gefunden.«

»Wie bitte?«, meinte er verwirrt. »Ich kann Ihnen nicht ganz folgen.«

Und du willst es auch gar nicht, oder?

»Vor ein paar Tagen hat die Leichenhalle einige Proben hierher geschickt. Dolores Delgado.«

Er sah immer noch völlig verblüfft aus.

»Die Transsexuelle.«

Das schien seinem Gedächtnis auf die Sprünge zu helfen. »Ach ja. Tut mir Leid, der Name sagte mir nichts. Die Informationen stehen zwar in der Akte, aber ich bin Chemiker, ich befasse mich nicht mit dem Schreibkram. Was genau kann ich also für Sie tun?«

»Es geht darum, dass ich etwas für Sie tun kann«, erklärte ich liebenswürdig. »Die Flaschen und die Spritze wurden in Dolores Delgados Zimmer gefunden. Ich bin sicher, sie können Ihnen bei der Untersuchung von Nutzen sein.«

»Warum wurden sie uns nicht gleich mit übersandt?«, fragte er.

»Sie sind erst jetzt aufgetaucht.« Ich hoffte, dass das in seinen Ohren plausibler klang als in meinen.

»Das ist aber nicht die übliche Vorgehensweise. Wir sind eine staatliche Einrichtung, wir arbeiten für den Untersuchungsrichter oder die Polizei, aber nicht für Privatleute. Es gibt private Labors …«

»Ich arbeite mit der Polizei zusammen. Detective Inspector Rawlins, Morddezernat, South Region.« Komm ihm zuvor, labere ihn mit Informationen voll, noch bevor er danach fragt. Ruf doch an, überprüf es. Ich kann sogar die Nummer für dich wählen.

»Wo sind die Begleitformulare?« Oje. Es haute nicht hin. Jetzt wünschte ich, ich hätte Carols Namen nicht erwähnt. Es war der falsche Ort. Er und Carol gehörten zum selben System. Am Ende rief er wirklich an und überprüfte meine Geschichte! Und dann würde er feststellen, dass die Polizei nichts von meinem Trip hier wusste. Allmählich fing es an, sich zu rächen, dass ich Dolores' Leben lebte. Die Konturen begannen zu verwischen. Ich hatte nicht mehr klar, wann es ratsam war, das Lügen zu unterlassen. Im Augenblick wollte ich nur noch hier raus.

»Die Formulare?«

»Verdächtige Gegenstände wie diese sollten uns eigentlich zusammen mit den übrigen post-mortem-Beweisstücken ausgehändigt werden. Wenn das nicht der Fall ist, weil sie, wie Sie sagen, erst später entdeckt wurden, sollte es entsprechende andere Unterlagen dazu geben. Es tut mir Leid, dass Sie Ihre Zeit verschwendet haben, aber ich kann diese Dinge so nicht annehmen, ich kann die Verantwortung nicht übernehmen.« Da war ich also voll ins Fettnäpfchen getreten. Nur war es diesmal kein Fett, sondern Formulare. Stapelweise Formulare, soweit das Auge reichte.

»Es tut mir Leid, dass ich *Ihre* Zeit verschwendet habe. Ich werde mich um die entsprechenden Formulare kümmern und noch einmal wiederkommen.« Ich sammelte die Fläschchen ein, nahm die Spritze und steckte alles wieder in die Tasche. Ich hatte keineswegs die Absicht, jemals wiederzukommen. Ich würde Carol anrufen und beichten. Und dann, sobald sie wieder mit mir reden würde, ihr erzählen, warum ich hierher gefahren war. Wenn sie meinte, dass es den Aufwand lohnte, würde ich ihr die Flaschen und die Spritze aushändigen, und sie konnte die verdammten Formulare ausfüllen.

Ich freute mich nicht gerade auf diese Begegnung, aber es war besser, es hinter mich zu bringen. Gleich vom Bahnhof aus rief ich Carol an. Man teilte mir mit, sie sei für ein paar Tage in Mudgee. Scheiße.

Ich konnte nur hoffen, dass der Tag nicht so weiterging, wie er angefangen hatte. Andernfalls wäre es entschieden besser gewesen, heute Morgen gar nicht erst aufzustehen.

›Das Ramada Renaissance, im Herzen der City von Sydney gelegen, ist der ideale Treffpunkt für die erfolgreiche Abwicklung von Geschäften und bietet zugleich vielfältige Gelegenheit zur Entspannung und Unterhaltung‹ hieß es im Prospekt. Ich fragte mich, welcher der beiden Kategorien meine bevorstehende Verabredung wohl zuzuordnen sein würde.

Es war zwar nicht ganz der Medici-Palast, aber nach dem ersten Eindruck zu urteilen nicht übel. Italienisch, ohne übertrieben zu wirken. Mosaikfußboden, indirekte Beleuchtung, der Aufgang der dreistöckigen Eingangshalle schien irgendwo im Himmel zu münden. Ganz oben lagen mehrere Restaurants und Bars, darunter eine Brasserie, die den Gästen das Gefühl vermittelte, zu Hause bei Großmutter auf der Veranda zu sitzen – falls Großmutter zufällig auf den Philippinen lebte. Bambussessel mit dicken Kissen in gedämpften Erdtönen, ein dekoratives Wandbild aus Rattan, das wie ein riesiger Sonnenhut wirkte. Die Fenster ließen vom Meer her viel Licht herein. Es war dreizehn Uhr achtzehn. Die Brasserie war vollbesetzt mit Mittagsgästen, fast ausschließlich Japanerinnen und Japaner. Ich grübelte wieder über Dolores' Buch nach. Was war das für eine geheimnisvolle japanische Verbindung in ihrem Leben?

Als Treffpunkt war nichts Genaueres genannt worden, nur Ramada Renaissance. Ich war absichtlich etwas früher gekommen. Ich verschaffe mir immer gern vorher einen Überblick über die Räumlichkeiten sowie über Ein- und Ausgänge, damit ich weiß, aus welcher Richtung die Kugeln kommen – oder die vergifteten Pfeile –, und wie ich ihnen am besten entwischen kann.

Ich stieg die Stufen hinauf. Von oben hatte ich einen guten Rundblick über die Halle, die Bars, Restaurants und den Clubraum mit seinen schweren Kunstledersesseln und Bücherregalen. Als Nächstes suchte ich die Damentoilette auf. Sehr geräumig, dunkelgraue Bodenfliesen mit beige-schwarzem Rand. Die Papierhandtücher waren farblich auf die Fliesen abgestimmt. Trotz der Größe des Raums packte mich plötzlich eine Art Klaustrophobie. Es war so beängstigend still hier drin. Ein Mensch konnte stundenlang tot auf diesen Fliesen liegen, ohne gefunden zu werden. Der Raum war zwar groß genug für Verteidigungsmanöver, aber es gab keine Fluchtmöglichkeit. Ich begegnete meinem Gesicht im Spiegel. Es sah besorgt aus. Ich horchte an der Tür, öffnete sie dann langsam und ging die Treppe hinunter, tauchte wieder ein in die Sicherheit der Menge.

Ein Uhr dreißig. Eine japanische Familie hatte offenbar einen tüchtigen Fußmarsch vor, ihrem Schuhwerk nach zu urteilen und der Tatsache, dass die beiden kleinen Mädchen Sonnenhüte trugen. Ein bisschen frostig für den Strand, auch wenn der Winter ungewöhnlich mild war.

Nachdenklich betrachtete ich die Orchidee in der Schachtel. Sie wirkte tot, begraben in einem kleinen Plastiksarg auf einem Bett aus rotem Satin. Wie ein Leichnam, der für das Begräbnis geschminkt war, die Wangen zu rosig, die Lippen zu rot. Fast unzüchtig. War das vielleicht die blumige Botschaft des Präsents: dass ich enden würde wie diese Blüte? Todeszeit und -ort: Ein Uhr dreißig, Ramada Renaissance. Ein makabrer Scherz? Immer mit der Ruhe, ermahnte ich mich, hier vor den Augen all dieser Menschen wird dir schon nichts zustoßen. Erst haben sie dich beobachtet, jetzt wollen sie mit dir reden.

Ein Uhr dreißig ging vorbei, und ich lebte noch.

Ein Uhr fünfundvierzig. Als die japanische Familie sich von den bequem aussehenden Sesseln erhob, ließ ich mich in einem von ihnen nieder. Ein junger Japaner in zwanglos elegantem Aufzug setzte sich neben mich. Ich schaute ihn an, er schaute mich an. Er sah auf seine Armbanduhr. Offensichtlich wartete er auf jemanden. Ich sah ebenfalls auf meine Armbanduhr und dann wieder ihn an.

»Schöne Blume«, sagte er mit Blick auf die Orchidee. »Sind Sie Sammlerin?« Schwer zu sagen, ob er nur Konversation machen wollte oder dies die Einleitung war.

»Eigentlich nicht«, sagte ich, »aber ich habe eine Freundin, die sammelt. Dolores«, fügte ich hinzu.

»Warten Sie auf Ihre Freundin?«

»Ich warte auf den Freund, der mir die Orchidee geschenkt hat«, sagte ich betont. Wenn du es bist, Bürschchen, komm endlich zur Sache. Du bist sowieso schon spät dran, und es sind nicht gerade viele Büsche hier, auf die du noch klopfen könntest, bis auf die paar künstlichen Zierbäume. Mir fiel der Hinweis aus dem Buch über Geschäftsverhandlungen mit Japanern ein, dass die westliche *gung ho*-Einstellung bei ihnen nicht funktionierte. Bei einem Deal mit Japanern ist Drumherumreden alles.

»Ich warte auch auf einen Freund«, sagte er höflich.

»Vielleicht bin ich Ihr Freund.«

Er lächelte unsicher. »Bitte?«, sagte er. Bevor ich noch etwas sagen konnte, kam ein junges japanisches Pärchen auf ihn zu. »Ah«, sagte er und begrüßte sie auf Japanisch. Er zog einen Stadtplan von Sydney heraus, und sie plauderten miteinander. Dann trafen sie eine Entscheidung, und er steckte den Stadtplan wieder ein. »Entschuldigen Sie«, wandte er sich an mich, »können Sie mir sagen, wo die Fähre nach Manly ablegt?« Er war es nicht.

»Ich glaube, von Kai 3, Sie können aber am Circular Quay nachsehen.«

»Danke. Es hat mich gefreut, Sie kennen zu lernen. Ich gehe jetzt mit meinen Freunden, okay?«

Er war es nicht. Ich wartete jetzt schon fast vierzig Minuten, und es war niemand gekommen. Irgendwie hatte ich ein schlechtes Gefühl. Ich wartete noch fünf Minuten, von wachsenden Zweifeln geplagt, dann ging ich zum Schalter und fragte, ob eine Nachricht für Dolores Delgado oder Claudia Valentine hinterlegt worden sei. Weder noch. Ich überlegte, ob ich mir ein Taxi rufen lassen sollte, aber es würde schneller gehen, wenn ich zum Stand am Circular Quay lief.

Also lief ich. Mein japanischer Freund musste den richtigen Kai nach Manly gefunden haben, ich konnte ihn jedenfalls nirgends mehr entdecken. »Zum Royale, Kings Cross«, sagte ich zum Taxifahrer. Das ›so schnell wie möglich‹ sparte ich mir. Wir hätten zwar ein paar rote Ampeln überfahren und auf den Bürgersteig ausweichen könnten, aber es würde ohnehin nichts mehr nützen. Wer immer es war, der mich aus Dolores' Zimmer hatte heraushaben wollen, hatte inzwischen mit Sicherheit gefunden, wonach er suchte.

Es sah zwar nicht mehr alles genauso aus wie vorher, aber es war auch nicht gerade, als hätte eine Bombe eingeschlagen. Letzteres hatte ich auch schon erlebt, in meinem eigenen Zimmer über dem Pub. Ich hatte den Einbruch damals wie eine persönliche Erniedrigung empfunden, wie einen körperlichen Angriff. Sie hatten keinen Gedanken darauf verschwendet, ihre Spuren zu verwischen. Es waren mächtige Leute gewesen, die es nicht nötig hatten, irgendetwas zu vertuschen; sie konnten es sich leisten, mich ihre Macht spüren zu lassen. Schon das Chaos selbst war eine Botschaft gewesen: Wir sind hier gewesen und du kannst nichts dagegen machen.

Diesmal war es anders. Dieser Einbruch hatte nichts von der Schamlosigkeit jenes anderen. Aber auf seine Art war er genauso schlimm – als hätte ich selbst es durch meine Unachtsamkeit soweit kommen lassen. Ich hockte mich auf den Boden, den Rücken zur Tür, die Handflächen auf den Knien, und ließ das Bild auf mich wirken. Warum war ich bloß nicht zu Hause geblieben? Ich fühlte mich schuldig, aber das nützte jetzt auch nichts mehr, es war schon passiert. *Wenn* etwas passiert war.

Am auffälligsten fand ich, wie ordentlich das Zimmer aussah. Ordentlicher, als ich es verlassen hatte. Ordentlicher, als es nach dem Aufräumen der Putzfrau zu sein pflegte, deren Aufgabe lediglich darin bestand, den Raum sauberzumachen und nicht, die persönlichen Besitztümer der Bewohnerin in Ordnung zu halten. Dies hier war kein oberflächliches Herrichten, nur damit alles so wirkte, als sei niemand hier gewesen, hier hatte jemand systematisch Ordnung gemacht, so, wie man es zum Beispiel beim Militär lernt. Oder im Gefängnis. Dieses Zimmer hatte jemand durchsucht, für den Ordnung zur Gewohnheit, ja zur Geisteshaltung geworden war. Oder zur Besessenheit. Der im Restaurant das Besteck auf seine Sauberkeit prüfte; der es nicht ertrug, wenn anderen noch das Preisschild hinten aus dem Pullover hing. Aber allein um des Aufräumens willen würde sich niemand solche Mühe machen. Im übrigen handelte es sich technisch gesehen nicht um einen Einbruch. Niemand hatte sich an der Tür zu schaffen gemacht, und wie es aussah, war auch nichts zu Bruch gegangen.

Wonach hatten sie gesucht? Hatten sie es gefunden? Ich konnte diese Fragen gar nicht beantworten, das machte es noch schwieriger. Bei deinem eigenen Kram kennst du wenigstens die wertvollen Dinge – nicht den Geldwert, aber du weißt, ob es wichtig ist. Was befand sich hier in diesem Zimmer, das wichtig war für irgendwelche Eindringlinge? Würde ich überhaupt merken, ob es fehlte?

Den größten materiellen Wert stellte wohl der Inhalt der beiden Schmuckkästchen dar. Ich sah sie durch. Sämtliche teure Stücke waren noch da, ebenso das Talmi-Zeugs. Ich sah den Kleiderschrank durch, wobei ich so wenig wie möglich berührte, schaute unter dem Bett nach, öffnete Schränke, Schubladen, den Kühlschrank. Soweit ich es beurteilen konnte, fehlte nichts. Ich trat auf den kleinen Balkon hinaus. Vielleicht war es ja möglich, sich an einem Seil von oben auf den Balkon herunterzulassen, ja sogar die Balkontür aufzuhebeln, solange es einem nichts ausmachte, dass die gesamte Bayswater Road von unten zusah. Andererseits war am Cross ständig so viel los, dass ein Einbruch im sechsten Stockwerk vielleicht gar nicht bemerkt würde. Ich sah auf die ameisengroßen Leute unten auf der Straße hinunter. Niemand schaute zu mir hoch. Alle gingen ihren Geschäften nach, als sei ich unsichtbar. Ich ging wieder hinein.

Blieb nur noch das Badezimmer.

Noch bevor ich die Tür öffnete, überkam mich ein mulmiges Gefühl. Was für ein Anblick mochte sich mir wohl bieten? Die Tür war offen gewesen, als ich heute Morgen wegging; jetzt war sie zu. War das nur ein weiteres Zeichen der zwanghaften Ordnungsliebe des Einbrechers?

Nein. Dieser Raum war alles andere als ordentlich. Zunächst einmal stand da ein Staubsauger mitten im Raum. Noch unordentlicher aber wirkte der Körper in der Badewanne. Seltsame Art zu baden, voll bekleidet, ohne Wasser. Ich erkannte eine der Putzfrauen. Sie war bewusstlos, aber ich konnte ihren Puls fühlen. Sichtbare Kampfspuren waren nicht zu erkennen, nur die Spange, die ihr Haar gehalten hatte, war aufgegangen. Sorgfältig untersuchte ich ihren Kopf. Sie hatte eine Beule direkt über dem linken Ohr, sonst nichts. Vielleicht war sie beim Putzen der Badewanne ausgerutscht und hineingefallen. Aber mussten dann nicht Ajax und Putztuch irgendwo rumliegen?

Rechts an ihrem Hals war ein kleiner Blutstropfen ausgetreten, wie er zum Beispiel durch eine Injektion entsteht.

Ich läutete beim Empfang an und bat Vicki, so schnell wie möglich hochzukommen, dann rief ich einen Krankenwagen. Ich nannte ihnen die Adresse und sagte, was passiert war. Irgendwie kam mir die ganze Situation erschreckend bekannt vor. Aber wenigstens lebte die Putzfrau noch. Ihr Puls war zu fühlen, und ich spürte ihren Atem an meiner Wange.

Als ich Vicki klopfen hörte, ging ich zur Tür. Trotz des vielen Rouges, das ihr das Aussehen einer Stoffpuppe mit aufgemalten Wangen verlieh, wurde sie sichtlich blass, als sie den zusammengesunkenen Körper sah.

»Das ist Yasmina«, sagte sie und konnte den Blick kaum abwenden. Ihre Bestürzung währte allerdings nicht lange. Vicki arbeitete am Cross, Anblicke wie dieser waren ihr vertraut. Sie ging zum Telefon.

»Ich habe schon einen Krankenwagen gerufen«, sagte ich. Sie legte den Hörer wieder auf.

Gemeinsam hoben wir Yasmina aus der Wanne und legten sie

aufs Bett. Ich erzählte Vicki von meinem Verdacht und fragte, ob ihr irgendetwas aufgefallen war. Das Royale war so auf Sicherheits bedacht wie alle Hotels am Cross, denen am Geld der Touristinnen und Touristen lag, und Vicki wurde dafür bezahlt, dass sie aufpasste. Sie sagte, sie hätte nichts Außergewöhnliches bemerkt. Auf keinen Fall konnte ein Fremder einfach hereinspazieren und die Treppe zu den Zimmern hochsteigen. Ich fragte sie, wer die Orchidee abgeliefert hatte, die ich heute Morgen vor meiner Zimmertür gefunden hatte. Sie wusste nichts davon. Derartige Blumenpräsente wurden in der Regel am Empfang abgegeben, und ein Page oder sonst jemand vom Personal brachte sie hoch. Aber meine Blumen waren nicht am Empfang abgegeben worden, ich hatte sie vor der Tür gefunden.

Es gab keinen Hinweis auf einen Einbruch, niemand hatte eine Visitenkarte hinterlassen, keine Sicherheitsbestimmungen waren unterlaufen worden, nichts Außergewöhnliches. Damit hatte ich alle externen Möglichkeiten, die mir einfielen, ausgeschaltet. Es musste also jemand sein, der nicht einzubrechen brauchte, für den die Sicherheitsvorkehrungen keine Geltung hatten. Jemand vom Personal. Oder ein Gast.

Die Idee mit dem Personal gefiel Vicki gar nicht. Sämtliche Angestellten arbeiteten schon seit mindestens sechs Monaten im Hotel, sie kannte sie alle, niemand von ihnen würde so etwas tun. Ich war mir da nicht so sicher. Fast jeder Mensch ist bestechlich, fast jeder ist hinters Licht zu führen. Aber warum ausgerechnet jetzt? Wenn sie alle seit einem halben Jahr hier arbeiteten, hatten sie mehr als genug Gelegenheit gehabt, das Zimmer zu durchsuchen. Warum also jetzt?

Sehr viel wahrscheinlicher schien daher, dass es ein Gast war, jemand auf der Durchreise. Mit einem ganz bestimmten Ziel.

Das Telefon klingelte. Der Krankenwagen war da.

Vicki öffnete die Tür, um sie hereinzulassen.

Ich traute meinen Augen nicht – der eine war derselbe junge Typ, der auch dabei gewesen war, als ich wegen Dolores angerufen hatte! Er sah mich an, als kenne er mich irgendwoher, könne mich aber nicht unterbringen. Ich hasste solche kleinen ironischen

Zufälle des Lebens. Irgendwie nahmen sie der Einzelsituation den Ernst.

Ich deutete auf den Blutfleck an Yasminas Hals. Der Junge und sein Kollege, diesmal ein stämmiger, blässlicher Mann kurz vor der Rente, untersuchten ihn sorgfältig. Dann stülpten sie Yasmina eine Sauerstoffmaske über Mund und Nase. Der Ältere fragte uns, was geschehen war. Ich zeigte ihm das Badezimmer, erklärte, wie sie dagelegen hatte und was mir sonst noch aufgefallen war. Ein leises, gedämpftes Stöhnen drang herüber. Als wir ins Schlafzimmer zurückgingen, schlug Yasmina gerade die Augen auf.

Sie war noch ziemlich benommen, als sie sie auf die Trage legten, und wollte wissen, was eigentlich passiert war. Ich auch. Ich fragte sie, wie sie sich fühle. Wie nach einer Operation, sagte sie. Als wir beim St. Vincents Hospital ankamen, kannte ich die ganze Geschichte. Jedenfalls soweit Yasmina sie kannte.

Sie hatte gerade mit dem Staubsaugen angefangen, als sie von hinten gepackt wurde. Er hatte ihr den Arm um den Hals gelegt und ins Ohr geflüstert: »Wehr dich nicht, ich will dir nichts tun.« Die Stimme war sehr leise, ein australischer Akzent, glaubte sie. Sein Atem fühlte sich feucht an ihrem Ohr an. Hatte sie ihn gesehen, wusste sie, wie er aussah? Nein, er hielt sie an der Kehle, sie konnte den Kopf nicht drehen. Sie war zu erschrocken, um sich zu bewegen oder auch nur zu schreien. Sein Arm, der, mit dem er sie umfasst hielt – war ihr etwas daran aufgefallen? Ja. Er trug irgendetwas Gestricktes mit schwarzbraunem Muster, sie konnte die kratzige Wolle am Hals spüren. Dann erinnerte sie sich noch an einen scharfen Stich im Nacken, wie von einer Biene, mehr wusste sie nicht.

Ich fragte sie, ob ihr davor irgendetwas aufgefallen war, ob sie etwas gehört hatte, während sie die anderen Zimmer säuberte. Eigentlich nicht. In dem Krach, den der Staubsauger machte, gingen andere Geräusche unter. Hatte sie jemandem auf dem Flur gesehen? Nein. Es war niemand da, bis auf den Mann von Zimmer 617. Er hatte sie gebeten, ein bisschen später bei ihm saubermachen. Hatte sie ihn gesehen? Nein, sie hatte geklopft und gesagt, sie sei da, um das Zimmer zu putzen, aber er hatte nicht aufgemacht, nur gesagt, sie solle später wiederkommen. Sie schloss die Augen, als habe sie Kopfschmerzen, ihre Hände lagen auf der sanften Rundung ihres Bauchs.

Der kleine Hügel unter ihren schützenden Händen war noch kaum sichtbar. »Sind Sie schwanger?«, fragte ich sanft.

Sie zog scharf die Luft ein, atmete dann langsam wieder aus. »Ja.«

»Und ihr Mann weiß es nicht«, riet ich.

»Er möchte noch kein Kind. Nicht, bevor wir ein Haus haben. Aber ich will dieses Baby!«

Gary und ich hatten auch kein Haus, als Amy geboren wurde. Tatsächlich hatten wir es nie geschafft, eins zu kaufen. Was uns allerdings nicht davon abhielt, unsere Tochter zu bekommen, und ein paar Jahre später noch David. Wie verheißungsvoll das Leben damals doch war, dachte ich ohne jede Sentimentalität. »Sie sind nicht von allein schwanger geworden. Sagen Sie es ihm, er wird schon Vernunft annehmen.«

»Ich werde es ihm sagen. Wenn ich bereit dazu bin.«

Ich begriff und hielt meinen Mund. Es ging mich nichts an. Wer immer sie auch k.o. geschlagen hatte, er hatte sie nicht umbringen wollen. Im Krankenhaus würde sie kurz untersucht werden und dann nach Hause dürfen. Es herrschte ständig Bettenknappheit, vor allem im St. Vincents und vor allem bei Notfällen. Rund um Kings Cross und Darlinghurst, die Region, für die St. Vincents zuständig war, waren Notfälle an der Tagesordnung, viele davon hingen mit der Nadel zusammen.

»Geht's Ihnen wieder einigermaßen?«

»Ja, danke.«

»Wie kommen Sie nach Hause?«

»Ich nehme ein Taxi«, sagte sie.

»Wo wohnen Sie?«

»Croydon.«

Wahrscheinlich hatte sie nicht genug Geld für eine Taxifahrt nach Croydon bei sich. Ich würde den Schwestern zwanzig Dollar geben, sie konnten ihr sagen, das gehöre zum Service.

»Ich komme schon klar«, versicherte sie mir. Ich glaubte ihr.

Wenn sie sich gegen mich behaupten konnte, dann zweifellos auch gegen ihren Mann, wenn es soweit war.

Ich verließ die Klinik gleichzeitig mit den Sanitätern vom Rettungsdienst. Bevor der junge Typ in den Wagen stieg, kam er zu mir herüber. »Entschuldigen Sie«, lächelte er, wobei sich die Winkel jener Augen von der Farbe des sauberen Ozeans an einem strahlenden Sommertag kräuselten, »aber ich kann mir nicht helfen, ich habe das Gefühl, Sie schon irgendwo gesehen zu haben.«

Ich hätte den ganzen Tag in diesen meerblauen Augen verbringen, auf dem Schwung der dichten langen Wimpern surfen mögen. Das Bedürfnis, dieses blonde Haar zu zerzausen, war fast unbezähmbar. »Das kann gut sein«, ich schenkte ihm mein bezauberndstes Lächeln, »ich mache so was öfter.«

Rund um Green Park, gegenüber St. Vincents, strichen Männer auf der Suche nach einem schnellen Fick an den Jungen vorüber, die bereit waren, es ihnen zu einem bestimmten Preis zu besorgen. Manche der Jungen, die an der Mauer lehnten, sahen noch recht unverbraucht aus, andere dagegen wirkten ziemlich fertig. Mit der Arbeit als Stricher sind immerhin eine ganze Menge Berufsrisiken verbunden – AIDS, Raubüberfälle, Schwulen-Klatschen.

Doch selbst die Tätigkeit einer Putzfrau barg offenbar nicht unerhebliche Risiken. Ich wurde den Gedanken an Yasmina nicht los. Sie war, während sie einfach nur ihre Arbeit tat, in etwas völlig anderes verwickelt worden. Als Nebendarstellerin, allenfalls eine Nachmittagsepisode im geheimnisvollen Leben der Dolores Delgado. Sie hatte in diesem Stück nicht viel zu sagen. Wer immer ihr die Injektion verpasst hatte, hatte dafür gesorgt. Und doch hatte sich diese Geschichte, mit der sie absolut nichts zu tun hatte, plötzlich mit ihrer eigenen gekreuzt.

Yasmina arbeitete von sechs bis vierzehn Uhr. Dann ging sie nach Hause und kochte das Essen für ihren Mann, der um sechzehn Uhr aufstand. Sie aßen zusammen, danach ging er zur Arbeit. Diese Mahlzeit war wahrscheinlich die einzige Gelegenheit am Tag, bei der sie einander sahen. Heute würde das Essen nicht rechtzeitig auf dem Tisch stehen, und das würde ihm wahrscheinlich gar nicht gefallen. Vielleicht tat ich ihm ja auch Unrecht, ich kannte ihn schließlich nicht. Ich kannte nur ihre Reaktion auf ihn. Ich hatte ihr meine Nummer im Pub gegeben, falls sie mich anrufen wollte, und ihr gesagt, dass Vicky im Hotel nach ihr sehen würde.

Dann hatte ich Vicky angerufen, um ihr zu sagen, wie es Yasmina ging, und sie zu bitten, ein wenig die Augen offen zu halten. Bei dieser Gelegenheit fragte ich sie auch gleich nach dem Bewohner von Zimmer 617. Sie sah nach. Ein Mr. John Brown. Für eine Nacht, im Voraus bezahlt. Er war während Patricks Schicht angekommen. Mehr konnte sie mir nicht sagen. Inzwischen war er abgereist, das Zimmer war wieder frei.

Das brachte mich nicht weiter. Jetzt hatte ich zwar einen Namen, doch er nützte mir wenig. Es gab wahrscheinlich Tausende von John Browns. Manche von ihnen hießen vielleicht sogar wirklich so.

Ich verließ das Klinikareal und ging durch den Green Park. Ich fragte mich, ob Bernie wohl schon angerufen hatte, wegen der Kfz-Nummer. Zumindest das konnte ich klären. Und zwar hier und jetzt. Ich trug mein Mobiltelefon inzwischen zwar immer bei mir, hatte mich aber noch nicht so recht an dieses neue Spielzeug gewöhnt. Ich hatte die 018-Nummer nicht auf meinem Anrufbeantworter hinterlassen und sie war mir auch noch nicht so in Fleisch und Blut übergegangen, dass ich sie automatisch immer mit angab. Ich hatte mir keine Halbherzigkeiten gestattet und mir ein Gerät mit allen Schikanen und technischen Finessen zugelegt. Ich hatte nur noch nicht alle herausgefunden, geschweige denn kapiert. Aber ich war imstande, das kleine Ding zu bedienen, mit dem ich zu Hause anrufen und nachprüfen konnte, ob Nachrichten eingegangen waren – was ich jetzt auf der Stelle tun würde.

Doch da war noch ein kleines Problem. Es sah so affig aus, in der Öffentlichkeit ein Handy zu benutzen, dass ich es kaum über mich brachte. Deshalb suchte ich mir ein nettes, ruhiges Plätzchen hinter einer Häuserfront nicht weit von der Mauer, an der die Boys ihre Runden schoben. Hier standen zwar Mülltonnen herum, und ein paar Katzen behielten mich scharf im Auge, doch das störte mich nicht. Ich tippte meine Telefonnummer ein und wartete, dass mir die Nachrichten vorgespielt wurden.

»Keine Bewegung. Ich möchte dir nicht wehtun, sag' mir einfach, wo es ist.« Das war nicht Bernie, das war nicht einmal mein Telefon.

Ich roch den widerlich süßen Duft eines Rasierwassers, spürte den Atem an meinem Ohr. Klamm, als kröche er durch einen dunklen, feuchten Tunnel heran. Ich konnte mich nicht umdrehen, um zu sehen, wer es war; ich steckte in einer Art Schwitzkasten. Aber ich wollte mich auch gar nicht bewegen. Aus den Augenwinkeln sah ich die dünne, tödliche Nadel dicht vor meinem Gesicht.

»Wo was ist?«, fragte ich und wagte kaum zu atmen.

»Du weißt genau, was ich meine. Wo ist es?« Wieder die verstohlene Stimme, die sich in mein Ohr schlich.

»Ich bin ... ich bin nicht Dolores Delgado.« Es klang zu blöd. Was sollte er darauf sagen? »Oh, das tut mir aber Leid, da muss ich mich geirrt haben?«

Er kicherte. »Ich weiß. Ich habe das Auto abgestellt und bin zurückgegangen. Ich hab gesehen, wie der Penner dir aufgeholfen hat. Ich war in der Menge, hab alles gesehen. Ich hab genau gehört, was du gesagt hast. Da wusste ich, dass du nicht die andere Hure bist.« Er kicherte wieder. Wie sein heißer Atem kalt über meine Wange strich, jagte mir einen Schauder über den Rücken. »Du hast gefragt, ob irgendjemand den Fahrer gesehen hat. Jetzt weißt du Bescheid.«

Wenn er nur diese Nadel vor meinem Gesicht wegnehmen würde, damit ich etwas tun konnte. Es war dasselbe, als drücke mir jemand eine Pistole in den Nacken. Ich wollte ungern mit ihm streiten, während er mit dem Ding vor mir herumfuchtelte.

»Gut«, lenkte ich ein, als sei das Spiel zu Ende. »Ich gebe es Ihnen. Es ist ... es ist in ... könnten Sie vielleicht Ihren Arm da wegnehmen? Ich kriege keine Luft.«

»Es ist in deiner Tasche, nicht?« Er wollte mir die Tasche von der Schulter streifen.

Das war meine Gelegenheit. Ich fuhr herum, befreite mich aus seinem Griff und schlug ihm die Spritze aus der Hand. Für den Bruchteil einer Sekunde schien die Welt stillzustehen. Er konnte nicht fassen, was da geschah, ich wartete darauf, dass er mich erneut angriff.

Erst war er zurückgeprallt, jetzt drehte er sich um und rannte weg. Ich konnte es kaum glauben, ich hatte fest damit gerechnet, dass er sich wieder auf mich stürzen würde. Hatte er vielleicht gedacht, das Ganze sei ein Kinderspiel, nur weil ich eine Frau war? »Hey«, brüllte ich hinter ihm her, als er vorne um die Ecke bog, »ich bin noch nicht fertig mit dir.« Ich sprintete hinterher.

Aber ich kam nicht weit.

Drei Jungs von der Mauer blockierten den Ausgang der Gasse. Sie hatten Ketten. Was taten sie hier? »Bin noch nicht fertig mit wem?«, schnaubte der eine.

»Mit dem Kerl da vorn, er hat versucht, mich zu überfallen«, sagte ich verzweifelt. »Lasst mich durch.«

»Er ist derjenige, der wegläuft. Sieht eher so aus, als hätten Sie *ihn* überfallen. Wir haben Sie wohl beim Schwule-Klatschen gestört?« Er schwang drohend die Kette. Ich packte sie und zog daran, versuchte, ihn zu mir herüber zu ziehen. Er ließ los. Die drei sahen bedrohlich aus, aber sie waren Amateure. Doch das war nur ein kleiner Trost. Wahrscheinlich war der Typ inzwischen über alle Berge. Ich versuchte, an ihnen vorbeizukommen, aber die beiden anderen packten mich und schlugen mich nieder.

»Sehe ich etwa wie eine aus, die Schwule klatscht?«, schrie ich frustriert. Der Versuch, mich freizukämpfen, war sinnlos. Sie waren zwar Amateure, aber sie waren zu dritt. Einer würde mich immer festhalten. »Ich bin Privatdetektivin. Hier«, sagte ich und griff nach meiner Tasche, »hier«, wiederholte ich und wühlte meinen Ausweis heraus.

Sie sahen ihn an, sahen einander an. Ich rappelte mich hoch. Sie schlugen mich nicht noch einmal zusammen. »Tut mir Leid«, sagte der Kettenschwinger. »Wenn hier in der Gegend ein Typ wie ein Hase aus einer Gasse gerannt kommt, bedeutet das gewöhnlich nur eines. Wir müssen uns dagegen wehren, wir können sie nicht immer davonkommen lassen.«

»Na großartig.« Unter anderen Umständen hätte ich es sogar ehrlich gemeint. »Wenn es euch nichts ausmacht, dann kämpft eure Kämpfe weiter, aber haltet euch aus meinen raus.«

Sie gaben den Weg frei, immer noch Entschuldigungen murmelnd. Ich spähte suchend die Straße hoch und runter. Es war sinnlos. Er war weg. Ich ging zurück und sammelte meine Besitztümer ein – meine Tasche, das Handy. Dann hob ich ganz vorsichtig die Spritze auf und steckte sie ein. Diesmal würde ich sie Carol geben. Und sie würde, von den korrekten Formularen begleitet, ins Labor wandern.

Ich ging hinüber zur Mauer, wo die Jungen Schicht schoben. Hier hatte ich einen guten Überblick über die ganze Straße. Ich lehnte mich an und tippte Carols Nummer ins Handy. Jetzt war es mir scheißegal, wie affig es aussah.

Ich hoffte, dass sie vielleicht wegen eines Notfalls aus Mudgee zurückgerufen worden war. Oder dass sie mir ihre Nummer dort geben würden. Aber nein. Sie hatte ein paar Tage frei genommen und war in die Weinberge gefahren.

Warum hatte sie mir nicht hinterlassen, wo sie war, für den Fall, dass ich sie brauchte? Ich war von einem Verrückten und von einer militanten Schutzpatrouille überfallen worden und hatte eine Spritze in der Handtasche, die Gott-weiß-was enthielt. Ich musste jetzt einfach mit jemandem reden.

Ich hätte zu Fuß ins Royale zurückgehen können, es war nicht weit, aber ich nahm ein Taxi. Für heute hatte ich genug von der Straße.

Im Taxi hatte ich Zeit, noch einmal alles zu überdenken. Mein Angreifer war etwa fünfundvierzig, blondes Haar, gebräunt – keine Freizeitbräune, eher die Art, die von viel Arbeit im Freien stammt. Ordentlich, aber langweilig gekleidet – schwarzbrauner

Jumper, unter dem oben grade noch Kragen und Krawatte heraussahen. Was die Augen betraf, so war mir nichts Besonderes an ihnen aufgefallen, nur am Schluss der Ausdruck völliger Verblüffung in seinem Gesicht.

Dass ich mich wehrte, hatte ihn wahrscheinlich total aus dem Konzept gebracht; darauf war kein Mann gefasst, wenn er eine Frau überfiel. Trotzdem glaubte ich nicht, dass ich ihn los war. »Wo ist es?«, hatte er wissen wollen. Er hatte es also noch nicht gefunden, was immer es war. Er hatte mich beobachtet, hatte abgewartet, hatte das Zimmer durchsucht. Jetzt hatte er sich zu erkennen gegeben. Er wurde allmählich nervös. Das nächste Mal hielt er sich womöglich nicht mehr damit auf, Fragen zu stellen.

Den ganzen Weg zurück ins Hotel grübelte ich nach. Hinter was war er her? Ich hatte keine Ahnung, besaß nicht den geringsten Anhaltspunkt. Nein, falsch. Ich hatte sehr wohl einen Anhaltspunkt. Er hatte mir die Tasche von der Schulter streifen wollen. Das war nicht viel, aber besser als nichts. Zumindest wusste ich jetzt, dass ›es‹ in meine Handtasche passen würde. Damit schieden Elefanten und Kontrabässe aus.

Ich schloss auf, trat ein und warf meine Tasche aufs Bett. Dann stellte ich mich mitten ins Zimmer und fing an, mich langsam um die eigene Achse zu drehen. Was immer es war, er hatte es noch nicht gefunden. Es musste hier irgendwo sein. Er hatte in diesem Zimmer danach gesucht, vergeblich – was nicht heißen musste, dass das Gesuchte nicht da war. Bestimmt hatte er nicht überall nachgeschaut, oder vielleicht doch und es einfach übersehen. Was war es, welche Form hatte es, wie konnte es getarnt sein? Zu wissen, dass es kein Elefant oder Bass war, half mir kaum weiter.

Wenn es wichtig war, hatte Dolores es sicher gut versteckt. Aber wo? Wo hast du es hingetan, Dolores? Gib mir einen Tip. Ich ließ meine Blicke durchs Zimmer wandern. Und wandern. Falls Dolores mir eine Nachricht aus dem Jenseits schickte, drang sie nicht zu mir durch.

Ich durchwühlte das Zimmer von oben bis unten.

Wortwörtlich.

Ich begann mit der Deckenlampe, entfernte die Schrauben und hob den Lampenschirm ab. Alles, was ich darunter fand, war eine Glühbirne. Ich sah auf dem Kleiderschrank nach. Da lag nur das Buch über japanische Geschäftsbeziehungen. Es hätte in meine Handtasche gepasst, aber ganz sicher hatte er es gesehen, als er das Zimmer durchsuchte.

Ich nahm das Buch herunter und blätterte es noch einmal durch, Seite um Seite. Nichts war unterstrichen, keine Seiten umgeknickt, nichts hinter den Buchrücken gesteckt. Ich nahm eine Nagelfeile und fing an, den Einband abzutrennen. Dann verlor ich die Geduld und riss das Papier in Streifen herunter.

Ich sah den Kleiderschrank durch, den Plastikbeutel mit den schlammverkrusteten Stiefeln. Brach die Absätze ab. Riss das Futter aus dem Kosmetikköfferchen, in dem ich den anderen Pass gefunden hatte. Nichts. Tat dasselbe mit dem Futter der Koffer. Sah die Kleider durch, schnitt das Futter aus der Lederjacke heraus. Nichts, nichts, nichts.

Ich zog jede einzelne Schublade heraus, sah in jeden Schrank, jedes Regal, in den Kühlschrank. Riss vakuumverpackte Tüten mit Cashew- und Erdnüssen, Milchtüten, Zuckertütchen auf.

Ich zog die Reißverschlüsse der Kissen auf, riss die Füllungen heraus, filzte die Bettdecke, hob die Matratzen hoch. Wenn die Wände tapeziert gewesen wären, hätte ich auch noch die Tapeten heruntergerissen.

Ich ging ins Badezimmer und hob den Deckel des Spülkastens ab, öffnete den Schrank, nahm alles heraus, riss neue Seifenpackungen auf, drückte die Zahnpasta aus der Tube. Nichts, nichts, nichts!

Wo soll ich noch nachschauen, Dolores? Sag's mir doch! Wer bist du, Dolores, wonach suche ich? Hat er dich ermordet, Dolores, war er es? Warum bist du gestorben, Dolores, warum bist du gestorben?

Ich ließ mich erschöpft auf den Fußboden fallen. Jetzt sah das Zimmer aus, als hätte eine Bombe eingeschlagen. Vielleicht war ein Fremder hier drin gewesen, aber die Vandalin war ich.

Ich verlor allmählich das Realitätsgefühl. Ich hatte angefangen, in dem Zimmer zu kreisen, es einzukreisen, und jetzt war ich dem Wahnsinn nahe. Ich musste hier raus, musste zurück ins Pub. In meine gewohnte Umgebung.

Es war ein wahres Labsal, beim Aufwachen endlich wieder die altgewohnten Geräusche zu hören – das ferne Grummeln der Gespräche unten, das gelegentliche laute Auflachen und das hohe, leise Klicken der Billardkugeln. Seltsamerweise vernahm ich nur selten das befriedigende ›Klonk‹, das ertönte, wenn eine Kugel versenkt wurde. Musste an der Tonhöhe liegen.

Hier war alles noch genau so, wie ich es verlassen hatte, alles an seinem vertrauten Platz. Es war kalt und etwas klamm, wie in einem Zimmer, in dem längere Zeit niemand gelebt hat, aber es war *mein* Zimmer, mein höchstpersönliches Eigentum. Ich öffnete die Balkontür, um ein wenig frische Luftverschmutzung hereinzulassen. Die Geranientöpfe waren staubbedeckt, die Pflanzen lechzten nach Wasser. Das einzige Ding im Raum, das ein Lebenszeichen von sich gab, war der Anrufbeantworter, dessen hektisches Blinken signalisierte, dass er Nachrichten für mich hatte. Sie konnten warten.

Zuerst gab ich den Topfpflanzen Wasser. Dann setzte ich mich auf den Boden und machte eine Karate-Meditation.

Eine halbe Stunde später fühlte ich mich wieder klarer, ruhiger. Bereit, mich dem Leben zu stellen. Ich holte eine Dose VB aus dem Kühlschrank, setzte mich hin und hörte mir die Nachrichten vom Band an.

Plötzlich, ohne Pause, ohne jeden vorwarnenden Piepser, ertönte Steves Stimme. Er klang, als sei er nur mal eben ins Nebenzimmer gegangen – sanft, selbstsicher, ein bisschen rauh, wie Wasser, das über Kiesel fließt. Er sei in Bangkok, alles bestens, in einer Woche sei er wieder zurück. »Ich vermisse dich, Magnum«, sagte er zum Schluss. Als habe er gestern noch mit mir gesprochen, als sei er nicht über einen Monat fort, als hätte er mir in der ganzen Zeit nicht nur eine einzige jämmerliche Postkarte geschickt, auf der Name und Adresse mehr Platz beanspruchten als der Text. Vielleicht waren die anderen Briefe und Postkarten, die er geschrieben hatte, ja sämtlich verlorengegangen, unterwegs nach Austria statt nach Australien. Das musste es sein.

Ich wurde gewahr, dass der Anrufbeantworter zur nächsten Nachricht gesprungen war. Sie war von einer der Versicherungsgesellschaften, für die ich manchmal arbeitete. Sie hatten da einen kaputten Rücken in Ashfield, der auf seine Glaubwürdigkeit überprüft werden musste. Dringend. Rufen Sie unbedingt noch vor elf Uhr heute Vormittag an. Heute war gestern. Der einzige Job, der mir seit Wochen angeboten wurde, und ich ließ ihn mir entgehen.

Die nächste Nachricht stammte von meinem Freund Otto, der nur mal nachfragen wollte, ob ich noch am Leben sei. Es folgten noch einige Mitteilungen ähnlichen Inhalts.

Dann kam Bernie. Mit Details über den Barina. Er gehörte einer Autovermietung. Zufällig der, an die ich mich gewöhnlich wandte, wenn ich mal einen schnelleren und unauffälligeren fahrbaren Untersatz als den Daimler brauchte. Das würde es mir erheblich erleichtern herauszufinden, an wen er vermietet worden war.

Die letzte Nachricht war von Cilla aus dem Club, die mich daran erinnerte, dass wir morgen eine Verabredung zum Einkaufen hatten, und mir sagen wollte, dass Jimmy die Fotos vorbeigebracht hatte.

Nachdem ich mir alles angehört hatte, machte ich mich wieder an die Arbeit, aber nicht mehr so verbissen wie gestern. Ich konnte endlich wieder klar denken. Ich war ganz ruhig und konzentriert. Es war, als beobachtete ich meine Gedanken, als würde ich sie lesen, statt sie zu denken. Das Royale war nicht der einzige Ort, auch im Club konnte etwas versteckt sein. Wer immer das Hotelzimmer durchsucht hatte, war möglicherweise derselbe, den Cilla in der Garderobe erwischt hatte. Sie hatte ja den Eindruck gehabt, dass er nach etwas gesucht hatte.

Ich rief Cilla an und sagte, dass ich heute Abend vorbeikäme. Sie meinte, ich solle meine Tanzschuhe mitbringen. »Mach ich. Cilla, weißt du noch, an dem Tag, als ich Dolores' Sachen abgeholt habe – hast du mir da wirklich alles gegeben? Oder kann es sein, dass irgendetwas übersehen wurde?«

»Wie meinst du das?« Ich erzählte ihr, dass jemand im Hotel gewesen war. »Ich habe die Kleider und die wichtigen Sachen für dich zusammengepackt, den Rest habe ich weggeworfen. Du hast das Zeug doch selbst durchsucht. Wenn noch etwas dabei gewesen wäre, hättest du es finden müssen, oder?« Vielleicht auch nicht. Ich wusste damals noch nicht, dass ich nach etwas Bestimmtem suchen musste.

Es war sicher keine schlechte Idee, noch mal im Club vorbeizuschauen. Vor allem auf die Fotos war ich echt gespannt. Patrick, der Nachtportier, würde jetzt noch nicht im Hotel sein, und die erste Stunde nach Schichtbeginn hatte er ohnehin meist viel zu tun. Ich konnte mich auch später noch mit ihm über den mysteriösen Mr. Brown von Zimmer 617 unterhalten. Um Mitternacht würde er ein bisschen Abwechslung, andere Gesellschaft als den Wachmann, vielleicht sogar begrüßen. Ich konnte ihm ja einen anständigen Kaffee mitbringen.

Als Nächstes rief ich meine Freundin bei der Autovermietung an. Es war kurz vor achtzehn Uhr, sie musste eigentlich noch da sein. »Sharon? Hi, ich bin's, Claudia.« Es folgte eine einleitende Diskussion über unsere jeweilige Gesundheit, die beiderseits gut war. Ich weiß auch nicht, warum ich ihr erzählte, dass meine Gesundheit gut sei. Ich hatte einen steifen Nacken und einen aufgeschürften Ellenbogen von gestern Nachmittag, und von dem Zwischenfall mit dem Celica zwei aufgeschürfte Knie, die noch nicht richtig verheilt waren.

Sharon teilte mir mit, dass der Vitesse, den ich gewöhnlich mietete, im Augenblick vergeben sei, und fragte, was ich stattdessen haben wolle. »Ich möchte diesmal keinen Wagen mieten«, sagte ich, »ich habe da ein kleines Problem. Ich werde verfolgt –

von einem eurer Autos.« Na so was, meinte sie, das geht natürlich nicht! Ich beschrieb ihr den schwarzen Barina und fragte, wer das Auto gerade gemietet habe. Dann wartete ich die fünfzehn Sekunden, die es dauerte, die Daten auf den Computerbildschirm zu holen.

»Niemand.«

»Niemand?«

»Hier steht es. Er wurde heute Nachmittag zurückgebracht.«

»Und wer hatte ihn?«

Ein gewisser Thripps, erfuhr ich, Howard Thripps aus Coffs Harbour.

»Das ist ja interessant«, hörte ich sie sagen. »Sekunde mal, ich muss kurz was nachprüfen.« Sie sah nach. »Claudia?«

»Ich bin noch dran.«

»Dieser Thripps«, fuhr sie fort, »hatte vor dem Barina noch ein anderes Auto geliehen.«

»Lass mich raten«, meinte ich, »einen grauen Celica?« Das verschlug ihr einen Augenblick die Sprache.

Dann meldete sie sich wieder. »Woher wusstest du das?«

»Autos sind einfach. Bei Namen und Adressen brauche ich etwas Hilfestellung. Was hast du über unseren Mr. Thripps?« Sie gab mir seine Adresse in Coffs Harbour und eine Kontaktnummer in Sydney. »Und im Augenblick hat er wirklich kein Auto gemietet?« Nein, hatte er nicht. »Danke, Sharon. Was hältst du von einem Drink nach der Arbeit?« Sie sagte, ein andermal, heute wollte sie mit ihrem Freund Squash spielen. Falls er auftauchte. Er kam ständig zu spät. Wenn er nicht kam, sagte ich, sollte sie zum Tropicana kommen, da hätte sie genauso viel Bewegung, die zudem solchen Spaß machte, dass sie die Anstrengung gar nicht merken würde. »Okay«, meinte sie, »ich gebe ihm zehn Minuten, dann mache ich mich auf den Weg.«

Thripps. Es klang irgendwie vertraut. Ich schaute im Lexikon nach. ›Thrips‹ – ›kleine, schlanke Insekten mit scharfen Mundwerkzeugen, die sich von Pflanzensaft ernähren‹.

Ich schauderte. Nicht, dass ich etwas gegen Insekten hatte, aber das hier erinnerte mich an etwas, das Lucy gesagt hatte. Oleanderblätter. Bufotenin. Ich fragte mich, von welchem Pflanzensaft dieser Thripps wohl lebte.

Ich wählte die Kontaktnummer. Eine Stimme teilte mir mit, dass das Yagoona Tierasyl montags bis freitags von neun bis siebzehn Uhr geöffnet habe. Ich überprüfte die Nummer und wählte noch einmal. Wieder dieselbe Botschaft. Sehr komisch, Mr. Thripps.

Er hatte kein weiteres Auto bei Sharon gemietet. Entweder hatte er die Firma gewechselt, oder sein Job hier in Sydney war erledigt.

Ich glaubte nicht, dass sein Job erledigt war.

Ich zog ein enges schwarzes Spitzenkleid mit silbernem Gürtel an. Eng, aber kurz genug, um volle Beinfreiheit beim Tanzen zu gewährleisten. Dann verwandte ich eine halbe Stunde darauf, meine Haare in künstlerische Unordnung zu bringen und Make-up aufzulegen. Ich brauchte mich nicht mehr als Dolores zu verkleiden, aber ich hatte mittlerweile Spaß daran gefunden. Ich schloss die Balkontür und klaubte zusammen, was ich für den Abend brauchte. Dann war ich zu allen Schandtaten bereit.

Als ich die Tür aufmachte, stand Jack davor, die Hand erhoben, als sei er gerade im Begriff gewesen anzuklopfen. In der anderen Hand hielt er ein Stück Papier. »Tag«, sagte er, »ich habe dich hereinschleichen sehen. Ich wollte dir nur das hier geben, es kam heute Nachmittag.« Er reichte mir das Blatt. Es war ein Fax von Brian Collier. »Tja, das war's auch schon. Wie's scheint, hast du heute Abend was vor. Viel Spaß!«

»Danke.« Ich ging noch einmal ins Zimmer zurück. Auf dem Fax standen die Telefonnummer von Royal Dolphin Enterprises, Gründungsort und -datum der Gesellschaft und ihre Hauptaktivitäten – Tourismus und Landerschließung für die Errichtung von Feriensiedlungen. Außerdem waren aktuelle Organisationsdetails, die offizielle Geschäftsadresse und eine Liste der Direktoren aufgeführt. Insgesamt waren es vier – Gordon Stanley Schaeffer, Warren Harvey Johnston, David Patrick Turnbull und

John Quentin Peterson. Alle hatten Adressen in Sydney; ihren Geburtsdaten nach waren sie so zwischen vierzig und fünfzig.

»In Zusammenhang mit deinen aktuellen Nachforschungen sind Schaeffer und seine Verbindungen vielleicht besonders interessant«, hatte Brian geschrieben. *Sie hatte einen reichen Sugardaddy … großer Wirtschaftstycoon … Gordon sowieso …*

Gordon Stanley Schaeffer war Direktor mehrerer Gesellschaften, denen unter anderem das Hotel Royale am Kings Cross gehörte. Eine dieser Gesellschaften, die Royal Blue Finance, wurde als finanzieller Rückhalt von Green Dolphin Resorts aufgeführt, einer Zwei-Dollar-Gesellschaft ohne andere Einlagen als das Nominalkapital. Green Dolphin hatte kürzlich den Zuschlag für Ländereien der Krone an der Nordküste erhalten und beim Stadtrat von Coffs Harbour einen Erschließungsantrag gestellt. »Schaeffer ist zwar nicht selbst Direktor von Green Dolphin«, schrieb Brian, »aber einer der Direktoren dieser Gesellschaft dürfte dir bekannt vorkommen – Dolores Delgado.«

Als ich erfuhr, dass Dolores transsexuell war, hatte ich gedacht, mich würde nichts mehr umhauen, aber sie schaffte es wahrhaftig noch aus dem Grab heraus, meine Weltordnung ein zweites Mal auf den Kopf zu stellen. Wenn sie mir zu ihren Lebzeiten erzählt hätte, dass sie Direktorin einer Gesellschaft sei, hätte ich es für einen Witz gehalten. Aber hier stand es schwarz auf weiß. Und diesem Schwarz auf Weiß musste ich zwangsläufig Glauben schenken, zumindest, wenn es von Brian Collier kam. Es war alles dermaßen verwirrend, als würde ich mit verbundenen Augen mehrmals um die eigene Achse gewirbelt. Nachdem die Augenbinde wieder abgenommen war, sah nichts mehr so aus, wie es einmal war.

Ist das der Hinweis, nach dem ich gesucht habe, Dolores?

Vermutlich stand eine kleine Plauderei mit Mr. Schaeffer an. Aber nicht mehr heute Abend. Heute hatte ich im Club zu tun. Bevor ich mit irgendjemandem sprach, wollte ich mir die Fotos ansehen, die Jimmy in der Nacht, in der Dolores starb, gemacht hatte.

Trotz des Rauchs, der Hitze und der vielen Plastikpflanzen war die Ankunft im Tropicana wie ein tiefes Atemholen in frischer Luft. Als nähme mir jemand an der Tür anstelle von Hut und Mantel meine Sorgen ab.

Die bunten Lichter beleuchteten die Palmen und die Vögel an der Decke. Fast schienen sie zu tanzen. Das lag wohl am Luftzug. Die Leute bewegten sich zu den Klängen der Haus-Combo. Da saß Amadio, mit einem Kahlkopf wie ein bronzener Globus, und drosch auf sein Keyboard ein. Und da war auch Ramón, der offenbar den Fuß in der Tür behielt, indem er sich als Kellner betätigte. Er trug ein Hawaihemd, bis zur Taille aufgeknöpft, und weiße Hosen. Mit dem schmachtenden Blick einer Debütantin in ihrer ersten Ballnacht wartete er an den Tischen auf. So viel Werbung, und niemand kaufte.

Mitten in diesem Partytrubel saß ein Paar, das kaum ein Wort miteinander wechselte und nie lächelte. Beide hatten ein Glas Weißwein vor sich stehen, das sie den ganzen Abend kaum anrührten; später pflegten sie dann einen Kaffee zu trinken. Sie waren jeden Abend hier. Es waren Cillas Eltern. Laut Cilla amüsierten sie sich großartig. »Jeden Abend?«, hatte ich etwas ungläubig gefragt. »Aber ja. Besser, als zu Hause vor dem Fernseher hängen und Seifenopern gucken.« Auch ein Standpunkt.

Ramón tauchte neben mir auf und küsste mich auf die Wange. »Chica«, sagte er, fasste mich um die Taille und wirbelte mich herum, »wann wirst du mit mir tanzen?«

»Im Augenblick würde sie, glaube ich, einen Drink vorziehen«, hörte ich Cillas Stimme. »Holst du Claudia bitte einen Whiskey?« Sie hakte sich bei mir unter und zog mich beiseite. »Große Neuigkeiten«, tuschelte sie vertraulich. »Sie ist wieder da! Heute Abend. Die Frau, die Dolores sehen wollte, Margaret Shaver.«

Plötzlich machte es bei mir klick. Margaret Shaver. Gordon Schaeffer.

»Bist du sicher, dass der Name nicht vielleicht ›Schaeffer‹ war?«

»Hörst du schlecht? Das sage ich doch die ganze Zeit. Margaret Shaver.«

Dolores hatte eine Royal Dolphin Kreditkarte. Gordon Schaeffer, einer der Direktoren der Gesellschaft, finanzierte Green

Dolphin Resorts, deren Direktorin Dolores war. Sie wohnte in seinem Hotel. Margaret Schaeffer war gekommen, um Dolores zu treffen. Sah ich das richtig? Handelte es sich da vielleicht um die Eckpunkte einer Dreierbeziehung?

»Was hast du ihr gesagt?«

»Sie fragte nach Dolores. Sagte, sie hätte heute eine Verabredung mit ihr gehabt, zu der sie nicht erschienen sei. Ich sagte, sie soll später noch mal wiederkommen, vielleicht wüssten wir dann mehr.«

»Gib' mir ein Zeichen, wenn sie da ist.«

Ramón kam mit dem Drink, der hauptsächlich aus Eis bestand, aber großartig aussah und köstlich schmeckte.

»Du hast gesagt, Jimmy habe die Fotos gebracht.«

»Ja, einen Augenblick. Ich hole sie.« Cilla verschwand.

Ich lächelte zu Cillas Eltern hinüber. Eine Spur von Wiedererkennen glomm in ihren Augen auf, aber ansonsten war es, als begrüße man zwei Statuen von den Osterinseln.

Cilla kam mit zwei Umschlägen zurück, einem flachen und einem etwas dickeren. »Komm' mit in die Garderobe, da ist besseres Licht.«

Wir gingen hinaus.

»Als ich die Bilder aus dem Safe holte, fand ich das da.« Sie legte den dicken Umschlag vor mich hin. »Ich hatte ganz vergessen, dass Dolores ihn in den Safe gelegt hatte. Es ist nicht viel drin, hauptsächlich alte Quittungen«, meinte sie entschuldigend.

Dann legte sie mir auch den anderen Umschlag hin und knipste das helle Licht über dem Spiegel an.

Ich zog den Inhalt des dicken Umschlag heraus. Cilla hatte Recht, es war nichts Besonderes, nur alte Quittungen. Ich fragte mich, warum Dolores so etwas in einem Safe aufhob. Sie füllte doch mit Sicherheit keine Steuererklärungen aus. Es war eine seltsame Sammlung – Rechnungen aus Restaurants, von Boutiquen, Juwelieren, Designern.

Aber da war noch etwas. Ein kleinerer Umschlag, etwa Standardbriefgröße. Ich öffnete ihn. Er enthielt Schlüssel und eine Karte. Zwei Schlüssel, größer als gewöhnlich. Auf der Karte stand

TNT Security, Einlasskarte zu einem Schließfach. Die Nummer des Schließfachs war eingetragen, und auf der Rückseite stand, von Hand geschrieben, eine weitere Nummer; die übrigen Felder waren leer. Ich spürte, wie meine Nase zuckte. Das war es, Dolores, oder? Dort hast du den Malteser Falken versteckt. Ich fühlte mich, als hätte ich soeben einen Preis gewonnen. Dann wurde ich wieder nüchtern. Den Preis gewinnen war eine Sache, ihn abholen eine ganz andere. Ich legte die Karte und die Schlüssel beiseite.

»Was Wichtiges?«, fragte Cilla.

»Möglich«, sagte ich. »Sehen wir uns mal die Fotos an.«

Ich entnahm dem anderen Umschlag die Negative und hielt sie gegen das Licht, suchte nach vertrauten Gesichtern, nach irgendetwas Ungewöhnlichem. Der Mörder hatte sich wohl kaum, wie es die Gäste taten, zur Erinnerung an diesen besonderen Tag in Positur gestellt und fotografieren lassen, aber vielleicht entdeckte ich ihn irgendwo im Hintergrund.

Ich achtete vor allem auf den Bereich um die Bar; eine Einzelperson würde sich höchstwahrscheinlich an der Bar aufhalten, nicht an den Tischen, an denen meist Gruppen saßen. Auf den in Frage kommenden Fotos tauchte immer wieder ein Mann im Abendanzug auf, was bei ihm irgendwie übertrieben wirkte, zu schick. Was hatte Cilla über Margaret Shaver/Schaeffer gesagt? Sie sah aus wie eine Frau, die normalerweise nicht in Clubs geht. Aber dies war keine Frau, sondern ein Mann. Er kam mir vage bekannt vor. Aber natürlich schaute ich die Bilder nicht mit neutralem Blick an, sondern suchte gezielt nach dem Mann mit der Spritze. Der Typ auf dem Bild trug eine Sonnenbrille, sein Haar war mit Gel an den Kopf geklebt. Er hatte etwa dasselbe Alter wie mein Angreifer. Denk dir die Brille weg, plustere das Haar etwas auf, und er könnte es sein. Oder klammerte ich mich hier nur an einen Strohhalm?

Der Bogen mit den Negativen erzählte eine richtige Bildergeschichte, wie die Standfotos beim Film. Auf den Fotos, die früher am Abend aufgenommen worden waren, war der Mann nirgends zu entdecken. Dann war er auf einmal da, stand an der Bar. Vom ersten Teil, der Vorführung von Dolores und Ramón, hatte Jimmy keine Fotos gemacht; die beiden hätten ohnehin keine gekauft. Dafür gab es umso mehr Aufnahmen, wie sie mit den Gästen tanzten. Und da plötzlich war auch der Typ. Er tanzte zwar nicht mit Dolores, stand aber ganz dicht bei ihr. Mit der Hand in der Tasche. Auch auf dem nächsten Bild war er wieder zu sehen, diesmal die Hand aus der Tasche. Er hielt etwas Weißes, das aussah wie ein gefaltetes Taschentuch. Danach schien er verschwunden zu sein. Es hatte an jenem Abend eine Lücke gegeben, eine Zeit, in der Jimmy nicht fotografierte, als Dolores zusammenbrach und Ramón mit ihr von der Bühne tanzte. Erst mit der Conga setzten die Fotos wieder ein. Aber mein Verdächtiger fand sich auf keinem mehr.

Ich nahm mir das letzte Foto von ihm noch mal vor. Erst stand er ganz nahe bei Dolores; dann war er plötzlich verschwunden. Sie hatte sich beklagt, dass jemand sie in den Po gekniffen habe; dann war die Nummer, in der das Publikum miteinbezogen wurde, zu Ende, und sie tanzte wieder mit Ramón. Etwa zwanzig Minuten später fing sie an zu taumeln und der Speichel lief ihr raus.

»Hast du diesen Mann schon mal gesehen?«, fragte ich Cilla.

Sie sah sich die Fotos ein Weilchen an. »Ich glaube nicht.«

»Denk' dir die Brille weg, stell' dir vor, das Haar ist voller. Könnte er der Mann sein, der neulich am Nachmittag hier war?«

Sie dachte darüber nach, sah sich die Bilder noch einmal aus unterschiedlichen Winkeln an, legte sie dann nebeneinander und verglich sie. »Möglich ist es.«

»Was ist mit Margaret Schaeffer, ist sie auf einem der Bilder zu sehen?«

Cilla ging die Fotos ein drittes Mal durch. Sie schüttelte den Kopf. »Nein.«

Ich fragte sie, ob sie die Sachen im Safe aufbewahren konnte, bis der Club heute Nacht schloss. Dann tanzte ich ein paar Runden mit Ramón, trank einige Cocktails und versuchte erfolglos, mit Cillas Mutter und Vater ins Gespräch zu kommen. Zum Schluss wartete ich noch ein Weilchen in der Garderobe. Margaret Schaeffer erschien nicht.

Um Mitternacht fand ich, dass es Zeit war zu gehen. Ich sagte Cilla, wenn Margaret Schaeffer noch auftauchte, sollte sie im Royale anrufen oder einfach herüberkommen. Ich würde auf jeden Fall noch ein paar Stunden wach sein.

Die Jungs und Mädels vom Cross waren an diesem Abend in großer Zahl unterwegs, und das keineswegs, weil Donnerstagabend die Geschäfte länger geöffnet haben. Es sei denn, das Kaufen von jungen, frischen Körpern fällt auch in die Kategorie Konsumrausch. Die Szene war alt und öde geworden, seit ich als Teenager zum ersten Mal hierher geraten war. Wahrscheinlich war sie es schon immer gewesen. Aber jetzt sahen sogar die Kids ausgezehrt und erschöpft aus. Sie lebten schnell, starben jung und ließen einen Leichnam zurück, der alles andere als gutaussehend war. Der von unzähligen durchgemachten Nächten, von zu vielen Zigaretten und von Selbstzerstörung erzählte. Und davon, dass diese Kinder zu viele Dinge sahen, die man normalerweise nicht täglich zu sehen bekommt.

Das Cross war eine abgetakelte Hure, deren Make-up mit dem Spachtel aufgetragen war und die sich nicht die geringste Mühe gab, in Würde zu altern. Aber auf den uralten Trick mit den hellen Lichtern, auf die ewigen Lockungen des Konsums, auf die rund um die Uhr geöffneten Unterhaltungsetablissements und auf die Vorstadtspießer, die hier in regelmäßigen Abständen eine Nacht lang auf den Putz hauten, konnte sie sich nach wie vor verlassen. Erst gegen sechs Uhr morgens zeigte sich die ganze Schäbigkeit der Gegend – ein Eindruck, der vielleicht auch nur darauf zurückzuführen war, dass ich heute zum ersten Mal um sechs Uhr morgens die verblasste, abgeblätterte Seite sah. Die Lichter waren aus, ins Tageslicht verdämmert. Zwei Stunden später würden die letzten Nachtschwärmer mit den Anzugträgern kollidieren, die zum Zug hasteten, der sie in die City brachte.

In der Bayswater Road reihte sich ein Restaurant oder besser gesagt eine Brasserie an die andere. Alle wetteiferten unermüdlich darum, die übersättigten Gaumen in einer Stadt zu kitzeln, wo es jede nur denkbare Küche der Welt gab. Wer in Paris oder Rom dinierte, hatte diese Möglichkeiten nicht. Es hatte auch seine Vorteile, nicht auf eine tausendjährige Kultur zurückzublicken. Am Crows Nest gab es sogar ein Restaurant, das ›griechisches Yum Cha‹ anbot. Exklusiv in Sydney.

Patrick war ein gepflegter junger Mann in weißem Hemd und dunklem Anzug. Sein Haar war streichholzkurz gestutzt, er strahlte Gesundheit und eine lockere, aber effiziente Tüchtigkeit aus. Wahrscheinlich stammte er aus Perth. Ganz sicher war er nicht aus dieser Gegend.

Er verhandelte gerade mit einer Frau, die ein Hutmodell aus den vierziger Jahren und einen langen Mantel trug. Die Nacht war nicht kalt genug für einen Mantel. Ich rief mich zur Ordnung. Ich wollte nicht überall Gespenster sehen, aber ich musterte sie trotzdem gründlich. »Margaret?«, sagte ich leise. Die Frau drehte sich nicht um.

Als sie fort war, fragte ich Patrick, ob er eine Minute Zeit für mich hätte. Klar, meinte er.

»Hatten Sie letzte Nacht Dienst?«

»Aber natürlich. Der Nachtportier, c'est moi.«

»Dann haben Sie also Zimmer 617 vergeben?«

»617, 617«, wiederholte er und schlug im Buch nach. »Ja«, sagte er dann, als er es gefunden hatte, »ein Mr. Brown. Braun der Name, braun der Mann.«

»Was meinen Sie damit?«

»Na, Sie wissen schon«, sagte er, als handle es sich um eine allgemeingültige Erkenntnis, »er war eben braun. Braun. Eben eine Dumpfbacke.«

»Wie sah er aus?«

Patrick blickte an mir vorbei, während er sich das Aussehen des Mannes ins Gedächtnis rief.

»Nichts irgendwie Markantes. Braunes Haar, mittelgroß, um die vierzig, kein Gepäck ...«

»Kein Gepäck? Ich dachte, ihr lasst hier nur Leute mit Gepäck rein?«

»So was gibt's nur im Film«, sagte Patrick, »nur in *alten*

Filmen«, fügte er mit Betonung hinzu. Ich weiß nicht, warum er es für nötig hielt, das ›alt‹ so hervorzuheben, ich war vielleicht zehn Jahre älter als er, von meinem Standpunkt aus war das absolut vernachlässigbar.

Der Typ, der mich in der Gasse überfallen hatte, war blond gewesen, und auch Cilla hatte ihren Besucher als blond beschrieben. War dieser Mr. Brown derselbe? »War an seinen Augen irgendetwas Ungewöhnliches?«

Patrick schürzte die Lippen. »Zum Beispiel?«

Ich dachte an das, was Cilla gesagt hatte. »Sahen sie aus, als gucke eine andere Person heraus?«

Patrick starrte mich an, als käme ich von einem anderen Planeten.

»War nur so ‘n Gedanke«, meinte ich hastig. »Was hatte er an?«

»Junge, Junge, Sie strapazieren Ihr Glück aber ganz schön. Wissen Sie eigentlich, wie viele Leute ich in den letzten sechs Monaten hier habe hereinkommen sehen?«

»Mich interessiert ja nur die letzte Nacht. Die müsste Ihnen doch noch ziemlich frisch im Gedächtnis sein.«

»Ich dachte, das hatte ich Ihnen schon bewiesen. Ich weiß nicht, was der Typ anhatte, es war wohl nichts Auffälliges. Irgendwas Braunes, aber ich weiß nicht mehr, ob es ein Anzug oder ein Pullover oder sonstwas war.«

»Haben Sie etwas dabei gedacht? Ich meine, haben Sie gedacht, ›toll, wie der angezogen ist‹, oder ›was für ein Dreckfink‹?«

»Ich habe gedacht, ›was für ein Langweiler‹, das sagte ich doch schon. Aber da war noch etwas«, strapazierte er sein Hirn. Die Anstrengung schien beinahe weh zu tun. »Ja, ich erinnere mich, dass ich dachte, komisch, dass er kein Gepäck hat, weil er aussah, als käme er vom Land. Aber er sagte ausdrücklich, er käme aus Yagoona. Und das ist in Sydney, oder?«

»Ja, bei Bankstown.«

»Es war ziemlich spät für ein Check-in, so etwa einundzwanzig Uhr, und er hatte nicht vorbestellt, kam einfach so hereingeschneit. Mir war nicht ganz wohl bei der Sache, aber sein Geld war echt, und ich habe schon weniger vertrauenerweckende Gäste gesehen.«

»Was war denn nicht vertrauenerweckend an ihm?«

»Er hätte mir keine Erklärungen geben müssen, ich habe ihn nicht nach seinem Gepäck gefragt. Wir sind hier in Kings Cross, hier braucht man keine Erklärung, wenn man eine Nacht ohne Gepäck im Hotel verbringen will. Deshalb hatte ich den Eindruck, er käme vom Land.«

Von der Uhrzeit her konnte es der Typ mit dem Barina gewesen sein. Ich war bei Mina etwa um zwanzig Uhr dreißig weggegangen. Er musste gesehen haben, wie ich hier ankam. Zeit genug, irgendwo zu parken und im Hotel einzuchecken. Aber braunes Haar? Der Typ, der mich überfallen hatte, war hundertprozentig blond gewesen. Vielleicht kam Patrick wegen seines Namens darauf, dass er braunhaarig war.

»Möchten Sie einen Kaffee?«, fragte ich.

»Gerne«, sagte er. »Bei wem holen Sie ihn?«

»Lorenzo's.«

»In dem Fall für mich einen *macchiato*.«

Als ich von Lorenzo's zurückkam, hing Dave, der Türsteher, am Empfang rum. Um Mitternacht bekommt die Atmosphäre am Cross eine gewisse Nonchalance, das Hotel war da keine Ausnahme. Die Tagmenschen hatten sich zurückgezogen und die Vampire erwachten zum Leben.

Trotz dem, was Patrick über die alten Hollywoodfilme gesagt hatte, schien Dave geradezu einem solchen entsprungen. Er trug eine ulkige kleine Kappe und eine Pagenuniform; ich wusste nicht, ob aus Vorschrift oder weil er sich darin gefiel. Allerdings nahm er im Augenblick nicht die beflissene Pose des Pagen ein, sondern hatte einen Fuß auf einen Stuhl gestellt, stützte sich auf das gebeugte Knie und plauderte mit Patrick, die Kappe keck auf einem Ohr. »Hi«, begrüßte er mich gut gelaunt, »hamse die Blumen gekriegt?«

»Die Orchidee?«, fragte ich und setzte vorsichtig das Minitablett mit dem Kaffee auf der Theke ab.

»Ich weiß nicht, was es war. Die in der Schachtel. Der Typ sagte, er wollte Sie überraschen und sie Ihnen vor die Tür legen.« Dave nahm seinen Fuß von dem Stuhl, drehte sich um und ließ sich auf der Sitzfläche nieder. »Ich sagte noch, keine Sorge, wird erledigt. Er sagte, nein, es ist okay, er sei Gast hier und könnte sie selbst hinlegen, welches Zimmer war es noch mal? Also sagte ich es ihm.«

Ich stellte Dave die gleichen Fragen, die ich Patrick gestellt hatte. Er gab mir fast die gleichen Antworten, konnte aber ergänzen, dass der braune Typ einen Anzug getragen hatte. Und eine Jerseykrawatte. Ich fragte Dave, ob ihm etwas an den Augen aufgefallen sei, er sagte nein, aber an den Zähnen. Sie hatten die gleiche Farbe wie das Gesicht. »Oh, das würde ich nicht sagen«, meinte Patrick. Woraufhin sich eine lebhafte Diskussion über diese Frage entspann. Das half mir nicht weiter. Ich nahm die Fotos heraus und zeigte ihnen den Typ mit dem weißen Taschentuch. Dave sagte ja, das könnte er sein; Patrick sagte nein, das glaube er nicht.

Damit bestätigten sie den schlimmsten Alptraum jeder Polizistin – frag zwanzig Leute, wie jemand aussieht, und du bekommst zwanzig verschiedene Personenbeschreibungen.

Coogee war genau wie Randwick, mit einem einzigen Unterschied: Je mehr ich mich dem Strand näherte, desto weißer wurden die Häuser. Trotz meiner gelegentlichen Besuche im benachbarten Randwick bei meiner Mutter war ich seit Jahren nicht in Coogee gewesen. Aus dem Aquarium, dem Hallenbad, das wir regelmäßig bei den Schulschwimmfesten besucht hatten, war inzwischen eine Markthalle geworden. Die Kolonnaden waren noch da, etwas aufgepeppt, und der ganze Komplex hatte eine funkelnde Glaskuppel bekommen. Wesentlich aufregender als die Schwimmfeste war damals der Tag gewesen, an dem die Polizei im Aquarium aufgetaucht war und Miss Blackshaw wegen Scheckbetrugs verhaftet hatte. Sie war meine Lieblings-Mathelehrerin gewesen. Ich hielt sie noch für unschuldig, nachdem sie vor Gericht gestellt und verurteilt worden war. Es bedarf der Bekanntschaft mit einer ganzen Menge Nieten im Leben, bis du zynisch genug bist, Privatdetektivin zu werden.

Aus diesem Grund war ich auch nicht wirklich überrascht, als ich feststellte, dass die Schaeffers eine Geheimnummer hatten. Ich war früh aufgestanden und hatte das Hotelzimmer so gut ich konnte wieder in Ordnung gebracht. Cilla und ich waren einkaufen gewesen und dabei in den Winterschlussverkauf geraten. Der reine Wahnsinn. Tausende von Einkaufsexpertinnen auf Schnäppchenjagd, die zusammenrafften, was sie nur greifen konnten. Wer da dazwischen geriet, war verloren. Wir konnten den Püffen und Schlägen gerade so lange ausweichen, bis Cilla ihren rosa Kaschmirpullover und ich einen Badeanzug erstanden hatten. Er war leuchtend pink und auf dem Rücken geschnürt. Früher hatte ich mich wohlweislich nicht an Pink gewagt, aber jetzt, mit schwarzem statt rotem Haar, stand mir eine ganz neue Farbpalette zur Verfügung.

Ich hätte Margaret Schaeffer zwar lieber zuerst interviewt, noch vor ihrem Mann, war aber auch auf ihn gefasst. Andererseits war es unwahrscheinlich, dass ein erfolgreicher Geschäftsmann wie er mitten am Tage zu Hause war, im Gegensatz zu seiner Frau.

Ich fuhr die südliche Landspitze hinauf, parkte den Daimler in der Nähe eines Fleckchens harten, salzigen Graslandes namens Grant Reserve, und ging das letzte Stück bis zu den Schaeffers zu Fuß.

Glücklicherweise hatte der Wind inzwischen den ganzen Smog weggepustet, denn vor himmelblauem Hintergrund kam das Haus unzweifelhaft am besten zur Geltung. Es war nicht einmal so protzig, wie ich es mir vorgestellt hatte; eine komfortable Vorstadtvilla aus Backstein, fünfziger Jahre, die nachträglich um ein zweites, weiß verputztes Stockwerk ergänzt worden war. Wahrscheinlich befanden sich hinter dem Haus, den Blicken der Vorbeigehenden entzogen, Terrasse, Schwimmbecken und Whirlpool. Ich drückte den Klingelknopf an der Vordertür und wartete. Es war ziemlich ruhig hier. Ich klingelte noch einmal.

Nichts rührte sich. Vielleicht war Margaret ja einkaufen gegangen. Ich hatte Zeit, ich konnte warten. Aber nicht vor ihrer Haustür, ich wollte sie nicht abschrecken.

Es war ein warmer Wintertag, ich war am Strand, ich besaß einen neuen pinkfarbenen Badeanzug – dies war genau der richtige Zeitpunkt, ihn auszuprobieren. Als ich zum Auto zurückging, merkte ich, dass ich unmittelbar neben Wylie's Baths geparkt hatte, einem Schwimmbad mit direkt aus dem Felsen gehauenen Becken. Eine nette Abwechslung nach der ständigen Brandung.

Ich stieg die Stufen zum Bad hinunter. Der Ort erinnerte stark an eine pittoreske Filmkulisse. Die sonnengebleichten Planken waren seit Menschengedenken nicht erneuert worden. Sie sahen aus, als könnten sie jeden Augenblick einknicken, ähnlich wie die spindeldürren Beine mancher alter Frauen. Die Sonnenterrassen und Stützpfähle waren in den Fels eingelassen und wirkten wie Baugerüste. Manche Bereiche durften aus Sicherheitsgründen nicht mehr betreten werden. Unten im Pool schwammen ein oder zwei Hartgesottene ihre Bahnen; das Wasser sah relativ sauber aus; es floss über die äußere Schutzmauer vom Meer her ins Becken.

Ich ging zu den Umkleidekabinen. Die blassgrüne Farbe war größtenteils abgeblättert, die Reste, die noch zu erkennen waren, wirkten trocken und schuppig. Der Fußboden spottete jeder Beschreibung; ich spürte den Fußpilz förmlich zwischen meinen Zehen hochkriechen. Trotzdem freute es mich, dass hier noch nichts renoviert worden war. Die ganze Anlage schien zwar etwas schwach auf den Beinen, aber immerhin waren es noch die eigenen. Ein weiteres Fleckchen im Einzugsgebiet der Stadt, dass geduldig darauf wartete, aus dem Dornröschenschlaf geweckt zu werden und durch großzügige Investitionen in neuem Glanz zu erstrahlen. Ich hoffte nur, Wylie's Baths würden nicht über dem politischen Gerangel vermodern.

Ich stieg vorsichtig über ein paar lederhäutige Sonnenanbeterinnen auf der wackeligen Terrasse hinweg und kletterte eine steile Treppe zum Becken hinunter. Die Wassertemperatur lag etwa ein Grad über dem Gefrierpunkt, meldete mir mein großer Zeh schon bei der ersten Berührung. Wider besseres Wissen stürzte ich mich trotzdem hinein, schwamm eine Bahn, wendete und schwamm zurück. Als die erste Betäubung der Gliedmaßen verging, war ich überzeugt, dass dieses tollkühne Unternehmen nur zu meiner allgemeinen Kräftigung beitragen konnte.

Zehn Runden später saß ich mit einem Handtuch um die Schultern in einer windgeschützten Ecke. Ich spürte den köstlichen Straffungseffekt von trocknendem Salz auf meinen Beinen. Duschen würde ich erst zu Hause, ich rechnete nicht damit, dass es hier heißes Wasser gab, und von kaltem hatte ich für heute genug.

Ich hatte beim Schwimmen darüber nachgedacht und grübelte immer noch daran herum: Dolores' Schließfach bei TNT. Ich konnte einen Gerichtsbeschluss zur Überprüfung des Inhalts erwirken, aber das würde Wochen dauern. Und es würde über die ›offiziellen Kanäle‹ laufen müssen.

Die TNT Stronghold hatte einen Vierundzwanzig-Stunden-Service. Dolores hatte also zu jeder Tages- und Nachtzeit Zutritt gehabt. Der Mann mit der Spritze wusste, dass ich nicht Dolores war, aber TNT wusste es nicht. Ich hatte die Schlüssel, ich hatte die Karte. Ihre Unterschrift hatte ich mittlerweile schon mehrmals gefälscht, das durfte kein Problem mehr sein. Ein Kinderspiel. Es sei denn, ich wurde – wie einst Miss Blackshaw – erwischt.

Ich streifte meine Kleider einfach über den Badeanzug. So einfach wie ein Einkaufsbummel würde es nicht werden. Läden hatten keine mit Stahltüren gesicherten Gewölbe, keine bewaffneten Wachleute. Gut, dann nimm eben den Weg über das Gericht. Das dauerte zwar Wochen, war aber der Pfad der Gesetzestreue und Sicherheit. Die Angelegenheit würde damit in den Händen der Polizei liegen, ich hatte keinen offiziellen Status, würde den Inhalt des Schließfachs also nicht zu Gesicht bekommen. Reichte mir das? Meine Neugier hatte inzwischen ein solches Ausmaß erreicht, dass ich bereit war, unschuldige Hotelzimmer auseinanderzunehmen. Ein paar bewaffnete Wachleute und Stahltüren würden mich nicht aufhalten.

Ich stieg die Stufen wieder hinauf, verließ das Bad und ging zurück zum Haus der Schaeffers. Auch auf ruhigen Vorstadtstraßen wie dieser wurden hin und wieder Leute erschossen.

Noch immer wirkte alles auffallend ruhig, kein Auto in der Auffahrt, keine offenen Türen oder Fenster. Keine erkennbaren Sicherheitsvorkehrungen, was jedoch nicht hieß, dass nicht sofort der Alarm losschrillte, wenn ich den Versuch machte, mich auf eigene Faust auf dem Anwesen umzusehen. Andererseits war ich nicht den ganzen Weg herausgefahren, um schwimmen zu gehen. Vielleicht konnte ich ein bisschen mit den Nachbarn plaudern. Entschlossen steuerte ich die nächste Tür an.

Als sie geöffnet wurde, glaubte ich, doppelt zu sehen. Sie waren absolut identisch, wie sie, Eichhörnchen ähnlich, aus ihrem Häuschen lugten. »Ja?«, sagten die beiden alten Damen mehr oder weniger unisono. Völlig übereinstimmend in Größe, Gestalt und Gesichtszügen, trugen beide Kleinmädchenkleider mit Puffärmeln, die in ihre fleischigen Oberarme schnitten. Einen Unterschied gab es aber doch. Die rechte hatte schneeweißes Haar, das der anderen war schwarzgefärbt. Sie trug ein Haarband, das jedoch die weißen Haarwurzeln nicht ganz verdecken konnte.

»Hi«, grüßte ich aufgeräumt, »ich wollte mich nach dem Zimmer erkundigen, das hier zu vermieten ist.«

»Zimmer zu vermieten? Zimmer zu vermieten?«, wiederholte die Weißhaarige wie ein Papagei. »Haben wir ein Zimmer zu vermieten, Lil?« Lil sagte nichts. »Hat vielleicht eines der Mädchen was davon gesagt?«, fragte die Weißhaarige.

»Nein«, sagte die Schwarzhaarige mit fester, autoritärer Stimme, »im Augenblick ist kein Zimmer frei.«

»Ich wüsste auch nicht, warum, die Mädchen sind sehr zufrieden hier. Wenngleich Jennifer kürzlich noch sehr spät Musik gehört hat«, fügte sie vertraulich hinzu, »Ich musste ein ernstes Wort mit ihr reden.«

Lil warf ihrer Schwester einen mahnenden Blick zu. Sie begriff rasch. »Es tut mir Leid, nein«, sagte sie lächelnd, »wir haben im Augenblick nichts frei.«

»Das verstehe ich nicht«, meinte ich, »hier ist doch Nr. 24, oder?«

»Aber nein, nein, nein«, sang die Weißhaarige. »Hier ist Nr. 26«, verkündete sie stolz. »Nr. 24 ist das Nachbarhaus, die Schaeffers.«

»Oh ja«, sagte ich, als fiele es mir jetzt wieder ein, »das war der Name, Schaeffer. Wissen Sie«, ich dämpfte die Stimme, »vielleicht könnten Sie mir ein bisschen was über sie erzählen, wo ich schon mal hier bin. Es ist heutzutage ja schwer zu beurteilen, worauf Sie sich als Frau einlassen, wenn Sie an einen fremden Ort ziehen. Sind die Schaeffers nett?«

»Warum kommen Sie nicht herein und trinken eine Tasse Tee mit uns?«, schlug der weißhaarige Zwilling in gutnachbarlichem Ton vor. »Wenn Sie hier ein Zimmer mieten wollen, sind wir ja bald Nachbarn.«

»Evie«, sagte Lil mit stählerner Stimme, »nicht heute, heute wollten wir doch Frühjahrsputz machen, erinnerst du dich nicht?«

Was immer es war, woran Evie sich erinnern sollte, sie erinnerte sich. »Es tut mir Leid, Lil«, stotterte sie ernüchtert.

»Schon gut«, glättete ich die Wogen, »es dauert nicht lange. Ich wollte eigentlich nur wissen, ob ich mich bei ihnen sicher fühlen kann.« Ganz zu schweigen davon, ob ich mich bei euch sicher fühlen würde. Ich hatte keine Ahnung, ob meine Mädchen-vom-Lande-Tour bei den beiden ziehen würde. Ich wusste nur zu gut, wie mein Haar aussah, wenn es nass war, ich hatte es nicht ausgekämmt, und ich war vom Schwimmen völlig salzverkrustet. Aber hier in Coogee war ein solcher Aufzug vielleicht ganz normal. Außerdem, worüber machte ich mir Sorgen? Ich redete hier mit zwei Achtzigjährigen, die auf sechzehn machten.

»Ooooh, mit der Sicherheit, da weiß ich nicht so recht«, plauderte Evie. »Sie sind nicht immer zu Hause. Sie sind ziemlich reich, ich glaube, sie haben noch irgendwo anders ein Haus. *Sie* ist nett, wie war doch noch mal ihr Name, Lil?«

Lil, die so verschwiegen war, wenn es um die Mädchen ging, war glücklich, den Namen der Nachbarin beisteuern zu können. »Margaret.«

»Richtig, Margaret. Aber Graeme, er ist ein bisschen ...«

»Er heißt Gordon.«

»Richtig, Gordon. Ein bisschen zu protzig für meinen Geschmack. Er hat einen Chauffeur, der ihn abholt, zu meiner Zeit hat es so was nicht gegeben. Ein Chauffeur in Coogee. Ich für mein Teil bin gar nicht für so was. Alle Menschen sind schließlich gleich geschaffen.« Lil sah ihre Schwester an, als habe sie in der Öffentlichkeit einen Pups gelassen, und Evie machte hastig einen Rückzieher. »Na ja, manche jedenfalls«, schloss sie leicht verstimmt.

»Aber die beiden«, kam ich aufs Thema zurück, »haben sie keine Kinder?«

»Der Junge ist in Amerika. Er ist auf irgendeiner technischen Hochschule.«

»Harvard Business School«, korrigierte Lil.

»Haben sie nur den einen Sohn?«

»Ja. Nein, da ist ja noch der andere.«

»Welcher andere?«, fragte Lil interessiert.

»Oh, er ist kein Junge, er ist ihr Bruder«, sagte Evie, höchst befriedigt, dass sie mehr wusste als Lil. »Er ist die letzten Tage hier ein- und ausgegangen.«

»Bist du sicher?«, fragte Lil in dem Versuch, einen Schatten des Zweifels auf den kleinen Sieg ihrer Schwester zu werfen.

»Aber ja«, trumpfte Evie auf, »Jennifer hat es mir erzählt.« Sobald es heraus war, schlug sie die Hand vor den Mund.

»Vielleicht sollten wir Jennifer besser noch mal fragen.« Es klang nicht so, als ob es eine freundliche Befragung werden würde. Im Haus der beiden Schwestern ging fraglos etwas Seltsames vor, das ich lieber nicht genauer wissen wollte. Höchste Zeit, unsere kleine Plauderei hier zum Abschluss zu bringen.

»Ich danke Ihnen vielmals«, strahlte ich. »Ich laufe noch rasch bei Ihnen ums Haus und werfe einen Blick in den Garten der Schaeffers. Sie haben doch nichts dagegen?« Sie hatten nichts dagegen. Die Tür schloss sich so abrupt, als wäre ich schon nicht mehr da. Vermutlich hatte Lil einige dringende Disziplinierungsmaßnahmen durchzuführen.

Ich ging außen ums Haus herum und stemmte mich auf die Mauer hinauf, um zum Schaeffer-Anwesen hinübersehen zu können. Im Pool schwammen Blätter, er sah aus, als sei er längere Zeit nicht benutzt worden. Wurde ein Swimmingpool normalerweise nicht für den Winter abgedeckt? Auf der Terrasse lag kein Spielzeug herum, auf dem weißen, gusseisernen Gartentisch standen keine Martinigläser, überhaupt gab es keinerlei Anzeichen dafür, dass hier jemand wohnte, und zwar luxuriös wohnte.

Auf einmal hatte ich das unangenehme Gefühl, beobachtet zu werden. Ich blickte zum ersten Stock des Hauses der Schwestern hoch. Da stand eine Puppe im Fenster, ein Band im Haar, die Arme steif ausgestreckt. Sie trug das gleiche Puffärmelkleid wie die beiden Frauen, die mir die Tür geöffnet hatten. Jennifer?

Ich lief wieder nach vorn und kletterte über den Seitenzaun auf das Grundstück der Schaeffers. Als ich zur Vordertür kam, fing ein Telefon an zu klingeln. Es klingelte lange. Stellten die Leute hier denn nicht den Anrufbeantworter an, wenn sie aus dem Haus gingen? Vielleicht hatten sie es vergessen. Ich klopfte. Keine Reaktion. Ich wusste nicht warum, aber ich hatte einfach das Gefühl, dass jemand da drin war. Und zwar die ganze Zeit gewesen war. Vielleicht hielt er mich für eine Zeugin Jehovas und machte deshalb nicht auf. So war es wohl.

Ich sah noch einmal zu dem Fenster drüben hoch. Die Puppe hatte sich nicht gerührt. Ich winkte hinauf. Du weißt, was hier vorgeht, nicht wahr, Jennifer?

Ich ging zum Daimler zurück und rief Vicky im Royale an, um zu fragen, ob sich jemand nach mir erkundigt hatte. Auch wenn Margaret Schaeffer mich jetzt nicht hineinließ, bestand immer noch eine kleine Chance, dass sie mich im Hotel hatte sprechen wollen. Vicky sagte, dies hier sei ein Hotel, kein Telefonservice. »Wie bitte?«, fragte ich. Sie sagte, Yasmina habe ihr gesagt, die Kissen in Dolores' Zimmer seien zerrissen. Und Yasmina habe ein blaues Auge. Ich sagte, es sei eine harte Nacht gewesen. Ich würde für den Schaden aufkommen. Sie sagte, sie müsse das Management davon unterrichten. Es war das erste Mal, dass ich sie dieses Wort erwähnen hörte. Sonst erweckte sie immer den Eindruck, sie sei das Management.

Ich kannte die Prozedur mit den Bankschließfächern zwar in groben Zügen, aber ich wusste nicht genau, wie der Ablauf bei TNT aussah. Es war siebzehn Uhr vorbei. Allmählich trudelten die Anwälte und Geschäftsleute ein und rangelten sich mit den Unterhemd-und-Shorts-Arbeitern, die ab sechzehn Uhr anrückten, um einen Platz an der Bar. Ich hätte zwar nie damit gerechnet, aber ich vermisste George, unseren Dauergast. Er war auf dem Heimweg vom Pub überfallen worden, nichts Ernstes, aber sie wollten ihn für ein paar Untersuchungen ein Weilchen im Krankenhaus behalten. Die Begegnung mit Georges Frau war beinahe ein kleiner Schock gewesen, hatte Jack erzählt; keiner von uns hatte so recht geglaubt, dass er wirklich eine hatte. Eine rundliche Frau mit grauem Haar, im Vergleich zu ihrem Mann in recht gutem Zustand. Seltsam, dass ein Mann mit einer so patenten Frau, die zu Hause auf ihn wartete, seine ganze Zeit im Pub verbrachte, meinte Jack. Ja, seltsam, sagte ich. Ich wette, Hunderte von guten Ehefrauen in ganz Australien grübeln ebenfalls über diese Frage nach.

Ich lehnte dankend ab, als Jack mir einen Drink anbot. »Du hast nicht zufällig ein Schließfach bei TNT?«

»Alles, was ich sicher verwahren muss, lege ich in den Safe im Pub«, entgegnete Jack.

»Das hab ich mir gedacht. Und was ist mit deinen Kunden? Ein paar von ihnen müssen doch eine diskrete private Dienstleistungsfirma wie TNT beschäftigen, bei der sie ihre kleinen Kostbarkeiten und Lieblingsklunker deponieren.«

Jack sah mich forschend an. »Ich nehme an, wenn wir solche Kunden hätten, wüsstest du es schon. Du könntest es vielleicht mal bei Marty probieren«, schlug er vor, »aber sei freundlich zu ihm, ja? Er ist im Grunde ein netter Kerl.«

»Keine Bange, Jack«, versicherte ich ihm, »er wird überhaupt nichts merken.«

Marty trug beigefarbene Anzüge und hellgrüne Krawatten und stellte etwas dar. Zumindest glaubte er das von sich. Er war ein großer Fisch in einem kleinen Teich. Ein Mann, der ›die richtigen Leute kannte‹. Er gab gern an. Er war die Antwort auf mein Gebet. Momentan trank er allein, seine Anwaltskumpel waren noch nicht da. Das kam mir gerade recht.

»Hi, Marty. Wie läuft's denn so?«

Er ließ seinen Blick über mich wandern. Nicht allzu offensichtlich, aber doch eindeutig. Ich hatte schon öfter beobachtet, wie er das bei anderen weiblichen Gästen im Pub machte. Eigentlich bei fast jeder Frau, die hereinkam. Er selbst hielt sich für höflich und aufgeklärt, aber manchmal ging es eben mit ihm durch. Meistens ging es mit ihm durch.

»Bestens. Darf ich Dir einen Drink spendieren?« Es lebe die Aufdringlichkeit!

»Klar. Gern. Dasselbe wie du.« Damit ging ich kein allzu großes Risiko ein, mir schmeckte alles außer Coca Cola.

Eine Handbewegung Martys zauberte zwei Humpen Fosters vor uns auf den Tisch. »Dein Wohl«, sagte er und griff nach dem einen. Ein Bier war zwar das letzte, was ich hatte haben wollen, aber daran war ich selbst schuld. »Hör mal, Marty, ich hab da etwas, das ich an einem sicheren Ort deponieren muss. An einem sehr sicheren Ort«, betonte ich, »zum Beispiel in einem Schließfach bei einem privaten Sicherheitsdienst. Du kennst doch hier alle, die in Frage kommen. Kannst du mir nicht einen Tip geben?« Marty wusste nicht, womit ich meinen Lebensunterhalt verdiente, war aber zu cool, um mich danach zu fragen. Er gab sich gern allwissend.

»Kommt drauf an, was du wissen willst.«

»Nichts Persönliches, nichts, was dich in Schwierigkeiten bringen könnte; ich möchte einfach nur wissen, wie so das allgemeine Verfahren bei privaten Sicherheitsdiensten aussieht.« Bei TNT, um genau zu sein. Brambles hatte diesen Zweig geschlossen, jetzt hatten wir hier in Sydney nur noch TNT.

»Du planst doch nicht etwa einen Überfall?« Er wollte offenbar witzig sein.

»Ich möchte ganz einfach ein Schließfach mieten, das ist alles.«

»Wenn du hingehst, zeigen sie dir, wie's geht.«

Er hatte sein Bier ausgetrunken, schaute nach meinem Glas, sah, dass es noch halb voll war, und bestellte nur eins.

»Wenn du Probleme damit hast und es mir nicht erzählen willst, ist das okay. Danke für's Bier.«

»Jetzt bleib schon sitzen, so war's nicht gemeint.«

Er erzählte es mir. Führte mich Schritt für Schritt durch die gesamte Prozedur, von der Eingangstür bis ins Allerheiligste, wo sich die Schließfächer befanden. Zum Schluss kannte ich sogar die Farbe des Fußbodenbelags im Eingangsbereich.

Gegen Ende des nächsten Biers fing er dann an, aus der Rolle zu fallen. Er lehnte sich vor und presste mich mit seinem Wanst gegen die Wand. Es war nicht gerade berauschend, aber ich hatte schon Schlimmeres erlebt. »Wenn du was am Laufen hast, könnte ich dir vielleicht behilflich sein«, schlug er vor. »Ich kenne Leute, die dir helfen können.« Seiner Verschwörermiene nach dachte er wohl, ich wollte mich dort um einen Job bewerben. Er konnte mir helfen, aber klar doch. Alles, was ich zu tun hatte, um in den Genuss dieser Hilfe zu kommen, war, mich ein Weilchen in die Horizontale zu begeben.

»War nett, mit dir zu plaudern, Marty. Man sieht sich. Ach übrigens, deine Krawatte hängt im Bier.«

Ich war wieder in Dolores' Zimmer, saß auf ihrem Bett. Vor mir lagen die Einlasskarte für den Tresorraum und die Schlüssel. Eine gute halbe Stunde saß ich so und spielte mit den Schlüsseln. Dann riss ich mich zusammen. Zeit, den Ball ins Rollen zu bringen, redete ich mir zu. Wann, wenn nicht jetzt. Nur ein Anruf. Was war so schlimm daran?

Bei TNT wimmelte es vermutlich von Wachmännern, bis an die Zähne bewaffnet, die erst schießen und dann fragen würden. An einem solchen Ort konnte man einfach verschluckt werden, verschwinden, ohne die leiseste Spur zu hinterlassen.

Die Firma gewährte rund um die Uhr Zugang zu ihren Schließfächern, aber das hieß ja nicht unbedingt, dass ich jetzt gleich hin musste. Marty hatte gesagt, es sei üblich, zuerst anzurufen und einen Termin zu vereinbaren. Ich konnte also zunächst mal anrufen und vorgeben, ich sei Dolores, und etwas ausmachen. Die konnten mich nicht durchs Telefon erschießen – oder doch?

Ich wählte die Nummer.

»TNT Sicherheitsdienst, guten Abend«, sagte eine Frauenstimme. Sie klang, als sei ihre Besitzerin in den Dreißigern, eine freundliche, angenehme Stimme mit genügend Erfahrung, um zu wissen, was sie zu tun hatte, wenn jemand versuchte, sie für dumm zu verkaufen. Mit meiner allerbesten Dolores-Stimme teilte ich ihr mit, dass ich an mein Schließfach wollte und gern einen Termin hätte. Ich konnte mir nicht helfen, aber ich hatte dabei das unbezwingliche Gefühl, als machte ich einen Termin für einen Gefängnisbesuch aus. Nach einem Augenblick, während sie, wie ich annahm, den Namen in den Computer eingab, sagte sie: ›Bitte Ihre Fachnummer, Miss Delgado.« Ich las die Nummer von der Einlasskarte ab. Damit hatte ich die erst Mine offenbar hinter mir, ohne dass sie mir um die Ohren geflogen war, denn als Nächstes fragte sie mich, wann ich kommen wollte. »Morgen Vormittag um halb elf«, antwortete ich spontan.

»Gut«, sagte sie, »Den Ablauf kennen Sie ja.«

»Ja«, sagte ich, »den Ablauf kenne ich.«

Der Termin war erst um halb elf, aber ich war schon seit den frühen Morgenstunden wach und tigerte in meinem Zimmer auf und ab. Dabei wiederholte ich unaufhörlich die beiden Nummern, die Dolores auf ihrer TNT-Karte notiert hatte – die Schließfachnummer und die PIN-Nummer. Dolores' Namenszug hatte ich vor dem Frühstück sicher noch hundertmal geübt, obwohl ich ihre Kreditkarte inzwischen benutzte, als sei sie meine eigene, und mir die Unterschrift wirklich nicht mehr schwer fiel. Wenn ich Raucherin gewesen wäre, hätte ich wohl schon an die hundert Zigaretten inhaliert. Wieder einmal befingerte ich die Kreditkarte und fragte mich, wie lange die goldene Gans wohl noch Eier legen würde.

Das ganze Hin- und Hertigern hatte lediglich zur Folge, dass ich Dolores' Schuhsohlen ablief und immer nervöser wurde. Ich trat auf den Balkon hinaus und atmete die Stadt in tiefen Zügen ein. Ich durfte das Ganze nicht so dramatisieren, versuchte ich mir gut zuzureden. Ich war einfach eine Kundin von TNT, die etwas zu erledigen hatte. Tagtäglich wurden unzählige Kundinnen und Kunden bei TNT durchgeschleust, sehr wahrscheinlich kannte niemand von den Angestellten Dolores vom Sehen. Ganz abgesehen davon sah ich ihr heute ähnlicher denn je. Ich kannte den Ablauf, ich kannte die Nummern, ich hatte die Schlüssel, die einzige, die wusste, dass das Ganze ein Schwindel war, war ich selbst. Ich versuchte eine Karate-Atemtechnik. Danach ging es mir etwas besser, mein Puls war fast wieder auf Normal. Ich sah auf die Uhr. Zeit aufzubrechen.

Als ich den Korridor entlangging, hörte ich einen Staubsauger. Bei Nummer 617 stand die Tür leicht offen. Ich spähte hinein. Yasmina war drin; das Haar mit einer neuen Spange zurückgenommen, tat sie ihre Arbeit. Ich klopfte, aber sie hörte mich nicht. Patrick hatte gesagt, dass der Typ kein Gepäck bei sich gehabt hatte, aber vielleicht hatte er ja trotzdem eine Spur hinterlassen. Ich sah mich im Zimmer um, aber mir fiel nichts auf, bis auf die Tatsache, dass es jetzt frei war. »Yasmina?«, rief ich, aber auch das hörte sie nicht. Ich stellte den Staubsauger ab. Auch das bewirkte nichts, sie saugte stillvergnügt weiter. Im Moment lag sie gerade auf den Knien und saugte unter dem Bett. Ich wollte sie gern irgendwie vorwarnen, ihr nicht einfach so unvermittelt auf die Schulter klopfen, das musste sie zu sehr an den Überfall erinnern. Ich ging um das Bett herum und stellte mich auf die andere Seite, so dass sie mich sehen musste, wenn sie aufstand. So war es auch. Ihr Gesicht wies einen Ausdruck höchster Überraschung und ein blaues Auge auf. Sie nahm die Ohrstöpsel ihres Walkmans heraus.

»Sie sind wieder da«, strahlte sie. Plötzlich sah sie verwirrt aus. »Nein, Sie sind ja die, die mich ins Krankenhaus begleitet hat. Sind Sie die Schwester von Dolores?« Ich lächelte. Sie hielt mich für Dolores' Schwester. Ganz so schlimm konnte es bei TNT nicht werden.

Yasmina merkte, dass der Staubsauger aus war. »Ich habe ihn abgestellt«, sagte ich erklärend, »ich wollte Sie nicht erschrecken. Sind Sie wieder okay?«, fragte ich zögernd.

»Ja, es geht mir gut.« Für eine Frau mit einem blauen Auge klang sie bemerkenswert munter. Sie wischte schwungvoll über das Nachttischchen.

»Ist äh ... ist Ihr Auge auch okay?«, tastete ich mich vor.

»Ach das«, sagte sie, als erinnere sie sich plötzlich daran. »Als ich an dem Tag aus dem Krankenhaus nach Hause kam, war es zu spät, um noch zu kochen, deshalb ging ich zu Kentucky Fried Chicken, um meinem Mann etwas zu essen zu kaufen. Wie ich heimkomme, sagt er, du bist spät dran, wo ist mein Essen? Ich sage, hier, ich habe dir was gekauft. Er sagt, er will aber gefüllte Paprika und Fleisch. Ich sage, wenn du essen willst, dann iss Kentucky Fried Chicken. Da wird er wütend. Er sagt, das ist kein Essen für einen Mann, Kentucky Fried Chicken ist Scheiße. Ich sage, hör zu, Freundchen, ich habe dir Essen gekauft, und du wirst es essen. Da hat er mich geschlagen«, deutete sie auf ihr Auge. »Also nehme ich das Kentucky Fried Chicken und platsch!, schmeiße es ihm ins Gesicht, und platsch!, haue ich ihn zurück. Ich habe nur ein blaues Auge, mein Mann hat zwei. Ich sage, heute Abend hast du kein Essen, aber wenn du mich noch einmal schlägst, hast du keine Frau mehr.« Das blaue Auge schien mir ein verhältnismäßig geringer Preis für das, was Yasmina gewonnen hatte. »Mit den beiden blauen Augen will er nicht zur Arbeit gehen, deshalb bleibt er ein paar Tage zu Hause. Bevor ich heute Morgen zur Arbeit ging, sagt er, ich mache dir was Hübsches zum Abendbrot, was willst du? Wissen Sie, was ich gesagt habe? Kentucky Fried Chicken.«

Ich schwärmte nicht gerade für Fast-Food-Hühnchen, aber ich würde in Zukunft keinen Hühnerschenkel mehr ansehen können, ohne an Yasmina zu denken.

Als der Zug in Redfern einlief, konnte ich den TNT-Turm sehen, doch das Zentralgebäude, laut Firmenwerbung Australiens Fort Knox, war noch etwa einen Straßenzug entfernt. Es war vom Bahnhof aus leicht zu erreichen, aber vermutlich kam der Großteil der Geschäftskundschaft nicht per Bahn.

Ein Daimler wäre eigentlich genau das richtige Auto für einen Besuch bei TNT, aber ich wollte nicht auffallen. Ich wusste nicht, welches Auto der Mann mit der Spritze inzwischen fuhr, vielleicht mietete er ja jeden Tag ein anderes. Aber ich wusste, wie er aussah. Wenn ich die Bahn nahm, konnte er mir nicht mit dem Auto folgen, sondern würde auch Bahn fahren müssen. Und im Zug würde ich ihn leichter erkennen.

Die Station Redfern hatte acht Gleise, einen Zeitungskiosk, einen Schnellimbiss und Unmengen von Blumenständen. Ich verließ den Bahnhof und passierte das riesige Koori-Wandgemälde. Ein junger Typ mit Rasta-Locken und Ghettoblaster auf der Schulter kam an mir vorbei; aus den Boxen dröhnte lauter Rap. *Scheiß-TNT raus aus Redfern, Scheiß TNT raus hier*, hörte ich im Vorübergehen.

Der Betonbau Ecke Gibbons/Marian Street war niedrig und gedrungen. Er hatte eine Sprechanlage. Vor der Tür stand in einem gelb ausgemalten Quadrat auf dem Gehweg die Anweisung, den Klingelknopf zu betätigen. Angesichts der Schätze, die dieses Gebäude barg, war sein Äußeres recht bescheiden. Endlich einmal ein Ort, an dem der Reichtum nicht sofort ins Gesicht sprang.

Ich drückte auf die Klingel und trat einen Schritt zurück in das gelbe Quadrat. Es war weit genug von der Tür entfernt, um zu verhindern, dass sich jemand mit Muskelkraft den Eintritt erzwang. Die Wirkung der Karate-Atmung hatte gerade so lange vorgehalten, bis ich den Knopf gedrückt hatte; jetzt war ich schon wieder so aufgeregt wie eine Bankräuberin bei ihrem ersten Überfall.

Eine blecherne Stimme forderte mich auf, meinen Namen und mein Anliegen zu nennen. Ich sagte Dolores Delgado, und dass ich am Abend zuvor angerufen hatte. Das ging in Ordnung; sie erwarteten mich; ich sollte bitte noch meine Schließfachnummer nennen. Ich spulte eine der Nummern ab. Ich hatte die beiden Nummern zur Sicherheit auf einen Zettel geschrieben, der in meiner Tasche steckte, aber ich wollte ihn nicht hervorholen, falls eine verborgene Videokamera auf mich gerichtet war.

Plötzlich erklang ein Rauschen aus dem Lautsprecher, das etwa eine Stunde lang anhielt. In Wirklichkeit waren es nur fünfzehn Sekunden, aber in dieser Zeit schien der glatte Beton der Wand von Kratern zerklüftet, als sähe ich durch ein Zoom-Objektiv, auf der ruhigen Gibbons Street schienen Zehntonner herunterzudonnern, und die feinen Härchen in meinem Nacken richteten sich steil auf. Keine dieser Erscheinungen verschwand, als die blecherne Stimme mir mitteilte, dies sei nicht die richtige Nummer.

Da ich so weit weg von der Tür und der Sprechanlage stand, konnten sie wenigstens mein stoßweises Atmen nicht hören. »Ach ja, das muss die PIN-Nummer sein.« Ich beugte mich zur Sprechanlage vor und hatte das Gefühl zu brüllen. »Ich verwechsle sie immer.« Irgendwie schien es zu Dolores zu passen, Zahlen zu verwechseln – jedenfalls solche, vor denen kein Dollarzeichen stand. Ich haspelte die andere Nummer herunter. Diesmal klappte es.

Ich hatte keine Ahnung, wo die Blechstimme herkam, aber es

konnte nicht weit gewesen sein, denn fast augenblicklich wurde die Tür von einem Mann in Hosen und kurzärmeligem Hemd geöffnet. Ich hatte damit gerechnet, dass er mit brauner Uniform und sichtbar die Jacke ausbeulender Waffe ausgestattet sein würde, aber er trug ganz normale, schicke, saloppe Klamotten. Er hatte einen Schnurrbart und eine platte Nase, die aussah, als sei sie bei einem schon länger zurückliegenden Kampf neu gerichtet worden.

Er sprach mich ohne jeden fragenden Ton in der Stimme mit meinem Namen an. Ich bezweifelte jedoch, dass er mich – das heißt Dolores – wirklich kannte; er hatte ganz einfach die verbindlichen Umgangsformen, die ihm für seinen Job antrainiert worden waren. Schließlich war ich, soweit es ihn betraf, eine Kundin.

Er führte mich in den Empfangsbereich, den Marty mir beschrieben hatte – braunrot gestrichene Türen, fleischfarbener Kunststofffußboden und auf den Sitzelementen dunkelblaue Überzüge mit eingewobenen kleinen weißen Punkten. Es gab einen niedrigen Tisch, auf dem ein Kästchen mit Formularen für den Antrag auf Zutritt zu den Schließfächern stand. Darunter lagen verschiedene Börsenmagazine, einschließlich des Jahreshefts RICH 200 des BRW, falls die Kundin oder der Kunde sehen wollte, was die Konkurrenz so trieb. Wie jeder Winkel des Gebäudes war auch der Empfangsbereich an die interne Fernsehüberwachungsanlage angeschlossen.

Das Ausfüllen des Formulars war nicht einmal so schwierig, vor allem nach der abhärtenden Lektion vor der Tür, nach der ich mir ein für alle Mal merken konnte, welche Nummer welche war. Ich trug die Schließfachnummer, den Kundinnennamen und die Unterschrift ein.

Dabei war ich mir ständig nur zu bewusst, dass ich unter falschen Vorspiegelungen hier war. Beim Ausfüllen des Formulars dachte ich noch einmal an die Alternativen. Zum Beispiel: Übergib das Material den Cops und warte, bis sie einen Gerichtsbeschluss haben. Aber jetzt gab es keine Alternative mehr, ich war hier, es war zu spät umzukehren.

Der Typ mit dem Schnurrbart und der eigenartigen Nase, der sich mit Frank vorgestellt hatte – kein Nachname –, führte mich durch einen Korridor. Bevor ich den Schließfachbereich betreten durfte, musste ich einen der Schlüssel in ein kleines Schloss stecken und die PIN-Nummer eingeben. Während ich das tat, prüfte Frank meine bzw. Dolores' Unterschrift.

Der Adrenalinschub, den ich mir vor der Eingangstür gestattet hatte, als noch die Möglichkeit bestand wegzulaufen, wenn etwas schief ging, war mittlerweile verebbt. Hier gab es keinen bequemen Fluchtweg mehr. Ich hatte zu viele Sicherheitskontrollen passiert, um noch zu sagen, tut mir Leid, Jungs, das Ganze war bloß ein Versuch. Frank trug zwar keine braune Uniform und keine Waffe, aber ich wusste sehr gut, dass es in diesem Gebäude Leute gab, auf die diese Beschreibung passte. Viele Leute. Nicht umsonst war in der Broschüre, die im Empfangsbereich auslag, einer der braun-uniformierten Wachmänner abgebildet, die vor den Schließfächern standen, die Hände hinter dem Rücken; und obwohl der Mann auf dem Bild nur bis zur Taille zu sehen war, hätte ich jede Wette gehalten, dass er mit breit gegrätschten Beinen dastand, in dieser Haltung, die schon auf zehn Schritt Entfernung signalisiert: Du brauchst schon ein Stemmeisen, um mich hier wegzubekommen.

Ich hatte die Unterschriftsprüfung offenbar bestanden, denn die Tür zum Tresorraum öffnete sich wie durch Zauberhand.

Angesichts all der Anstrengungen, die der Mann mit der Spritze auf sich genommen hatte, und nach all der Aufregung, die ich selbst durchgemacht hatte, um bis hierher vorzudringen, war ich inzwischen doch ziemlich neugierig auf den Inhalt von Dolores' Schließfach. Ich wollte nicht nur wissen, welche Rolle er bei ihrer Ermordung, sondern auch, was dieses Schließfach mit ihrem Leben zu tun hatte. Dolores hatte eine Spur hinterlassen, eine Duftmarke, die ich erschnüffelt hatte, der ich folgte, deren Ursprung ich suchte. Es kann faszinierend sein, so ganz in das Leben eines anderen Menschen einzutauchen, in seine Fußstapfen zu treten, seine Kleider anzuziehen, in seine Haut zu schlüpfen, jemand völlig anderes zu werden. Doch was geschah dabei mit dem eigenen Ich? Es waren nicht meine Kleider, die ich da trug, es war nicht meine Haut. Indem ich in eine fremde geschlüpft war, war meine eigene in Gefahr zu ersticken.

Sie war hier drin gewesen, wie ich jetzt, sie hatte telefonisch einen Termin vereinbart, hatte draußen vor dem Gebäude gestanden, war durch diese Türen gegangen. Was hast du bei all dem gefühlt, Dolores? Warst du nervös, zum Zerreißen gespannt, lässig-nonchalant?

Ich fühlte mich eingesperrt, beengt. Die Tatsache, dass der Raum – bis auf den Teppichboden – einem Hochsicherheitsgefängnis glich, machte es nicht gerade angenehmer. Vor mir erstreckten sich die Schließfächer in langen Reihen, wie Schubladen in einem gigantischen Aktenschrank, in verschiedenen Größen zwar, aber standardisiert.

Wir gingen zu dem Fach, das Dolores' Nummer trug. Es hatte zwei Schlüssellöcher, eines für den, der in meinem Besitz war, und eines für den Schlüssel von Frank. Fast gleichzeitig führten wir unsere Schlüssel ein. Frank deutete auf die geschlossenen Nischen oder, wie es in der Broschüre hieß, die völlige Ungestörtheit garantierenden, separaten Kabinen. Wie Banken kannten auch die privaten Unternehmen den Schließfach-Inhalt ihrer Kundinnen und Kunden nicht – was ich nicht weiß, macht mich nicht heiß. Das war die grundsätzliche Idee, die hinter dem Ganzen stand – absolute Diskretion, Sicherung vor Diebstahl oder Beschädigung, Abschirmung gegen die Augen Neugieriger. TNT schloss das Fach auf, aber sie öffneten nicht die Box darin, das tat ich, allein in der Abgeschiedenheit meiner Kabine. Frank würde draußen warten, bis ich fertig war, und mich dann aus dem Labyrinth der Gänge hinausgeleiten.

Ich zog den Kasten heraus. Ganz gleich, warum Dolores umgebracht worden war, der Grund dafür befand sich in dieser Metallbox, die die Antwort auf das große Rätsel, das Geheimnis der Sphinx, den Malteser Falken barg. Ich hoffte, einen unbeteiligten Gesichtsausdruck zur Schau zu tragen. Schließlich würde die Kassette für die wirkliche Eigentümerin keine Überraschung enthalten. Sie war ziemlich schwer, aber das konnte auch am

Behälter selbst liegen. Es konnten Gold, Waffen, Drogen, Erbstücke oder Papiere darin sein. Allein vom Gewicht her ließ sich das nicht einschätzen.

Als ich auf eine der Kabinen zusteuerte, öffnete sich eine andere und ein Gentleman trat heraus, dessen Gesicht allen, die regelmäßig den Wirtschaftsteil der Zeitung lasen, bekannt war. Sehr bekannt. Er hatte erst kürzlich Schlagzeilen gemacht, weil sein Imperium Bankrott gegangen war. Der Mann sah aus wie jemand, der auf eine Privatschule gegangen war und schon in vielen Restaurants gegessen hatte, die nicht gerade auf die leichte *nouvelle cuisine* spezialisiert waren. Er hatte ein rundes Gesicht und volle Lippen und trug einen Anzug von einem Hongkonger Schneider. Seine Haut war sonnengebräunt. Für den Bruchteil einer Sekunde trafen sich unsere Blicke, bevor er sich abwandte. Lange genug für ihn, um zu merken, dass ich ihn erkannt hatte. Unter anderen Umständen hätte er wohl sein Eine-Million-Dollar-Lächeln angeknipst: Ganz richtig, Baby, ich geb's zu, ich bin es wirklich, du hast richtig gesehen. Ich bin reich und berühmt und großmütig genug, sogar ein Nichts wie dich anzulächeln.

Mich interessierte weniger, was er hier machte, als die Tatsache, dass er überhaupt hier war. Angeblich hielt er sich zur Zeit aus gesundheitlichen Gründen in einem Land auf, das mehr Sonne und weniger Gesetze hatte als unseres. Und natürlich würde sich dieser Aufenthalt über den Termin hinaus erstrecken, an dem er sich hier wegen Betrugs vor Gericht zu verantworten hatte.

Ich sah gerade noch, wie er ging, bevor ich eine der Zellen betrat. Schwer zu sagen, ob er etwas aus seiner Kassette herausgenommen oder etwas hineingelegt hatte. Was immer er in seiner Zelle getan hatte, es hatte bestimmt keine Spur hinterlassen. Als die Metallbox wieder an ihrem Platz war, legte er dem Wachmann mit einer herablassend-kumpelhaften Geste die Hand auf die Schulter. Leider sah das nicht ganz so gut aus, wenn man sich dabei hochrecken musste. Ruinierte den Sitz des Anzugs, wenn das Schulterpolster so verrutschte, wie es bei ihm der Fall war.

Ich betrat die Kabine.

Meine erste Reaktion war Enttäuschung. Ich weiß selbst nicht genau, was ich von Dolores erwartet hatte – die verlorenen Schätze der Inkas –, aber ganz sicher kein zerfleddertes Notizheft. Außerdem fand ich ein Bündel Bargeld – zehntausend Dollar in Fünfzig-Dollar-Noten. Für mich war das viel Geld, für Dolores waren es nur ein oder zwei Kleider. Das, wofür es wert gewesen war zu sterben, musste also mit dem Heft zusammenhängen. Hinter ihm musste der Mann mit der Spritze hersein.

Auf der Vorderseite stand David Morgan, Atherton Milne & Partner. Weiter unten die Überschrift:

ÖKOLOGISCHES GUTACHTEN

für die Erschließung von

PARADISE PARK RESORT, COFFS HARBOUR

(Auftraggeber: Green Dolphin Resorts)

Die Handschrift war sehr ordentlich, wie die eines Architekten, aber trotzdem nicht leicht zu lesen. Ebenso wenig wie die Diagramme und Tabellen.

Es mutete irgendwie botanisch an. Tabellenüberschriften wie ›Hauptvegetationsvorkommen im untersuchten Gebiet‹, der Text gespickt mit lateinischen Speziesbezeichnungen. Es würde Stunden dauern, das durchzuackern. Und ich war hier nicht in einer öffentlichen Bibliothek. Es war zwar nicht der verlorene Schatz der Inkas, aber immerhin hatte dieses Dokument Dolores das Leben gekostet. Bevor ich es den Unwägbarkeiten der Welt außerhalb dieser Festung aussetzte, musste ich wenigstens wissen, warum jemand dafür gemordet hatte.

Ich blätterte die Seiten durch, eine nach der anderen. Soweit ich es entziffern – und beurteilen – konnte, schien es ziemlich trockenes Material zu sein. Ich war schon halb durch, als ich auf den ersten unterstrichenen Abschnitt stieß. »Phyllis sagte mir, sie sei darauf gestoßen, als sie ein Loch grub. Sie zeigte mir die Stelle. Sie hätte es nicht geglaubt, wenn sie es nicht mit eigenen Augen gesehen hätte – eine Pflanze, die unter der Erde blüht, nicht in einer Höhle, sondern buchstäblich von Erde bedeckt. Nur zwei derartige Spezies sind in Australien bekannt, unterirdische Orchideen – *Rhizanthella* und *Cryptanthemis* (s. Bernhardt, 1989). Nach Bernhardts Beschreibung höchstwahrscheinlich eine *Cryptanthemis*. Bisher nur drei Funde.«

Es folgte eine botanische Beschreibung, die durch die vielen Abkürzungen nahezu verschlüsselt war. Außerdem eine rohe Skizze. Sie sah überhaupt nicht wie die Orchidee in der Schachtel aus, eher wie ein Gänseblümchen, mit äußeren Blättern und winzigen, geschlossenen Blüten in der Mitte.

Weiter unten beschrieb er, wie er weitere Exemplare der Spezies gefunden hatte, indem er in der Nähe des ersten Fundorts sorgfältig den Schutt und die Erde wegbürstete.

Seine letzte Empfehlung, in Großbuchstaben, lautete, dass

> ANGESICHTS DER SELTENHEIT DIESER UNTERIRDISCHEN ORCHIDEE UND DER SCHWIERIGKEITEN, DAS GENAUE VORKOMMEN EINER SOLCHEN SPEZIES ZU BESTIMMEN, DIE ERSCHLIESUNG NICHT FORTGESETZT WERDEN SOLLTE.

Ich stopfte das Heft und das Geld in meine Tasche, klappte die Kassette zu, brachte sie zurück und schloss das Schließfach ab. Dann sagte ich Frank, dass ich fertig war. »Haben Sie da drin ein Nickerchen gehalten?«, scherzte er. Ich lächelte nur. Ich war ihm keine Erklärung schuldig, schließlich taten sie sich ja so groß mit ihrer Diskretion.

Obwohl der Ort an ein Gefängnis erinnerte, verließ ich ihn, als ich wieder im Empfangsbereich war, nur ungern. Es war wie das Verlassen des schützenden Mutterleibs. Da draußen konnte alles passieren. Irgendwo lauerte der Mann mit der Spritze, der vor nichts zurückschreckte, um dieses Heft in seinen Besitz zu bringen. Hier drinnen war es sicher, sicher und gut aufgehoben. Und nun kam ich daher und setzte es den Gefahren der Welt aus.

Ich konnte nur hoffen, dass diese Konfrontation es nicht das Leben kostete. Oder mich. Aber ich wollte es auch nicht im

Schließfach lassen und die ganze Prozedur vielleicht noch einmal durchstehen müssen.

Ich ließ mir ein Taxi rufen. Nach der ersten Runde um den Block wusste ich, dass mir niemand folgte, aber ich bat den Fahrer, noch ein paar Mal herumzufahren, um ganz sicher zu gehen. Dann ließ ich mich nach Balmain bringen. Er meinte, er hätte gedacht, wir führen nach Pennant Hills. Ich sagte, ich hätte meine Meinung geändert. Er war clever genug, es dabei zu belassen.

Siehe Bernhardt, 1989. Ich musste nicht lange suchen. Gleich als ich den Titel sah, wusste ich, dass es das richtige Buch war: *Listige Veilchen und unterirdische Orchideen*.

Das Kapitel, das von den unterirdischen Orchideen handelte, trug die Überschrift *Orchideen im Dunkeln*. Exemplare dieser Spezies waren äußerst selten, in großer räumlicher Entfernung gefunden worden. Und stets nur durch Zufall. Eine *Cryptanthemis* (*crypt*: verborgen; *anthemis*: Blüte) wurde zuletzt 1974 in den Blue Mountains gesehen, als ein Grundstücksbesitzer Erde aushob, um neben seinem Wohnhaus eine Garage zu bauen. Seither hatte es keinen neuen Fund gegeben. Bis jetzt, dachte ich. Die Spezies hatte ein Naturforscher namens Rupp entdeckt. Wie es im Buch hieß, war er ›völlig fasziniert von einer besonderen Orchidee gewesen, die ihn wiederholt irregeführt hatte‹. Ihre weißen Blüten entwickelten allmählich rote Flecken. Die Pflanze erweckte den Eindruck, als ob sie ihre Samenkapseln durch den Erdboden bohre. Das war aber nicht der Fall. Sie täuschte den Beobachter, indem sie ihre eigentliche Fortpflanzungsmethode maskierte. Die unterirdische Orchidee hatte zwei Düfte – die kleinen Blüten rochen süß und angenehm, wenn jedoch das Rhizom eingeschnitten oder gequetscht wurde, produzierte es einen durchdringenden Gestank, der an Formalin erinnerte. Bernhardt schloss: »Ist Rupps *Cryptanthemis* für immer verschwunden oder harrt die Spezies einer neuen Entdeckung?«

Irgendetwas an dieser Blume erinnerte mich an Dolores.

Hatte sie das Heft in ihrem Besitz gehabt, weil darin ihre Doppelgängerin in der Pflanzenwelt beschrieben wurde? Hatte sie das Dokument bewusst versteckt oder einfach nur an einem sicheren Ort deponiert?

Sie gehörte zum Direktorium der Gesellschaft Green Dolphin Resorts, die die Umweltverträglichkeitsstudie in Auftrag gegeben hatte; es war also wohl ganz natürlich, dass sie das Heft besaß.

Nein. War es nicht. In diesem Fall hätte sie vielleicht eine Kopie gehabt, aber was wollte sie mit den Originalaufzeichnungen des Botanikers?

Atherton Milne & Partner residierten in einem Büro im Norden von Sydney, im vierten Stock eines jener Gebäude, die in erster Linie Werbeagenturen anlocken. Sehr repräsentative Sicht auf die Harbour Bridge, in bequemer Nähe zum Bahnhof.

Die Büroangestellten waren nicht ganz so avantgardistisch gekleidet wie die Werbeleute, aber sie machten ihren Job gut. Ein junger Typ kam auf mich zu. Gut gekleidet – dunkelblaue Hose mit dezentem Tupfenmuster, weißes Hemd, Paisleykrawatte. Brille, dunkles Haar, das ihm in die Stirn fiel, durchaus gutaussehend, wenn er lächelte. »Können wir etwas für Sie tun?«

»Ich suche David Morgan.«

Das schien ihn zu amüsieren. Ich fragte ihn, warum.

»Meistens rufen sie nur an. Sie sind die erste, die hierher ins Büro kommt.«

»Die erste was?«

»Bekannte von David.« Er sagte ›Bekannte‹ in einem Ton, der keinen Zweifel daran ließ, dass damit eine sehr enge Bekanntschaft gemeint war. Ich beließ es dabei. Für den Augenblick. Er hatte mich in eine Schublade gesteckt, und ich sah keinen Anlass, ihn mehr als nötig über mich aufzuklären.

»Was sagen Sie den anderen?«

»Dass wir nicht wissen, wo er steckt. Es tut mir Leid, dass ausgerechnet ich Ihnen das sagen muss, aber ich glaube, er hat sich bei Nacht und Nebel davongemacht. Er hat uns seinen letzten Bericht eingeschickt, zusammen mit einem Brief, in dem es hieß, dass er ein besseres Angebot habe und auf dem Weg nach Westaustralien sei. Es muss ihm dort ziemlich gutgehen, er hat uns nicht einmal eine Adresse genannt, an die wir ihm sein restliches Gehalt überweisen können.«

»Darf ich den Bericht mal sehen?«

»Normalerweise wenden die Leute sich an den betreffenden Stadtrat oder eine der zuständigen staatlichen Stellen, die Kopien des ökologischen Gutachtens haben, aber da Sie schon mal hier sind, wüsste ich nicht, was dagegen spricht. Sind Sie ganz sicher, dass sie hineinschauen möchten? Es ist ziemlich trockenes Zeug.«

Ich blieb bei der Rolle der Geliebten. »Er hat mir keinen Ton davon gesagt, dass er nach Westaustralien wollte. Ich möchte ganz einfach nur sehen, was seine berühmten letzten Worte waren.«

Er ging und holte den Bericht. Es war ein Buch im Quartformat. ÖKOLOGISCHES GUTACHTEN für die Erschließung von PARADISE PARK RESORT, COFFS HARBOUR.

»Hier«, sagte er, schlug das Buch auf und deutete auf einen Abschnitt mit dem Titel ›Flora‹, »das ist Daves Beitrag.«

Es waren vier oder fünf Seiten, gespickt mit Tabellen und Karten. Manche davon kannte ich aus dem Heft. Ich las sie von Anfang bis Ende durch. Die Ausführungen schlossen damit, dass in dem untersuchten Gebiet keine seltenen oder gefährdeten Pflanzenarten vorkämen und dass die geplante Erschließung die Flora des Gebiets nicht signifikant verändern würde.

Die Orchideen wurden nicht erwähnt. Was war mit ihnen geschehen – waren sie wieder in den Untergrund verschwunden?

»Das hat er Ihnen geschickt?«

»Wort für Wort.«

Irgendwo musste auf dem Weg zur endgültigen Abfassung etwas abhandengekommen sein. Aber wo?

Die einzige Möglichkeit, das herauszufinden, war, nach Coffs

Harbour zu fahren und das betreffende Gebiet ein bisschen genauer unter die Lupe zu nehmen. Vielleicht wusste ja die in den Aufzeichnungen erwähnte Phyllis etwas. Falls ich sie auftreiben konnte.

Ich ging ins nächstgelegene Reisebüro und buchte einen Flug. Coffs Harbour, übermorgen. Zurück zum Pub. Ich machte eine Fotokopie von David Morgans Notizheft und deponierte es zusammen mit dem Geld in Jacks Safe.

Danach fuhr ich ins Royale.

Ich blieb lange auf, zog mir ein paar Videos rein, nahm ein paar Drinks und wartete auf Anrufe. Nichts. Ich grübelte über Steve nach, über meine Kinder. Coffs Harbour lag auf dem Weg nach Queensland, wo ich mit Gary gelebt hatte. Die Ferien waren vorbei, und ich fragte mich, wie ihnen das Wildwasserfahren wohl gefallen hatte. Von jetzt an würde es wohl viele Ferien geben, in denen sie Besseres zu tun hatten, als mich zu besuchen. Sie wurden allmählich erwachsen. Amy würde nächstes Jahr schon auf die High School gehen. Meine Kinder wurden groß, und ich bekam nichts davon mit. Ich hatte meinen Mann verlassen, aber nicht meine Kinder. Es war nicht so, wie Carol gesagt hatte, nicht, um mit einer Tangotänzerin einkaufen zu gehen. Ich könnte euch niemals verlassen, Amy, David. Ich habe es euch doch erklärt. Ihr habt es verstanden, oder?

Mein Vater hatte nie etwas erklärt, hatte mir nie gesagt, warum ihm ein Drink lieber war, als mit uns zusammenzusein. Campierte er in diesem Augenblick vielleicht in irgendeinem Park, in einer Toreinfahrt, an einer Bushaltestelle, und führte dieselbe stumme Konversation mit mir?

Als meine Augen zu getrübt waren, um noch etwas auf dem Bildschirm zu erkennen, befand ich, dass ich für eine Nacht genug getrunken hatte. Es war fast drei Uhr morgens. Wenn ich gewusst hätte, was mir am folgenden Tag bevorstand, wäre ich früh ins Bett gegangen und hätte mich richtig ausgeschlafen. Ich hätte es wahrhaftig nötig gehabt.

Es war fast neun Uhr, als ich aufwachte. Für eine Frühaufsteherin wie mich bedeutete das verschlafen zu haben. Ich erlag wohl allmählich dem Rhythmus von Kings Cross. So viel hatte ich doch gar nicht getrunken. Ich hätte wohl noch länger geschlafen, wenn das Telefon nicht so beharrlich geklingelt hätte.

Ich nahm den Hörer ab. »Hallo?« Meine Stimme klang nach Kettenraucherin, dabei rauchte ich überhaupt nicht.

Es war Vicki. »Ich hätte Sie gern gesprochen. Wenn Sie vielleicht eine Viertelstunde erübrigen könnten.« Wenn ich eine Viertelstunde erübrigen könnte? Wovon war hier die Rede und was für einen Ton hatte sie auf einmal drauf? Ich war noch nicht einmal aufgestanden.

»Warum? Was ist denn los?«, fragte ich, noch gar nicht ganz wach.

»Wenn Sie angezogen und fertig sind«, sagte sie. Sie legte auf. Ich hatte nicht einmal mehr fragen können – angezogen und fertig wofür?

Ich duschte und zog mich an. Nicht weil Vicki es gesagt hatte, sondern weil ich das jeden Morgen zu tun pflege.

Ich war gerade im Begriff hinunterzugehen, als das Handy klingelte. Es war der erste Anruf per Mobiltelefon, den ich erhielt. Ich war so überrascht, dass ich das Klingeln einen Augenblick lang gar nicht zuordnen konnte. Es war Jack. Carol, oder wie Jack es formulierte, meine Martini-Freundin, war dagewesen. Sie wollte wissen, wo ich war, und hatte ziemlich schlechte Laune gehabt. Das hätte sie immer, informierte ich Jack, vor allem morgens. Nein, meinte er, diesmal schien es mehr als die übliche Morgenmuffeligkeit. Sie hatte partout wissen wollen, wo ich steckte, aber er hatte sogar unter Folter dichtgehalten. Als Kompromiss hatte er ihr vorgeschlagen, mich zu benachrichtigen, so dass ich sie zurückrufen konnte, da es eine ernste Sache zu sein schien. Ich dankte Jack für den Anruf und entschuldigte mich für die Unannehmlichkeiten, die ich ihm bereitet hatte. Ich würde mich später mit Carol befassen, nachdem Vicki sich mit mir befasst hatte.

Vicki war freundlich wie immer, während sie ein koreanisches

Paar bediente, doch als sie mich aus dem Aufzug treten sah, ging deutlich das Alles-belegt-Zeichen hoch. »Sie haben bis Mittag Zeit, das Zimmer zu räumen«, kündigte sie mir an. »Tut mir Leid, dass die Frist so kurz ist.«

»Mir war gar nicht bekannt, dass ich das Hotel verlassen wollte«, sagte ich.

»Das Management hält es für das Beste.« Sie versuchte nicht einmal zu lächeln.

»Vielleicht könnte mir *das Management* angesichts dieser Plötzlichkeit ja eine Erklärung geben«, sagte ich scharf.

Die Farbe ihres Rouges schien sich zu vertiefen. Sosehr sie es sich auch gewünscht hätte, sie wusste, dass ich nicht einfach klein beigeben würde. »Angesichts der Tatsache, dass Miss Delgado nicht mehr zurückkommen wird, benötigen wir das Zimmer für andere Gäste.«

Sie wusste es. Irgendwie hatte sie das über Dolores herausgefunden.

»Das Management wünscht die Angelegenheit nicht weiter zu erörtern«, sagte Vicki.

Das Management vielleicht nicht, aber ich. Es war höchste Zeit, einen anderen Ton anzuschlagen. »Was soll der Mist mit dem Management, Vicki? Sie schmeißen doch den Laden hier.«

»Es wurde eine Entscheidung getroffen.« Eine Entscheidung war getroffen worden, aber nicht von ihr. Sie überbrachte nur die Nachricht.

»Wer versteckt sich da hinter Ihnen? Mr. Schaeffer?«

Bingo. Sie wollte etwas sagen, überlegte es sich aber anders. »Bis Mittag dann«, sagte sie brüsk.

»Vielleicht könnte Mr. Schaeffer mir ja selbst sagen, was hier läuft.«

»Lesen Sie die Zeitung«, sagte sie.

KRÖTE TÖTET TANGOKÖNIGIN

Es war eine Großaufnahme von Dolores, das Plakatfoto mit Ramón, doch ihn hatten sie weggeschnitten. Sie machten ein

Mordstrara um die Tatsache, dass Dolores eine transsexuelle Tänzerin gewesen war, aber sonst wussten sie nicht viel über ihr Leben. Es bestand Grund zu der Annahme, dass sie unter falschem Namen aufgetreten war. Eine Überprüfung der Polizei hatte ergeben, dass behördlicherseits kein Pass auf diesen Namen ausgestellt worden war. ›Die geheimnisvolle Miss Delgado' nannten sie sie. Dann traten sie natürlich die Geschichte mit der Riesenkröte breit, diesem fremden Eindringling, der über die Grenze im Süden bis nach Coffs Harbour vorgedrungen war, und sie bezogen sich schließlich sogar auf einen Vorfall in Homebush Bay in Sydney, wo nach einem Heimspiel, bei dem die Queensland Maroons die New South Wales Blues schlugen, eine Riesenkröte gesichtet worden war. Ironischerweise war das Herkunftsland der Riesenkröte Südamerika. Dolores war ein Extrakt der Kröte in den Po injiziert worden, berichtete der *Coroner*. Es war zwar bekannt, dass durch das Gift der Riesenkröte bereits Hunde und Katzen zu Tode gekommen waren, doch dies war das erst Mal, dass ein Mensch daran gestorben war. Der *Coroner* trat dem Gerücht entgegen, dass das Berühren der Riesenkröte halluzinogenähnliche Effekte hervorrufe.

In der Zeitung wurden keine konkreten Angaben gemacht, aber es hieß, dass Miss Delgado in einem Hotel am Kings Cross logierte. Es würde nicht lange dauern, bis einer der Zeitungsschnüffler herausgefunden hatte, um welches Hotel es sich handelte.

Mit einem Schlag sprang mich die Widerlichkeit des Ganzen an – die reißerischen Schlagzeilen, das Foto, die Art, wie Dolores zu einer saftigen Story verarbeitet worden war, wie sie ihren Tod ausschlachteten und eine Zeitungssensation daraus machten. Ich konnte schon die Krötenwitze hören. Ich hatte gewusst, dass sie es gnadenlos vermarkten würden, aber ich hatte nicht gewusst, wie mir dabei zumute sein würde. Das Ganze stieß mich bis zum Ekel ab, die Sprache, das genüssliche Breittreten peinlicher Details, die Spekulationen, die Anspielungen, die zwischen den Zeilen zu lesen waren, als hätten Tote kein Recht mehr auf Privatheit.

Warum geht mir das Ganze so nah, obwohl du doch tot bist, obwohl es dich nicht mehr gibt, Dolores? Warum kannst du noch aus dem Tod herüberlangen und mich an deinen Fäden zappeln lassen?

AMÜSIERMÄDCHEN
AUSTRALIENS GRÖSSTES BETT
AUFREGENDE HOSTESSEN
EINE TREPPE HOCH
JETZT GEÖFFNET

Der Neonschriftzug am Hotel gegenüber leuchtete schon um zehn Uhr morgens. Um diese Uhrzeit wirkte Kings Cross entschieden schäbig. Die Abschleppmeile war voller Leute, für die die Nacht kein Ende nahm, die sich gar nicht bewusst waren, dass sie sich im hellen Tageslicht befanden. Es waren magere Mädchen in hautengen Jeans und anliegenden Tops, mit wilden Mähnen und unreiner Haut. Bettelnde Jungen, die genauso aussahen. Im Eingang von Woolworth lief ein Deal, bei einem Herrenfriseur rauchte ein Typ Zigarre, während er sich die Haare schneiden ließ. T-Shirt-Läden, Fotogeschäfte, Touristen, Prostituierte, Schlepper. Alle zu allem bereit und willig, in dem verzweifelten Versuch, sich zu beschaffen, was sie brauchten, um zu überleben.

Ich ging zu Lorenzo's. An den teils mit dunklem Holz getäfelten, teils cremefarben gestrichenen Wänden hingen in dunklen Rahmen Cartoons aus dem *Punch* und Poster aus dem ungarischen Touristikbüro von vor 1956, auf denen Budapest, das ›Paris des Ostens‹, zu sehen war. Ich hatte gedacht, dieser Titel gebühre Prag, aber egal. Ich fand eine besonders dunkle, schmuddelige Ecke, was bei Lorenzo's nicht schwer war.

Ich bestellte einen Espresso und schlug noch einmal die Zeitung auf, starrte jedoch nur darauf, ohne etwas wahrzunehmen.

Der Kaffee kam. Ich rührte ewig darin herum, obwohl ich gar keinen Zucker nehme. Ich sah zu, wie die Flüssigkeit kleine Strudel um den Löffel herum bildete. Ich starrte noch hin, als ich längst aufgehört hatte zu rühren und den Löffel auf die Untertasse gelegt hatte. Riesenkröten-Gift. Ich nahm einen Schluck. Injiziert. War es in der Spritze gewesen, die ich so erfolglos im Labor unterzubringen versucht hatte? Jedenfalls waren sie zu einer Entscheidung gekommen. Es war jetzt offiziell ein Mordfall, und Carols Kumpel würden bald überall sein. War sie deshalb so schlecht drauf gewesen, weil sie viel zu tun hatte? Vielleicht stießen sie ja auf etwas, das ich übersehen hatte. Immerhin verfügten sie über einen Riesenapparat; ihr Arm reichte weit. Vielleicht wurde es Zeit, einen solchen Apparat einzuschalten. Ich für mein Teil hatte mir ein Ticket nach Coffs Harbour gekauft.

Ich bezahlte meinen Kaffee und ließ die Zeitung auf dem Tisch liegen, für die nächsten Sensationsgierigen.

Ich hätte mir gewünscht, das Hotel und Vicki unter erfreulicheren Umständen verlassen zu können, aber nun, da Dolores offiziell tot war, war es sinnlos, dass ich mich noch länger dort aufhielt. Ich stand auf der anderen Straßenseite und sah zum Hotel hinüber, zu der roten Backsteinfassade mit dem weißen Mörtel, der eindrucksvollen Hollywood-Treppe. Ich konnte Dolores und Ramón förmlich die Treppe hinuntertanzen sehen, musikalisch begleitet vom Busby-Berkeley-Chor. Dolores war immer großes Hollywood-Kino gewesen.

Nun ging's ans Finanzielle. Ich hatte Dolores' Kreditkarte in den letzten Tagen zwar nur noch selten benutzt, aber Vicki würde es kaum beeindrucken, wenn ich versuchte, die Rechnung damit zu begleichen. Der Himmel wusste, wie hoch die sein würde. Ich rechnete mit Tausenden.

»Das ist bereits erledigt«, blaffte Vicki. Ich hätte wohl dankbar sein sollen, aber ich war zu verblüfft.

»Wieso«, fing ich an, »was soll das heißen?« Ich konnte mir nicht vorstellen, dass Dolores so überkorrekt gewesen war, ihr Zimmer im Voraus zu bezahlen. »Hat Dolores schon bezahlt?«

»Es ist erledigt, der Rest geht sie nichts an.« Offenbar wollte Vicki diese unangenehme Episode so schnell wie möglich hinter sich bringen.

»Jetzt hören Sie mir mal gut zu«, sagte ich und lehnte mich über den Tresen, »wie Sie wohl wissen, wurde Dolores umgebracht, wenn also jemand ihre Rechnungen bezahlt, muss ich wissen, wer das ist.«

»Warum? Wollen Sie seine Rolle vielleicht auch noch übernehmen?«

Ich packte Dolores' Sachen. Bis jetzt hatten sich noch keine Angehörigen gemeldet, und das Hotel erhob ebenfalls keinen Anspruch darauf. Ich schien mein Leben in letzter Zeit damit zu verbringen, Dolores' Sachen ein- und wieder auszupacken.

Von etwas weiter vorn im Flur drang gedämpft das Summen des Staubsaugers zu mir – Yasmina bei der Arbeit. Vicki warf mich aus dem Hotel, in der Zeitung las ich nur schlechte Neuigkeiten und als Nächstes stand mir das Gespräch mit Carol bevor.

Leider saß sie nicht gerade nägelfeilend hinter ihrem großen, polierten Schreibtisch, sondern musste extra ausgerufen werden. Das hieß, dass sie mitten in der Arbeit steckte. »Rawlins hier«, meldete sie sich entsprechend schroff. Und dabei wusste sie noch nicht einmal, wer dran war.

»Ich bin's, Claudia. War's schön in Mudgee?«

»Na so was, meine gute alte Freundin Claudia. Wie nett von dir, mich mal anzurufen.« Ihr Sarkasmus, scharf wie eine Rasierklinge, durchtrennte fast die Telefondrähte. Ich hörte sie jemanden fragen, ob sie sein Büro benutzen könne. Sie ließ mich in der Leitung schmoren, während sie den Apparat wechselte.

»Also, Carol«, meinte ich fröhlich, als sie wieder dran war, »Jack hat mir gesagt, du hast heute Morgen im Pub angerufen.«

Sie teilte mir mit, dass sie seit vierundzwanzig Stunden vergeblich versuche, mich zu erreichen.

»Warum hast du denn nichts auf dem Anrufbeantworter hinterlassen?«, fragte ich. Das erwies sich als Fehler.

»Das hättest du wohl gern«, zischte sie. »Ich kann mich kaum überwinden, mit *dir* zu reden, ganz zu schweigen von deinem Anrufbeantworter. Vielleicht wäre es allerdings wirklich besser, wenn ich mich an deine Maschine hielte, die bleibt wenigstens an ihrem Platz. Verpiss dich, Gavin«, hörte ich sie fauchen; dann knöpfte sie sich wieder mich vor. »Als ich aus dem Urlaub kam, fand ich eine ›Bitte um Stellungnahme‹ auf meinem Schreibtisch vor. Irgendsoein übereifriger kleiner Chemiker aus Lidcombe monierte, dass ein möglicherweise sehr wichtiges Beweisstück ihnen nicht gleichzeitig mit den anderen Proben zur Analyse zugegangen war. Angeblich war eine Privatperson an sie herangetreten und hatte versucht, ihnen das Beweisstück unterzuschieben, wobei sie sich auf mich als zuständige Kripobeamtin berief. Diesmal hast du mich wirklich reingeritten, Claudia. Was hast du dir eigentlich dabei gedacht? Schreckst du denn vor gar nichts zurück?«

Mir war zumute wie einem Nagel, der in ein besonders hartes Brett gehämmert wird. Für eine, die sich kaum überwinden konnte, mit mir zu reden, hatte sie mir eine ganze Menge zu sagen. Und ich ließ mich nicht nur ins Holz schlagen, ich bemühte mich sogar, noch tiefer hineinzukriechen. »Ich wollte es dir ja erklären, aber du warst in Mudgee«, entschuldigte ich mich schwach.

»Ach was, Mudgee. Warum hast du so was überhaupt gemacht? Ahnst du eigentlich, kannst du dir überhaupt vorstellen, was du mir eingebrockt hast?«

»Ich musste etwas analysieren lassen, und es schien mir der einfachste und effektivste Weg zu sein. Ein anderer Chemiker hätte sich diese Gelegenheit vielleicht nicht so stoffelig entgehen lassen, aber dieser Davidson ist durch und durch Beamter. Du kennst ja diesen verknöcherten Typ, alles muss über die korrekten Kanäle laufen, kein Funken Phantasie …«

»Claudia«, unterbrach sie mich, »du sprichst hier mit dem korrekten Kanal, ich *bin* der korrekte Kanal, versuch also nicht, mich mit dieser Jammerei auf deine Seite zu ziehen.«

Sie wollte alles auf mich abwälzen, aber das ließ ich mir denn doch nicht gefallen. »Der korrekte Kanal *wollte* in diesem Fall keine offiziellen Nachforschungen anstellen, wie du dich vielleicht erinnerst.«

Sie erinnerte sich. So interpretierte ich zumindest die lange Pause, die nun folgte. »Du hast es immerhin geschafft, es ist zu einer offiziellen Morduntersuchung geworden«, sagte sie schließlich trocken, als mache sie eine Pressemitteilung.

Näher würde ich sie dem Eingeständnis, dass der Fehler nicht ausschließlich bei mir lag, nicht bringen. Aber es reichte, um mich versöhnlich zu stimmen. »Ich verreise für ein paar Tage, aber ich kann der offiziellen Untersuchung eine ganze Menge beisteuern.« Ich ließ mir die Worte genüsslich auf der Zunge zergehen. »Fotos, Namen und Adressen. Na, ist das ein Angebot?«

»Was wird es mich kosten, noch mehr Peinlichkeiten?« Aber es klang schon freundlicher.

»Ich bin gar nicht da, kann dir also nicht im Weg stehen. Was kann da noch schief gehen?«

Sie überlegte kurz. Dann fragte sie: »Okay. Was hast du herausgefunden?«

»Komm heute am Spätnachmittag ins Pub, dann zeig ich's dir.«

»Gut«, sagte sie, »bis nachher.« Der Friede zwischen uns war wieder hergestellt. Jedenfalls für den Augenblick.

Ich schnürte die Kleider zu einem Bündel zusammen, ging hinunter auf den Parkplatz und packte sie auf den Rücksitz des Daimler. Danach kamen die Schuhe, das Make-up und die restlichen Kleinigkeiten. Zum Schluss noch das einzige Buch, das sich im Raum befand, und das war's. Ich ließ den Plastikbeutel mit dem Vermerk für Yasmina auf dem Bett liegen, wo sie ihn sehen würde.

Nachdem ich die weltlichen Besitztümer von Dolores im Auto verstaut hatte, ging ich noch einmal hinauf, um mich ein letztes Mal im Zimmer umzusehen. Es war jetzt völlig kahl, wieder ein ganz normales, nüchternes Hotelzimmer, als sei überhaupt nichts darin geschehen. Ich trat auf den winzigen Balkon, um einen letzten Blick hinunterzuwerfen. Vor AUSTRALIENS GRÖSSTEM BETT stand ein Penner und pinkelte, an der Bushaltestelle warteten zwei Double-Bay-Matronen. Sie taten so, als merkten sie nichts, traten aber trotzdem ein Stück zur Seite, um nicht von dem Strahl getroffen zu werden.

Ich ging hinunter.

»Hier, der Schlüssel«, sagte ich und ließ die Karte vor Vicki auf den Tresen fallen.

»Auf Wiedersehen«, sagte sie mit einem Plastiklächeln, als sei ich ein x-beliebiger Gast, »ich hoffe, es hat Ihnen bei uns gefallen.«

»Aber ja doch«, sagte ich, »es hat mir ganz ungemein gefallen.«

Auf dem Weg zum Parkplatz sah ich überrascht, dass neben meinem Wagen ein Chauffeur stand, breitbeinig, die eine behandschuhte Hand genau auf Schritthöhe über die andere gelegt. Stellte das Hotel mir etwa einen Fahrer zur Verfügung, um ganz sicherzugehen, dass ich verschwand? Unter dem Arm hatte er eine gefaltete Zeitung stecken. Er trat einen Schritt vor. »Entschuldigen Sie, Miss«, sagte er ohne eine Spur von Drohung in der Stimme, »hätten Sie einen Augenblick Zeit?« Dem Akzent nach war er Londoner, offenbar hatte er jedoch lange genug in Australien gelebt, um die Vokale ein bisschen zu dehnen.

»Warum?«, fragte ich argwöhnisch. Es kommt selten vor, dass ich von uniformierten jungen Männern angesprochen werde. Aus der Nähe betrachtet war er eigentlich gar kein junger Mann mehr. Er hatte zwar eine schlanke, jugendlich wirkende Figur, aber sein Gesicht wies bereits die Längsfalten des Alters auf.

»Jemand hätte Sie gerne kurz gesprochen. Würden sie bitte für einen Augenblick in den Wagen kommen?« Ein paar Autos weiter stand ein anderer Daimler, ein 65er. Solche Modelle gibt es nicht zu mieten.

»Ich pflege nicht zu fremden Männern ins Auto zu steigen.« Ich äugte zu dem anderen Wagen hinüber, aber er hatte getönte Scheiben, so dass nichts zu erkennen war. Auf jeden Fall hatten wir den gleichen Geschmack, was Autos betraf. Wer einen Daimler fuhr, konnte nicht von Grund auf schlecht sein. Ich fragte mich, ob ich genauso denken würde, wenn ich einen Celica oder Barina führe. Wahrscheinlich nicht.

»Wenn mich jemand sprechen möchte, kann er das genausogut im Freien tun.« Ich war auf der Hut, aber ich hatte keine Angst. Schließlich stand ich hier nicht in einer einsamen Gasse, mit einer Spritze im Nacken. Wenn sie mir etwas antun wollten, hätten sie das inzwischen schon getan.

Das Fenster des Daimler glitt herunter. »Ich finde das nicht sehr entgegenkommend von Ihnen, vor allem angesichts der Tatsache, dass ich mich Ihnen gegenüber so großzügig gezeigt habe. Ich möchte mich mit Ihnen über eine gemeinsame Freundin unterhalten. Ich nehme an, ich brauche keine Namen zu nennen.« Ich konnte ihn nur sehr schlecht erkennen, und zudem trug er eine Sonnenbrille, aber er sah aus wie der Typ, der die Rosen gebracht hatte. Dolores' Sugardaddy, Gordon. Gordon Schaeffer. Na gut, schließlich hatte ich mit dem Management sprechen wollen. Ich glaubte nicht, dass die beiden etwas gegen mich im Schilde führten, sie machten keinerlei Anstalten, mich gewaltsam ins Auto zu zerren.

»Wie lange soll diese Plauderei dauern?«

»Nur ein paar Minuten Ihrer Zeit, das ist alles.«

Der Chauffeur geleitete mich höflich zum Auto und hielt mir die Tür auf, vorne, nicht hinten. Das war mir auch lieber. Vorn war ich, was die Reichweite von Armen und Beinen betraf, in einer besseren Position. Der Chauffeur würde mir kaum mit einer Hand eine Pistole an die Schläfe halten und mit der anderen lenken. Und nach dem zu urteilen, was ich bereits von Schaeffer gesehen hatte, war er nicht der Typ, der die Drecksarbeit selbst machte. Wenn überhaupt Drecksarbeit anstand.

»Wo fahren wir hin?«

»Nicht weit«, sagte er.

Es war in der Tat nicht weit. Wir fuhren die Bayswater Road hinunter, bogen in die New Beach Road ab und hielten neben Rushcutters Bay Park, in der Nähe des Cruising Yacht Club. Die andere Straßenseite bot teure Vorstadtimmobilien, grünes Wasser und eine Wahnsinns-Sicht über die Stadt und die Harbour

Bridge, ohne die obligatorische Lärmbelästigung von beiden. Der Motor ließ sich fast lautlos abstellen. Im Park sah ich ein paar einsame Mittagesser, einige Leute saßen in ihren geparkten Autos. Sharon hatte mir erzählt, dass sie in dieser Straße einmal beobachtet hatte, wie eine Aktentasche von einem Auto ohne Nummernschild in eines mit Commenwealth-Kennzeichen hinübergereicht wurde.

»Machen Sie einen Spaziergang, Nigel«, kam dic Stimme von hinten. Eine sanfte Stimme, aber offenbar gewohnt, dass ihren Befehlen Folge geleistet wurde. Der Chauffeur öffnete die Tür auf seiner Seite und stieg aus. Das Geräusch, mit dem sie wieder zufiel, war kaum vernehmbar. Ich schaute ihm nach, wie er durch den Park hinunter ans Wasser schlenderte. Er stellte sich an die Ufermauer und sah aufs Wasser hinaus. Ein Raucher hätte die Gelegenheit für eine Zigarette genutzt, er tat es nicht. Ich hatte den Eindruck, dass er sehr streng mit sich selbst war. Menschen in Uniform sind das oft.

Während ich Nigel beobachtete, wartete ich, was die Person auf dem Rücksitz als Nächstes tun würde. Er ließ sich Zeit. Ich wusste nicht, worauf er wartete, schließlich war er es, der mit mir hatte plaudern wollen. Ich drehte mich um, so dass ich nach hinten sehen konnte. Daimler-Sitze sind sehr geräumig. Er schien fast in den Polstern zu verschwinden. Für einen kurzen Augenblick ging es, aber ich wollte nicht Stunden in dieser Haltung verbringen.

»Mr. Schaeffer, nehme ich an?«

»Sie haben Ihre Hausaufgaben gemacht, Claudia. Sie haben doch nichts dagegen, dass ich Sie Claudia nenne?«

»Es ist Ihr Auto.«

»Vielleicht können Sie mich aufklären. Anfangs hatte ich den Eindruck, dass Dolores irgendwo einen Erholungsurlaub verbrachte. Dann glaubte ich, sie hätte mich verlassen, und jetzt muss ich feststellen, dass sie tot ist. In den Zeitungen stand nichts darüber, dass sie sich zur Kur an der Südküste aufhielt, sie starb im Club. Sie wussten die ganze Zeit, dass sie tot war, nicht wahr?«

Ich saß sehr unbequem. Warum konnten wir nicht aussteigen

und uns im Park irgendwo hinsetzen oder ein bisschen herumgehen? Ich wollte ihn ansehen, während ich mit ihm sprach, wollte sehen, was seine Körpersprache verriet, wollte das Zögern in seinen Augen, den Ausdruck seines Gesichts sehen.

»Hören Sie«, sagte ich, »gibt es einen Grund dafür, warum Sie hinten und ich vorne sitze? Haben Sie vielleicht eine ansteckende Krankheit?«

»Ich hielt es so für einfacher. Einfacher für mich.«

Nigel, der Chauffeur, schnippte inzwischen Kiesel über die Wasseroberfläche. Ich weiß nicht, wo er sie hernahm, im Park schien es keine zu geben, ich sah nur Gras und gepflegte Wege. Wenn der Typ dahinten die Sache durchziehen wollte, ohne mir ins Gesicht zu sehen, auch gut. Ich drehte mich wieder nach vorne und hob die Hand, um den Rückspiegel so zu drehen, dass ich ihn darin sehen konnte.

»Lassen Sie das«, befahl er rauh. »Wenn es Ihnen recht ist«, setzte er hinzu, wieder ganz in seiner üblichen Wohlerzogenheit. »Ich bin keiner von diesen New-Age-Leuten, die so gut darin sind, ihren Gefühlen Ausdruck zu geben.«

Immerhin hatte er von ihnen gehört.

»Welchen Gefühlen müssten Sie denn im Augenblick Ausdruck geben?«

Er schwieg. »Lassen Sie mal sehen, was ich zusammenbringe. Zorn, Neugier, Argwohn. Und eines, für das ich kein Wort finde – das Gefühl, dass ich zum Narren gehalten wurde.«

Meinte er mich damit oder Dolores? Ich konnte förmlich hören, wie der Zorn in unser Gespräch einsickerte, wie eine Welle, die sich zur Sturmflut steigert. Keine gute Ausgangsbasis.

»Sie wissen verdammt noch mal mehr über das, was passiert ist, als Sie zugeben.« Er meinte mich. »Dolores verschwindet, und plötzlich tauchen Sie auf. Sie haben Dolores' Schlüssel, ihre Kreditkarte. *Meine* Kreditkarte, sollte ich vielleicht sagen. Sie leben in ihrem Zimmer, tragen ihre Kleider, geben ihr Geld aus – *mein* Geld –, Sie färben sich sogar die Haare, damit Sie aussehen wie sie. Mir machen Sie weis, sie halte sich irgendwo im Süden zur Erholung auf. Oh nein, Sie legen sich da nicht fest. Eine Kurklinik irgendwo auf dem Land. Sie hatte einen Zusammenbruch, wie alle großen Stars. Und dann – was für eine Überraschung! – stellt sich heraus, dass Dolores tot ist. Welchen Eindruck würde das Ganze denn auf Sie machen?«

Ich hatte diese Art Sturmflut heute schon mit Carol durchgestanden und mittlerweile Übung darin. Ich würde mich nicht von den Wassermassen begraben lassen, ohne ein bisschen davon zurückzuspritzen.

»Ich sitze zwar in Ihrem Auto, aber ich bin nicht verpflichtet, Ihre Fragen zu beantworten. Sie haben Recht, ich weiß ein bisschen was über Dolores, aber ich denke, Sie wissen noch das eine oder andere mehr.«

»Und was zum Beispiel?«

Ihm gehörte das Hotel, in dem sie gewohnt hatte, er hatte ihr eine Kreditkarte gegeben, er hatte ihre Gesellschaft finanziell unterstützt ... was sonst noch? Meines Wissens gab es bislang nichts, das ihn mit ihrem Tod oder mit dem Mann mit der Spritze, Howard Thripps, in Verbindung brachte. Er war ein Wirtschaftsboss und würde eines Tages vielleicht ins Gefängnis wandern, aber sicher nicht für Mord. Er war einfach nicht der Typ, der so etwas selbst erledigte.

Was nicht bedeutete, dass er es nicht planen und organisieren konnte.

»Die ein oder zwei Dinge, die ich über Dolores wusste, waren, dass sie einkaufen ging und dass sie tanzte. Sie hingegen wissen, was sie geschäftlich laufen hatte.«

»Geschäftlich laufen hatte?«

»Green Dolphin Resorts. Ich glaube, eine Ihrer Gesellschaften stellte die finanziellen Mittel für das Projekt zur Verfügung.«

Er kicherte, ein Anzeichen für Nervosität. »Sie haben wirklich Ihre Hausaufgaben gemacht. Aber Sie sind nicht auf dem Laufenden. Ich hatte ursprünglich finanzielle Unterstützung zugesagt, habe mein Angebot dann jedoch wieder zurückgezogen.«

»Warum?«

»Ich hielt es nicht für eine erfolgversprechende Investition.«

»Warum haben Sie Dolores dann nicht davon abgeraten?« Ich

drehte mich wieder um. Er wurde allmählich unruhig. Nicht, dass man es ihm wirklich angemerkt hätte, es zeigte sich allenfalls in einer winzigen Handbewegung, im Zucken eines Kiefermuskels.

»Es war im Grunde gar nicht ihre Gesellschaft, sie hätte nicht alles verloren, sie war nur dabei, um den Vorstand zu komplettieren. Rein formal.«

»Wessen Gesellschaft war es dann?«

Der Kiefermuskel zuckte wieder. »Ich weiß nicht. Sie hat mir die Namen genannt, aber ich erinnere mich nicht mehr.«

Unsinn.

»Hat sie ...«, er räusperte sich. »Hat ... Dolores je von mir gesprochen?« Auf einmal war da eine gewisse Dringlichkeit in seiner Stimme. Hinter dem allmächtigen Geschäftsmann mit Chauffeur verbarg sich ein kleiner Junge, der geliebt werden wollte. Und der bitte das Thema wechseln wollte. Er durfte. Ich hatte schließlich noch eine andere Quelle in petto, die mir die gewünschte Information liefern konnte.

Hatte Dolores je von ihm gesprochen? Mina hatte sie von ihm erzählt und ihr die schauderhafte Halskette gezeigt, die er ihr geschenkt hatte. Mir gegenüber hatte sie ihn nie erwähnt. »Wir sind vor allem zusammen einkaufen gegangen. Sie hat nicht viel über ihr Privatleben gesprochen.«

»Dann haben Sie also nicht gewusst, dass sie transsexuell war?« Er sagte es, als versuche er, mich zu übertrumpfen.

»Ich wusste es. Bevor es in den Zeitungen stand. Und Sie?«

»Wir hatten ein Verhältnis, wie hätte ich es nicht merken sollen? Ich habe viele Frauen gehabt. Aber sie war anders. In jeder Beziehung«, deutete er an, als wollte er mich zu weiteren Fragen provozieren. Aber ich wollte nichts darüber wissen, nicht an diesen intimen Dingen teilhaben, wollte ihren Körper nicht noch einmal durch Reden sezieren, wie es bei der Autopsie bereits durch die Instrumente geschehen war.

Ich sah, dass Nigel zum Auto zurückgeschlendert kam.

»Wissen Sie, wer ihren Tod gewünscht haben könnte?«

Nigels Gesicht hing riesengroß vor dem Autofenster. »Auf der anderen Seite des Parks ist es sehr hübsch um diese Jahreszeit«, sagte ich zu ihm. Er guckte erstaunt, aber er würde sich nicht von der Stelle rühren, ehe er nicht die offizielle Anweisung dazu erhielt. Sie erfolgte.

»Gehen Sie, Nigel«, sagte der Boss auf dem Rücksitz.

Nigel zog ab.

»Sie haben meine Frage nicht beantwortet.«

»Nein, ich weiß nicht, wer Dolores' Tod hätte wünschen können.« Er sagte es, als stünde er im Zeugenstand.

»Kennen Sie sich mit Orchideen aus?«

»Wie bitte?« Er hielt es für einen Scherz. »Meinen Sie Blumen, diese Dinger, die aus der Erde herauswachsen?«

»Ja, diese Dinger, die aus der Erde wachsen.« In diesem besonderen Fall sogar unter der Erde.

»Ich kenne Rosensträuße aus dem Blumengeschäft, damit hat sich's .«

Nigel war auf die andere Seite des Parks gebummelt. Dabei war er in Hundescheiße getreten, die er sich jetzt vom Schuh abkratzte.

»Wie haben Sie sie kennen gelernt?«

»Im Surfers Paradise. Ich kenne ein paar Leute, die dort eine Freizeitanlage besitzen. Dolores kam gerade von einem Engagement in Tokio zurück, sie sah atemberaubend aus, sie konnte tanzen, wir gaben ihr einen Job.«

»Und dann kam sie nach Sydney?«

»Ja. Nein. Dazwischen hatte sie noch ein Engagement in Coffs Harbour.«

»Engagement?«

»In einem Club dort.«

»Sie war also gar nicht geschäftlich dort, Green Dolphin betreffend?«

»Ich habe Ihnen doch gesagt, sie war nicht aktiv mit dieser Sache befasst, sie war nur ein nominelles Mitglied, um die erforderliche Zahl zu erreichen. Nur ein Name auf dem Papier.«

»Wie stand Ihre Frau zu Ihnen und Dolores?«

»Sie wusste nichts davon.«

»Aber sie kannte Dolores.«

»Nein, das glaube ich nicht. Sie vermutete, dass es Frauen in meinem Leben gab, aber sie wusste nichts Genaues.«

»Das war keine Frage, es war eine Information. Ihre Frau kam in den Club, um Dolores zu treffen. Glauben Sie, dass sie sie umgebracht haben könnte?«

»Margaret kannte Dolores? Nein, das ist ausgeschlossen.«

»Warum?«

»Ich habe ihr nie Grund zu einem Verdacht gegeben, ich war extrem vorsichtig.«

»Das seid ihr immer. Aber was habt ihr von einer gutaussehenden Geliebten, wenn ihr sie nicht euren Freunden vorführen könnt? Ehefrauen sind nicht blöd. Sie haben viel Zeit zum Nachdenken, während sie zu Hause sitzen und auf ihre Männer warten.«

Er schwieg.

Die Zeit verstrich, Nigel befand sich schon wieder auf dem Rückmarsch zum Auto. Er sah nicht so aus, als würde er sich ein zweites Mal fortschicken lassen. »Margaret kann Dolores nicht umgebracht haben, sie ist nicht der Typ dafür.«

»Jeder Mensch ist der Typ dafür, wenn er genügend unter Druck steht. Sie hat vielleicht nicht den Abzug gedrückt oder, in diesem Fall, die Nadel hineingestoßen, aber sie könnte jemanden dafür bezahlt haben. Was ich nicht verstehe, ist, warum Dolores, warum nicht Sie? Warum die Freundin umbringen, wenn der Ehemann fremdgeht? Eine solche Maßnahme ist doch nur von vorübergehender Wirkung. Wer das Problem ein für alle Mal aus der Welt schaffen möchte, erschießt zweckmäßigerweise den Ehemann.«

Nigel war da. Er rutschte hinters Steuer, startete und fuhr in einer U-Kurve um den Cruising Yacht Club herum. Es war nur eine Fünf-Minuten-Fahrt zurück zum Hotel, aber das Schweigen schien ewig dauern zu wollen.

Sie ließen mich aussteigen. Ich klopfte ans Rückfenster. Ich hatte noch eine Frage, und ich wollte ihn dabei aus der Nähe sehen. Das Fenster glitt herunter.

»Haben Sie je von Howard Thripps gehört?«

»Nie.« Er brauchte gar nicht nachzudenken. Das Fenster ging wieder hoch und das Auto fuhr davon.

Natürlich hatte er von ihm gehört.

Ich stieg in mein eigenes Auto und fuhr nach Balmain zurück. Es war ein gutes Gefühl, wie die Rückkehr zu einem alten Freund. Im Pub war nicht viel los heute Nachmittag, und Jack hatte Zeit für ein Billardspiel. Ich sagte ihm, dass ich für ein paar Tage nach Coffs Harbour fahren würde. Er meinte, in letzter Zeit wirke mein Leben wie ein einziger großer Urlaub auf ihn.

Das erheiterte mich. »So sieht es also aus?«

Carol trudelte ein und gesellte sich zu uns. Sie trank ihren üblichen trockenen Martini, während Jack und ich unser Spiel zu Ende spielten. Anschließend nahm ich sie mit hoch in meine Wohnung. Ich gab ihr die Fotos, die in der Nacht von Dolores' Ermordung aufgenommen worden waren, und zeigte ihr den Mann, den ich für Howard Thripps hielt. Sie hatte noch nie von ihm gehört, wollte aber sehen, was der Computer über ihn ausspuckte. Ich händigte ihr die Pässe aus, die ich unter Dolores' Besitztümern gefunden hatte. Sie meinte, sie würde auch die vom Computer prüfen lassen. Ich sagte, es sei wahrscheinlich sinnlos, die Leute im Club zu belästigen, aber sie sollte ihre Interviewkünste mal bei Margaret und Gordon Schaeffer ausprobieren. Schaeffer war ihr ein Begriff. Nicht *der* Big Boss hier in der Stadt, aber er verdiente nicht übel. »Besser, du kümmerst dich bald um ihn«, riet ich ihr, »ich hatte heute ein Gespräch mit ihm. Wenn er irgendwelche Spuren hinterlassen hat, wird er sie so schnell wie möglich verwischen.«

»Danke, Claudia«, sagte sie, als sie aufstand, »du bist eine echte Freundin. Und es ist schön, dass du zur Abwechslung mal was einzahlst, statt immer nur abzuheben. Gute Reise.«

»Kann ich dir irgendwas mitbringen? Eine Big Banana vielleicht?«

Carol zog ihre Augenbrauen fast bis zur Decke hoch, als wollte sie sagen, das sei wohl das Letzte, was sie brauche. »Das hier reicht mir schon.« Sie war offensichtlich hochzufrieden mit meiner ›Einzahlung‹. Aber ich hatte nicht meine ganzen Ersparnisse auf Carols Bank getragen. Ich besaß immer noch das Notizheft des Botanikers.

Als Carol gegangen war, hängte ich Dolores' Sachen in meinen Kleiderschrank. Irgendwas musste ich ja damit tun. Vielleicht konnte ich sie versteigern und den Erlös einem Fonds für die Erhaltung seltener Orchideen stiften. Sie zur Altkleidersammlung zu geben, schien mir eine zu große Verschwendung. Ich wählte die Nummer des Tropicana, um Cilla zu sagen, dass ich ein paar Tage weg sein würde, aber es war besetzt. Dann rief ich die Mietwagenfirma an und fragte Sharon, ob Mr. Thripps noch mal ein Auto bei ihnen gemietet hatte. Sie sagte, nein, seit dem Barina habe sie nichts mehr von ihm gehört. Ich gab ihr meine Handy-Nummer. »Ruf mich an, wenn sich was tut, ja, Sharon?«

»Okay.«

Ich versuchte es noch mal im Club. »Claudia, das muss Gedankenübertragung sein«, rief Cilla. »Ich hab grade versucht, dich zu erreichen. Sie ist hier. Margaret Shaver. Sie möchte dich sehen.«

»Sag ihr ... sorg dafür, dass sie dableibt. Ich bin schon unterwegs.«

Als ich bei den Schaeffers war, hatte niemand aufgemacht, und jetzt wollten innerhalb weniger Stunden auf einmal beide mit mir sprechen.

Cilla saß mit einer Frau am Tisch. Sie tranken Kaffee und Sambuca. Ich ging zu ihnen hin. Die Frau war dunkelhaarig, Anfang vierzig, sah aber jünger aus. Ihr Stil war unprätentiös. Teure Klamotten, aber keine aufdringlichen Etiketten, schöne Haut, zart geschminkt, eine Spur angespannt um die Augen, was aber nur ein momentaner Ausdruck schien. »Das ist Claudia, die Freundin von Dolores«, stellte Cilla mich vor, »Claudia, Margaret Shaver.«

Wir gaben uns die Hand. Cilla stand auf. »Wenn du mich brauchst, ich bin an der Bar«, sagte sie. Margaret Schaeffer war allem Anschein nach eine nette Frau, sie sah nicht so aus, als würde sie mir Ärger machen, aber wer konnte das wissen.

Im Gegensatz zu ihrem Mann redete sie nicht lange um den heißen Brei herum. »Ich möchte, dass Sie wissen, dass ich Dolores Delgado nicht ermordet habe. Ich habe es heute in der Zeitung gelesen und hielt es für das Beste, mit jemandem darüber zu sprechen. Mit jemand, der nicht zur Polizei gehört«, fügte sie etwas leiser hinzu.

»Warum nicht mit der Polizei?«

»Weil die denken könnten, dass ich in die Sache verwickelt bin. Ich wollte sie aus dem Weg haben, aber ich habe sie nicht umgebracht. Ich dachte, sie sei verschwunden, aber als sie nicht erschien ... tut mir Leid«, lächelte sie, »ich bin ein bisschen durcheinander, ich greife mir selbst vor.«

Sie nahm einen winzigen Schluck Sambuca und fuhr fort. »Sie hatte eine Affäre mit meinem Mann. Das war zwar nicht das Problem – er hatte schon vorher Affären, und er wird wahrscheinlich wieder welche haben –, aber diesmal war es anders. Gordon hatte vor, mit Dolores durchzubrennen.« Sie lächelte. »Mein Mann und ich haben schon lange nicht mehr ... Sie wissen schon. Aber mir gefällt mein Leben so, wie es ist, und ich möchte, dass es so bleibt. Ich bot Dolores zwanzigtausend Dollar dafür, dass sie von der Bildfläche verschwand. Zehntausend, sobald sie ein Auslandsticket gekauft hatte, und die restlichen Zehntausend am Flughafen.«

»Die ersten Zehntausend haben Sie ihr schon gegeben?«

Sie nickte.

»In was für Scheinen?«

»Es waren Fünfziger.«

Das Geld im Schließfach.

Margaret Schaeffer fuhr fort. »Sie kaufte ein Ticket nach Bangkok, aber sie kam nicht zum Flughafen. Ich wartete, bis das Flugzeug gestartet war, aber Dolores war nicht mitgeflogen. Ich kam an jenem Nachmittag hierher, aber sie konnten mir nicht sagen, wo sie war. Ich sollte es im Royale versuchen.« Sie lächelte wieder und schüttelte den Kopf. »Das Royale gehört meinem

Mann. Er hätte es erfahren, wenn ich dort nach einer Frau gefragt hätte.«

Die Geschichte klang glaubwürdig, aber das musste nichts heißen. »Warum erzählen Sie mir das, Mrs. Schaeffer. Was kann ich Ihrer Meinung nach für Sie tun?«

»Ich weiß auch nicht genau. Ich habe der Dame hier – Cilla, nicht wahr? – erklärt, inwiefern ich in die Sache verwickelt bin. Sie meinte, ich sollte mit Ihnen sprechen. Wissen Sie, wenn die Polizei erst mit Nachforschungen über ihren Tod beginnt, werden sie zweifellos sehr rasch feststellen, dass sie die Geliebte meines Mannes war. Ich habe erst kürzlich zwanzigtausend Dollar von unserem Konto abgehoben. Ich kann mir lebhaft vorstellen, was die Polizei daraus machen wird – dass ich jemanden dafür bezahlt habe, dass er sie umbringt.«

»Und das haben Sie nicht.«

»Nein, das habe ich nicht. Ich dachte, wenn ich Ihnen das alles erzähle, könnten Sie vielleicht die Polizei davon überzeugen, dass ich die Wahrheit sage. Ich bezweifle, dass ein Polizeibeamter noch weitersuchen wird, wenn er erst einmal auf die offensichtlichste Erklärung – eifersüchtige Frau ermordet die Geliebte ihres Mannes – gestoßen ist.«

»Haben Sie irgendeinen Beweis für Ihre Geschichte?«

»Nun, die Leute hier im Club wissen, dass ich hergekommen bin, um mit ihr zu sprechen. Und am Flughafen müssen mich Hunderte von Menschen gesehen haben, ich habe mindestens eine Stunde lang am Check-in-Schalter gewartet.«

»Haben Sie mit irgendjemandem geredet?«

»Ja. Ja, das habe ich. Als ich hinkam, habe ich nach Dolores Ausschau gehalten, konnte sie aber nirgends entdecken. Deshalb fragte ich die Angestellte am Schalter, ob sie schon eingecheckt habe. Sie sagte nein.«

Ich würde Carol bitten herauszufinden, wer an dem bewussten Tag am Thai Airways-Schalter Dienst hatte. Wenn Margaret Schaeffer da wirklich so lange herumgestanden hatte, wie sie sagte, wenn sie tatsächlich mit jemandem gesprochen hatte, bestand die Chance, dass sie identifiziert werden konnte. Und dann war da noch das Geld. Kein vernünftiger Mensch rückte zehntausend Dollar heraus, um die Empfängerin anschließend umzubringen. Oder?

Margaret Schaeffers Darstellung klang plausibel, aber ich traute meinem Urteil nicht mehr sonderlich. Jedes Mal, wenn ich gedacht hatte, die Wahrheit über Dolores zu erfahren, hatte sie die Maske gelüftet, und es war eine andere darunter zum Vorschein gekommen. Sogar jetzt noch, nachdem sie tot war. Ich war verstrickt in ein undurchdringliches Netz aus Lug und Trug. Manches davon wollte ich gern glauben. Manches schien auch wirklich glaubhaft. Aber woher sollte ich wissen, ob Margaret Schaeffer nicht dasselbe Spiel mit mir spielte wie Dolores Delgado?

»Hier«, sagte ich und gab ihr Carols Telefonnummer, »setzen Sie sich mit Detective Rawlins in Verbindung, sagen Sie ihr, dass Sie mit mir gesprochen haben. Sie wird Sie ohnehin aufsuchen, es wäre besser, wenn Sie ihr zuvorkämen.«

Meine Tasche war gepackt, ich gab einen Weckauftrag für fünf Uhr morgens. Ich würde früh schlafen gehen und Coffs Harbour dann im Sturm nehmen. Aber da war noch etwas. Die Namen der anderen Direktoren. Wie hatte Schaeffer es ausgedrückt? Dolores sollte nur den Vorstand komplettieren. Wer waren dann die eigentlichen Drahtzieher der Gesellschaft?

Ich rief Brian an. »Denkst du noch an das Fax?«, fragte ich. »Klar«, sagte er, »ist in Arbeit. Allerdings unter höchster Geheimhaltungsstufe, damit die jungen Spunde aus den Kommunikationsseminaren uns alten Hasen nicht die besten Tricks abgucken.« Es war nicht gerade ermutigend zu hören, dass die Information, die ich haben wollte, erst in Arbeit war. »Was ist damit?«, fragte er.

»Green Dolphin Resorts. Du erinnerst dich nicht zufällig an die Namen der übrigen Direktoren?«

»Des Direktors«, korrigierte er mich. »Es gibt nur noch einen, abgesehen von Dolores Delgado. Er heißt Howard Thripps.«

Howard Thripps. Direktor einer Gesellschaft, Mörder und Vollzeit-Verrückter.

Wo steckte er? Warum hatte ich ihn tagelang nicht mehr zu Gesicht bekommen? War er vom Erdboden verschwunden?

Ich war nicht zum ersten Mal in Coffs Harbour, aber mein letzter Besuch lag lange zurück. Die Stadt wirkte wie eine große Vorstadt ohne City, eingequetscht zwischen Hügeln mit Bananenplantagen nach hinten und Strand nach vorne. Coffs Harbours Beitrag zur australischen Kultur bestand in der Big Banana. Ansonsten gab es Unmengen von Einkaufszentren, Hautkrebskandidatinnen und -kandidaten, Blondschöpfe mit ausgebeulten Shorts, Sikhs mit Turbanen, und ab und zu eines der schon fast ausgestorbenen Batikgewänder, wenn sich ein Hippie in die Stadt verirrt hatte. Es gab Cafés, in denen unter den glasigen Blicken der Gäste Drogendeals abgewickelt wurden. Es gab Sonne und Surfen und Golf. Es gab aprikosenfarbene Touristenhotels, darunter immer wieder Bauruinen, wenn die Bauherren bankrott gegangen waren und sich – mit Millionenschulden bei den ortsansässigen Unternehmen – davongemacht hatten. Coffs Harbour war die Kapitale der Ferienküste. Irgendetwas an der Stadt erinnerte mich an die Passagiere auf dem Sonnendeck der Titanic, die rücksichtsvoll in ihre Taschentücher husteten, um die anderen Gäste nicht damit zu behelligen, dass sie Blut spuckten.

Sharon hatte mir einen Mietwagen organisiert, der mich bereits am Flughafen erwartete, mit Vierradantrieb. Sie hatten noch ein paar andere Vehikel zur Auswahl gehabt, unter anderem einen Pickup, der aussah, als verbringe er die meiste Zeit im Busch. Vielleicht würde meiner, wenn ich ihn zurückgab, auch so aussehen, aber vorläufig glänzte er noch – keine Spur von Staub oder Schlamm.

Ich hatte Sharon nach einer Übernachtungsmöglichkeit gefragt, möglichst etwas zwischen einer Unterkunft für Rucksacktouristen und den teuren Hotelanlagen, die von den großen Fluggesellschaften frequentiert wurden, da mir Dolores' Kreditkarte nicht mehr zur Verfügung stand. Irgendetwas Unauffälliges, Bescheidenes, wo mir nicht zu viele Fragen gestellt würden. Sie meinte, sie kenne genau den richtigen Ort für mich. Twin Peaks.

Ich sagte, komm schon, Sharon, ich meine es ernst. Sie sagte, Twin Peaks. Ehrenwort.

Das Twin Peaks lag im Süden der Stadt; ein Motel im altmodischen Stil, altmodisch jedenfalls für Coffs Harbour – es stammte aus den frühen Sechzigern. Die Zwillingshügel, denen der Ort seinen Namen verdankte, waren zwei bananenbestandene Hügel hinter dem Hotel, die fast identisch aussahen. Die Apartments waren in roten Backsteinhäuschen untergebracht. Vor jedem Eingang standen ein paar hochaufgeschossene Pflanzen, und jedes besaß einen eigenen weißen Kiesparkplatz.

Ich stellte das Auto ab und ging zur Rezeption. Hinter der Theke saß eine Frau in den Fünfzigern mit aufgeplustertem blondiertem Haar und dick nachgestrichelten braunen Augenbrauen. Sie trug eine hellblaue Uniform. Auf ihrem Busen, der vorragte wie eine Markise über einer Veranda, prangte ein Schildchen mit ihrem Namen, MAISIE. Ihr Lächeln offenbarte eine Zahnreihe, weißer und perfekter, als die Natur sie hervorbringen kann. Maisie war mir gleich sehr vertraut – meine Mutter hatte viele solche Freundinnen, als ich klein war.

»Hallo, meine Liebe«, sagte sie strahlend.

»Hi«, sagte ich in dem Versuch, mich von ihrer Stimmung anstecken zu lassen, »ich habe telefonisch ein Zimmer reserviert. Claudia Valentine.«

»Stimmt«, sagte sie, nachdem sie das Gästebuch konsultiert hatte. »Wir haben Ihnen die Acht gegeben. Für eine Nacht?«

Ich hatte keine Ahnung, wie lange meine Erkundigungen mich hier festhalten würden. »Vielleicht auch zwei. Ich bezahle eine Nacht, und dann sehen wir weiter. Geht das?«

»Natürlich. Wir haben zur Zeit keine Hochsaison, so dass wir Ihre Buchung ohne weiteres kurzfristig verlängern können.«

Ich bezahlte bar. Sie waren hier noch altmodisch genug, diese Zahlungsweise nicht für anrüchig zu halten.

»So, das wäre erledigt«, meinte Maisie einen Augenblick später und klappte das Buch zu. »Moment, Ihr Schlüssel.« Sie nahm den Schlüssel von einem Schlüsselbrett hinter ihr und befreite ihre ausladende Brust aus der Enge des Rezeptionsbereichs.

Es war, als hätte sie oben angefangen, sich anzuziehen, und dann auf halbem Weg die Lust verloren. Das hochtoupierte Haar war untadelig, ebenso das Gesicht, die Uniform blitzte vor Sauberkeit und war sorgfältig gebügelt, aber unterhalb des Saums sah es schlimm aus. Kniestrümpfe und chinesische Pantöffelchen. Schlappen, hätte Mina gesagt. Maisie war offenbar an sie gewöhnt, denn sie überquerte den weißen Kies, ohne mit den ständig an ihre Fersen klappenden Schühchen auch nur ein einziges Steinchen aufzuwirbeln.

Sie schloss die Tür von Nummer acht auf. Ich hätte genau voraussagen können, wie es drinnen aussah. Ich habe schon in Tausenden solcher Motels übernachtet. Doppelbett mit orangefarbenem Chenille-Bettüberwurf. Der kleinste Nachttisch der Welt trug eine Lampe, die wahrscheinlich einer Lilie nachempfunden war. Einbauschrank, leer bis auf ein paar weiße Plastikkleiderbügel, im obersten Fach eine Decke. Die Extra-Decke würde in Coffs Harbour wohl erst an dem Tag nötig werden, an dem es in der Hölle Frost gab. »Und das ist das Badezimmer«, strahlte Maisie wie die stolze Mutter eines Sprösslings, der gerade ein Stipendium für Cambridge gewonnen hat. ›Badezimmer‹ traf die Sache allerdings nicht ganz; eine Badewanne war weit und breit nicht zu sehen. Duschzelle, winziges Handwaschbecken, Toilette. Keine Zahnbürste, aber ein Stück Mini-Seife.

Es war so anonym und spießig, dass ich beinahe mein Gesicht im Spiegel nicht erkannt hätte. Es war genau das, was ich wollte.

Maisie bot nicht an, mir beim Gepäck zu helfen. Wir lebten schließlich in Australien, sie war keine Dienerin. Ich brauchte auch keine Hilfe. Ich hatte nicht viel mitgenommen. Eine Kamera, etwas Berufswerkzeug, passende Kleidung für die geplanten Expeditionen in den Busch. Meine schwarzen Sachen hatte ich alle zu Hause gelassen, ich wollte nicht nach Großstadtschnepfe aussehen. In Coffs Harbour trug kein Mensch schwarz, nicht einmal der Leichenbestatter. Bei ausgebeulten Shorts hatte ich allerdings die Grenze gezogen. Es versetzte mir immer wieder einen richtigen Schlag, wenn ich so etwas sah. In diesen Dingern sahen die Leute aus, als sei ihnen der Rock zwischen die Pobacken gerutscht. Falls ich zu sehr angeglotzt wurde, konnte ich mir ja immer noch ein Paar kaufen. Die Läden in Coffs Harbour hingen voll davon.

»Wenn Sie etwas brauchen, melden Sie sich.« Maisie wandte sich zum Gehen. »Ach«, fügte sie noch hinzu, »würden Sie uns bitte bis heute Abend acht Uhr Ihren Frühstückswunsch mitteilen? Frühstück ist zwischen sieben und neun, es sei denn, Sie haben einen Sonderwunsch.« Sie lächelte und blendete mich ein weiteres Mal mit ihrem strahlend weißen Gebiss.

Die Frühstückskarte lag auf dem Nachttisch. Es war eine Art Tabelle, in der das Gewünschte angekreuzt werden musste. Die Frühstückszeiten – zwischen sieben und neun – standen ebenfalls drauf, aber wahrscheinlich war es Maisie wohler, wenn sie die Gäste persönlich daran erinnert hatte. So konnte sie wenigstens sichergehen, dass sie es wussten.

»Ich hätte es lieber gegen sieben als gegen neun. Geht das?«

»Selbstverständlich. Wenn Sie noch etwas haben möchten, melden Sie sich.«

»Mach ich. Danke.«

Ich kannte Maisie zwar kaum, aber ich mochte sie. Es war nicht Saison, ich war eine alleinreisende Frau, ich trug keine Shorts. Trotzdem hatte sie mir keine Fragen gestellt, nicht einmal die scheinbar harmlosen. Hier war ich zweifellos am richtigen Ort, auch wenn er Twin Peaks hieß.

Ich hatte einen Wagen, der Tank war voll, und ein wunderschöner Tag lag vor mir. Der erste Punkt auf der Tagesordnung war der Erschließungsantrag von Green Dolphin Resorts. Die Stadtverwaltung von Coffs Harbour öffnete um neun Uhr morgens.

Als ich in die Stadt fuhr, musste ich an David und Amy denken. Hier war ich nur halb so weit weg von ihnen wie in Sydney. Wenn ich einfach weiterfuhr, immer Richtung Norden, wäre ich in acht Stunden da. Ich konnte sie ins Auto laden und ein paar Tage mit an den Strand nehmen, das wäre herrlich. Der Teilzeitelternteil verbringt meistens eine herrliche Zeit mit den Kindern. Keine Kämpfe ums Frühstück, die Hausaufgaben, das Zimmeraufräumen. Bei mir hatten die Kinder Ferien. Spaß und Abenteuer. Bei Gary und Rachel hatten sie viele Morgen Land, auf dem sie sich austoben konnten, selbstangebautes Gemüse, Geborgenheit, Sicherheit, keine Umweltverschmutzung. In Queensland gab es zwar Riesenkröten, aber keine Verfolger, die Leute in Hinterhöfen überfielen.

In Coffs Harbour gab es sowohl die geheimnisvolle Riesenkröte als auch Howard Thripps. Wo er wohl steckte? Ich hatte das Gefühl, dass er sich schon tagelang nirgendwo mehr gezeigt hatte. Aber er musste hier irgendwo sein. Ich warf einen Blick in Außen- und Rückspiegel des 4WD. Niemand folgte mir, meilenweit kein Auto zu sehen. Und doch spürte ich seine Gegenwart, konnte ihn fast riechen. Entspann dich, sagte ich mir. Diese ganze Nervosität kam nur davon, dass ich in seiner Stadt und fremd hier war.

Die Ampel sprang auf Rot. Ich bremste. Riesige Sattelschlepper setzten sich neben mich, ihre Bremsen kreischten und zischten, als sie zum Stehen kamen – ein Echo des weiten Landes, das diese Giganten durchpflügten. Als es grün wurde, bog ich rechts ab. Rush hour – schlimmer als jetzt war der Verkehr zu keiner Tageszeit. Im Vergleich zu Sydney war es ein Spaziergang.

Das Rathaus war nicht mehr da, wo ich es in Erinnerung hatte. Schuld daran war allerdings nicht mein schlechtes Gedächtnis – sie waren umgezogen.

Ich fuhr am alten Rathaus aus rotem Backstein und an der Harry Bailey Gedächtnisbibliothek vorbei, einem flachen, weitläufigen Bau, dessen dunkles Mauerwerk sich hinter dem üppigen Grün tropischer Bäume verbarg.

Der Rat der Stadt saß jetzt in einem neuen Gebäude aus hellem

Backstein, größer und pompöser als das alte Rathaus und die Bibliothek zusammen. Das Geschäft florierte offenbar, ganz gemäß dem Motto des Stadtrats: Fortschritt und Wohlstand. Vor dem Gebäude flatterte eine Fahne mit dem Emblem eines Segelschiffs, außerdem standen dort zwei Bäume, und der Eingang wurde auf beiden Seiten von je einem Stier flankiert. Waren die Stiere ein Sinnbild für die Viehwirtschaft in der Region oder eine Anspielung auf den Ablauf der Ratssitzungen? Um das zweistöckige Gebäude zog sich eine Grünrabatte – Palmen und Farne bildeten ein Schattendach für einen Veilchenteppich. Es gab eine Auffahrt für die VIPS und eine Treppe für den Rest der Welt. Ich stieg die Treppe hoch und wartete darauf, dass die automatische Tür sich öffnete. Sie tat es nicht. Sie war nicht automatisch. Ich drückte sie auf und ging hinein.

Rosa und Grau, die Galafarben, die bei den Innenarchitekten von Sydney so beliebt sind, waren inzwischen bis hierher vorgedrungen. Im Empfangsbereich standen Topfpalmen, in einen riesigen abgestorbenen Baumstamm waren runde Sitzgelegenheiten gezimmert, an den Wänden hingen die Werke angesehener zeitgenössischer Künstlerinnen und Künstler.

Es sah alles sehr hübsch und vor allem quietschsauber aus. Doch was mochte sich in den hinteren Räumen abspielen? Ich ging zur Empfangstheke. Erschließungsanträge lagen öffentlich aus. Ich rechnete also mit keinerlei Problemen, den Antrag von Green Dolphin einsehen zu dürfen.

»Hi«, begrüßte mich der Junge hinter der Theke. Sechzehn Jahre alt, Pickel im Gesicht. Das Haar stand oben stachlig hoch, hinten war es etwas länger. Freundlich und eifrig.

Ich sagte ihm, was ich wollte.

»Tja, da weiß ich jetzt auch nicht«, er kratzte sich im Geiste am Kopf, »ich mache hier nur ein Praktikum, da muss ich nachfragen.« Er ging zu einer Frau, über deren Thekenabschnitt KASSE stand. Er sagte etwas zu ihr, sie hörte zu, schaute zu mir herüber. Ich stand da und machte mein unschuldigstes Gesicht. Ich konnte keiner Fliege etwas zuleide tun.

Er kam zurück. »Welcher Antrag war es noch mal?«

»Green Dolphin Resorts. G für Green.«

»Ja, richtig«, sagte er und verschwand.

Es schien eine Ewigkeit zu dauern. In einer Auslage waren einige Schriften und Heftchen ausgestellt. Eine Broschüre über die öffentlichen Projekte der Stadt: »Die Lösung für unsere Abwasserprobleme liegt klar auf der Hand.« Die Lösung war, das Ganze bei Woolgoolga, unmittelbar nördlich von Coffs Harbour, einfach ins Meer zu leiten. Allerdings waren nicht alle der Ansicht, dass dies tatsächlich der Weisheit letzter Schluss war. Die Proteste gegen das Vorhaben hatten über die Medien allmählich landesweite Ausmaße angenommen. Ich blätterte ein bisschen in einem Heftchen über Bauen und Renovieren und nahm dann den Jahresbericht des Stadtrats von Coffs Harbour zur Hand.

Er enthielt einen Artikel des Bürgermeisters und ein Foto desselben, und auf der folgenden Seite Aufnahmen von den Stadträten – drei Frauen, fünf Männer. Lauter glückliche, lächelnde Gesichter. Mehrere Seiten waren ihren Hauptaufgaben und Erfolgen sowie den Plänen für die Zukunft gewidmet. Auf der letzten Seite waren die einzelnen Ressorts und ihre Mitglieder aufgeführt, angefangen beim Stadtkämmerer.

Die Liste endete mit dem Beauftragten für Unkrautvertilgung und Schädlingsbekämpfung. Der Name war in derselben Schrift wie alle anderen gedruckt, doch da er auf einer neuen Seite ganz oben stand, sprang er mir in die Augen.

Der Beauftragte für Schädlingsbekämpfung war Howard Thripps.

»Tut mir Leid, dass es so lange gedauert hat, es ist gerade Ratssitzung, und ich musste Kaffee hineinbringen.«

»Wie bitte?« Howard Thripps.

Eine Mappe wurde auf die Liste mit den Namen gelegt. »Die Akte, die Sie haben wollten. Green Dolphin.«

»Ah ja, danke.«

»Sind Sie einverstanden, wenn ich dabei bleibe, während Sie es durchsehen?« Er war wie ein Kind, das seine Mutter fragt, ob es länger aufbleiben darf. Bei diesem Gedanken musste ich lächeln. Aber nicht sehr.

Gelbe Formulare mit der Aktennummer des Antrags. Green Dolphin Resorts, Paradise Park Projekt. Neuvermessung und Erschließung eines Landstücks im Besitz der Krone, Paradise Park in der Gemarkung Coffs Harbour. Auf den 6,25 Hektar Land, die erschlossen werden sollten, waren unter anderem ein Hotel mit dreihundertfünfzig Suiten, Luxus-Ferienwohnungen, Swimmingpool, Tennis- und Golfplatz geplant.

Als Anlage befanden sich in der Mappe ein vorläufiges Gutachten sowie weitere für die Erschließung wichtige Unterlagen. Außerdem Memos für die Leiter der verschiedenen Planungsabteilungen. Die Ausschreibung der Erschließung zur Veröffentlichung in der Zeitung. Ganz hinten steckten eine Karte des betreffenden Gebiets und die Pläne eines Architekten.

Dann kam ich zur Umweltverträglichkeitsstudie. Atherton Milne und Partner, die Adresse in Sydney, bei der ich gewesen war. Hatten sie hier in Coffs Harbour keine Umweltsachverständigen? Oder zog Thripps es vor, Leute zu konsultieren, die mit der Gegend nicht so vertraut waren?

Ich las den Abschnitt über die Flora. Alles wie gehabt. Keine Orchideen. Jetzt schienen sie sogar von ihrem heimischen Boden verschwunden zu sein.

Abgesehen davon und von der Tatsache, dass keine Einsprüche gegen den Erschließungsplan vorlagen, nicht einmal seitens irgendwelcher fanatischer Spinner, schien alles ganz normal zu sein. Das abschließende Ergebnis lautete denn auch: Das Land wurde für zwei Jahre an Green Dolphin Resorts verpachtet.

Das heißt, an eine Zwei-Dollar-Gesellschaft mit keinen anderen Aktivposten als dem gezeichneten Kapital. Jedenfalls laut Brians Fax. Vor ein paar Monaten hätte ich noch gar nicht gewusst, was das bedeutete, aber in einer Zeit, in der viele Imperien stürzten und die Medien haarklein berichteten, wem was gehörte und wer was an wen verkauft hatte, um danach umgehend zu einem längeren Urlaub in ein sonniges Land aufzubrechen, hatte ich viele derartige Einzelheiten geradezu osmotisch aufgenommen. Wir lebten im Zeitalter der großen wirtschaftlichen Vernetzungen.

Wie wollte denn eine Gesellschaft, die nur über zwei Dollar

Eigenkapital verfügte, die Millionen verschlingende Erschließung finanzieren? In einem Brief von Thripps an den Stadtrat hieß es, dass das Projekt von Royal Dolphin finanziert würde, doch von Royal Dolphin lag nichts Schriftliches vor. Wie wollten sie das Mammutprojekt also finanzieren? Vielleicht wollten sie es ja gar nicht.

Eine behaarte Hand mit sauber geschnittenen Fingernägeln griff mir über die Schulter und klappte die Mappe zu. »Das ist nicht für die Öffentlichkeit bestimmt, tut mir Leid.«

Ich sah auf. Es war einer der Stadträte, ich kannte das Gesicht aus dem Jahresbericht, auch wenn es jetzt nicht lächelte. Ein viereckiger Schädel, grobe Gesichtszüge, ein niedriger Haaransatz mit glatt zurückgekämmtem stahlgrauem Haar. Vermutlich musste er es so streng zurückbürsten, weil es sonst den Augenbrauen ins Gehege gekommen wäre. Letztere erinnerten stark an wucherndes Buschwerk an einem Felsüberhang. Verglichen mit diesem Gesicht war der Rest des Mannes Durchschnitt. Braune Strickjacke, beiges Hemd und graue Hosen.

»Nicht für die Öffentlichkeit bestimmt? Ich dachte, alle derartigen Anträge würden ausgelegt. Was ist so Besonderes an diesem, dass das für ihn nicht gilt?«

»Nichts, gar nichts«, wiegelte er ab. »Die Pläne für die Erschließung liegen aus und dürfen eingesehen werden, nicht aber die dazugehörige Korrespondenz. Das sind interne städtische Angelegenheiten. Wenn Sie gestatten, lege ich die Mappe wieder in den Schrank zurück.«

»Das kann ich doch machen, Mr. Pottinger«, bot der Junge an.

»Ist schon in Ordnung, Sohn«, sagte Mr. Pottinger bestimmt, »ich erledige das. In Zukunft versichere dich bitte bei einem der Ratsmitglieder, ob das korrekt ist, bevor du Unterlagen herausgibst.« Ich hatte den Eindruck, dass er dem armen Kerl eine Tracht Prügel verabreicht hätte, wenn ich nicht dabei gewesen wäre.

»Mann, jetzt bin ich dran, und zu allem Überfluss habe ich auch noch den Aktenschrank offen gelassen«, seufzte der Junge nach Mr. Pottingers Abgang. »Ich weiß gar nicht, was in ihn gefahren ist. Marie hat gesagt, es wäre in Ordnung.«

Ich wusste ebenso wenig, was mit Mr. Pottinger los war. In der Akte stand nichts Belastendes. Das Belastende war ausgelassen worden. »Vielleicht leidet er unter PMS.«

»PMS?« Er konnte erst nicht glauben, was ich da gesagt hatte. »Sie meinen ...« Der Kiefer fiel ihm herunter. Dann grinste er breit. »Bloß, bei ihm tritt es nicht nur einmal im Monat auf, sondern ganzjährig und schon sein Leben lang.«

Es war schade, dass ich den Inhalt der Mappe nicht kopieren konnte, vor allem die Karte, aber ich hatte sie mir genau eingeprägt. Als Nächstes würde ich rausfahren und mir das Ganze mal vor Ort ansehen. Am besten gleich heute Nachmittag, ich könnte ja ein Picknick machen. Am Straßenrand halten und im Auto meine Sandwiches essen, wie alle Australierinnen und Australier.

»Ich hoffe, Ihr Praktikum macht Ihnen Spaß.«

»Ich glaub kaum, dass ich das hier mal als Job machen werde; nachher ende ich noch wie Pottinger.«

»Was möchten Sie denn gern machen?« Ich spürte, wie sich wieder der mütterliche Ton in meine Stimme schlich. Halt dich bloß zurück.

»Bei der Bahn arbeiten.«

»Finde ich gut. Bis irgendwann mal in einem Zug.«

Ich spazierte die Promenade hinunter und verspeiste eine Frühlingsrolle mit Garnelen- und Avocadofüllung. Das schien der Verkaufsschlager in Coffs Harbour zu sein. Sämtliche Läden hatten geöffnet, und ihre Geschäfte machten sie mit Klamotten, Souvenirs und Eis. Trotz der vielen Klamotten, die es hier gab, konnte ich mich des Eindrucks nicht erwehren, dass Dolores in Coffs Harbour wohl kaum solche Freude am Geldausgeben gehabt hatte wie in Sydney. Trotzdem war sie hier gewesen. Wenn sie wirklich nur ein Name auf der Liste von Green Dolphin gewesen war, wie Schaeffer behauptete, was hatte sie dann hier getan? Getanzt? Coffs Harbour war zwar nicht die Goldküste, aber auch hier fand eine Art Nachtleben statt.

Ich ging in einen Zeitschriftenladen und kaufte mir einen lokalen Reiseführer. Zu den Attraktionen zählten Livemusik im Hoey Moey und in mehreren anderen Hotels – einheimische Rockbands und ein paar große Namen auf Tour. Auch Nachtclubs fehlten nicht – Joe Bananas, Midnight Dream. Das Midnight Dream entsprach wohl eher Dolores' Stil als Joe Bananas. Ich rief von einem Postamt aus im Midnight Dream an und fragte, ob sie in den letzten Monaten Tango- oder irgendwelche anderen Live-Tänzerinnen gehabt hatten. Die Frau am Apparat konnte sich an niemand erinnern, aber wenn ich sichergehen wollte, konnte ich gegen siebzehn Uhr noch mal anrufen und den Manager sprechen.

Das Postamt mit den öffentlichen Fernsprechern stand an einer belebten Kreuzung, so belebt, dass Ampeln aufgestellt waren. Ein Großteil des Verkehrs war Berufsverkehr – schwerfällige Trucks auf dem Weg nach Queensland, Reisebusse und Pickups. Ich hatte wirklich keine Lust, den ganzen Tag hier im Lärm zu stehen und mich am Telefon irgendwem verständlich zu machen oder zu versuchen, die andere Seite zu verstehen. Es war besser, die Anrufe vom Motel aus zu erledigen.

Der Parkplatz vor dem Twin Peaks knirschte angenehm, als ich den 4WD zum Stehen brachte. Ich kannte keine Menschenseele in Coffs Harbour. Bis jetzt hatte ich erst mit drei Menschen gesprochen – mit einem Kind, das nichts wusste, mit einem Stadtrat, der vorgab, nichts zu wissen, und mit Maisie. Sie sah aus, als habe sie ihr ganzes Leben hier zugebracht. Zumindest ließ ihre Frisur darauf schließen. Im ständigen Fluss modischer Trends scheinen manche Erscheinungen in eine Art stehendes Gewässer zu geraten. Ich hatte seit zwanzig Jahren keine Betonfrisur mehr gesehen – oder Big Hair, wie sie es in Amerika nennen, wo das Phänomen nach wie vor weitverbreitet ist. Aber vielleicht komme ich ja nur nicht genügend herum. Betonfrisuren scheinen was mit Country- und Westernmusik zu tun zu haben. Wer wusste schon, welche Geheimnisse in Maisies kunstvoll gespraytem Haaraufbau versteckt waren? Aber bevor ich mit Maisie sprach, musste ich ein paar Anrufe tätigen.

In keinem der Clubs, Hotels oder Nachtlokale, die ich anrief, war Dolores oder eine Tangotänzerin anderen Namens bekannt. Es war immer wieder dasselbe – so was gibt es bei uns nicht, bei uns spielen Bands. Danach fragte ich bei den Ferienanlagen nach. Ebenfalls Fehlanzeige. Irgendjemand schlug mir vor, es doch mal bei den Begleitagenturen zu versuchen. Keine schlechte Idee. Den Begleitagenturen erzählte ich, ich suchte nach einer Freundin, die hier vor etwa einem Monat gearbeitet hatte. Ihr Name sei Dolores, bei der Agentur arbeitete sie aber wahrscheinlich unter anderem Namen. Glücklicherweise war Coffs Harbour keine Großstadt; es gab zwar mehrere Agenturen, aber die Liste war doch beträchtlich kürzer, als sie es in Sydney gewesen wäre.

Beim dritten Anruf hatte ich Erfolg. Die Stimme am anderen Ende klang sehr geschäftsmäßig, eine wohlmodulierte Stimme, die ganz eindeutig von Sprecherziehungskursen profierte. Nur das Heben der Stimme am Ende des Satzes, das alle ihre Antworten wie Fragen klingen ließ, war sie nicht losgeworden.

»Dolores?«, wiederholte sie. »Ja, da klingelt's bei mir. Sind Sie eine Freundin von ihr?«

»Bin ich«, antwortete ich.

»Kommen Sie doch am besten bei mir vorbei«, sagte sie, »heute Abend, neunzehn Uhr, Plantation Hotel.«

Das war ja nicht besonders schwierig gewesen, dachte ich, ich hatte sie nicht einmal überreden müssen. »Wie war noch mal Ihr Name?«, fragte sie, bevor wir auflegten. Ich nannte ihn ihr. »Mrs. Roche«, sagte sie.

Da ich das Telefonbuch schon auf den Knien hatte, sah ich noch unter Thripps nach. Es gab nur einen Thripps im Telefonbuch von Coffs Harbour. Die Initiale des Vornamens war H. North Street. Ich suchte die North Street auf der Karte. Sie führte von der High Street ab, hinunter zum Pier. Am Ende der North Street lag der Friedhof. Wenn es möglich gewesen wäre, hätte ich liebend gern noch unter Phyllis nachgesehen, aber leider waren die Vornamen im Telefonbuch nicht alphabetisch aufgelistet.

Ich begab mich auf die Suche nach Maisie. Sie drehte gerade den Sprinkler aus. Ich machte eine Bemerkung über die Blumen, und wir kamen ins Gespräch. »Kennen Sie vielleicht jemanden hier am Ort, die Phyllis heißt?«

»Ich kenne nur eine Phyllis, und das ist Phyllis Harmon. Alle nennen sie die verrückte Phyllis. Armes altes Ding, sie ist ein bisschen verwirrt, seit Blue – ihr Mann – starb. Ich habe keine Ahnung, wo sie sich im Augenblick aufhält, sie meidet Coffs wie die Pest. Vermutlich wollen ihr Sohn und die Schwiegertochter sie in ein Heim stecken. Wahrscheinlich haben sie's schon getan«, Maisie lachte und schüttelte sich das Wasser von den Händen. »Ich hab sie zuletzt vor einem oder anderthalb Jahren in der Stadt gesehen. Sie kam gerade aus dem Army Shop und summte leise ›Waltzing Matilda‹ vor sich hin. Bis sie zu ›Lebend kriegt ihr mich nie, sagte er‹ kam. Das sang sie laut und deutlich.«

So viel dazu, Phyllis in den paar Tagen, die ich vorhatte zu bleiben, aufzutreiben. Ich brachte das Gespräch auf Unkraut. Kannte Maisie vielleicht Howard Thripps?

Sie zog einen ihrer Schlappen vom Fuß und klopfte ihn aus. »Die kenne ich seit Urzeiten«, begann sie, nachdem ihre Füße es beide wieder bequem hatten. »Mit der Schwester bin ich zur Schule gegangen. Nettes Mädchen, wirklich. Hat Geld geheiratet. Jetzt sehe ich sie nur noch selten, aber wenn sie mal herkommt, schaut sie immer bei mir vorbei.«

»Und Howard?«

»Howard ... na ja, ich nehme an, er ist ganz in Ordnung, aber kein Vergleich mit ihr. Ich habe ihn nie so richtig leiden können.« Sie holte tief Luft. »Er hat immer Opossums getötet – aber das taten hier viele Jungen. Howard schoss allerdings nicht nur aufs Geratewohl auf sie wie die anderen, er legte Köder aus und beobachtete sie im Todeskampf. Sagte, er leiste wissenschaftliche Arbeit. Können Sie sich das vorstellen, ein kleiner Junge, der so was sagt. Aber es war wohl eine gute Übung«, meinte sie trocken, »wenn man bedenkt, dass er jetzt für die Schädlings- und Unkrautvertilgung zuständig ist.«

»Werden denn keine Witze darüber gemacht, dass jemand mit

seinem Namen ausgerechnet Beauftragter für Schädlingsbekämpfung wird?«

»Jemand mit seinem Namen?« Sie runzelte die Stirn. »Tut mir Leid, ich verstehe nicht, was hat denn sein Name mit seinem Job zu tun?«

Ich schämte mich. Anscheinend war ich die einzige, die diese Pointe amüsant fand. Das war allerdings das einzige, was ich an Thripps amüsant fand. Es wäre nicht nett von mir gewesen, Maisie darauf zu stoßen. Ich machte einen Rückzieher. »Er ist ein bisschen ungewöhnlich«, stammelte ich, »er steht immerhin nur einmal im Telefonbuch.«

»Es gab nur Howard und Margaret, nachdem Mr. und Mrs. Thripps gestorben waren, und sie zog natürlich von hier fort. Aber Sie hätten sie sowieso nicht unter Thripps gefunden. Sie heißt seit gut zwanzig Jahren Margaret Schaeffer.«

Es war erst früher Nachmittag. Wenn ich mich ein bisschen ranhielt, konnte ich noch einen kurzen Blick auf Mr. Thripps' Residenz werfen und einen längeren auf das Gebiet, das für Green Dolphin erschlossen werden sollte, und trotzdem rechtzeitig um neunzehn Uhr für mein Rendezvous mit Mrs. Roche von der Begleitagentur zurücksein.

Nach einem kurzen Stück machten die Läden in der High Street Wohnhäusern Platz. In den meisten Vorgärten standen Hibiskusbüsche und Schirmpalmen.

Das Thripps-Anwesen bildete da keine Ausnahme. Üppig wuchernde Pflanzen sah ich hier allerdings keine. Alles war sorgfältig zurückgeschnitten und gestutzt. Hier herrschten die schon von weitem sichtbare Ordnung und Effizienz, die ich von einem Beauftragten für Unkrautvertilgung und Schädlingsbekämpfung erwartete, die Ordnung und Effizienz der Person, die Dolores' Zimmer durchsucht hatte. Aber auch dieser Garten besaß seinen Anteil an Hibiskus, Schirmpalmen und einem anderen Palmengewächs, dessen Name mir nie einfällt.

Ich schloss den Wagen ab, was hier wahrscheinlich unnötig war, aber das jahrelange Leben in Sydney lässt sich nicht in einem Tag abschütteln, und ging auf das Gartentor zu. In der Nachbarschaft war es ruhig. Ich konnte niemanden entdecken, wusste aber aus Erfahrung, dass Neuigkeiten in Städtchen wie diesem überraschend schnell die Runde machen – allerdings ist das auch so ziemlich das einzige, das hier schnell geht.

Das Haus war klein, verglichen mit der Größe des Grundstücks, auf dem es stand. Howard hatte offenbar kein Geld geheiratet. Es war ein altes, ja altmodisches Haus. Wahrscheinlich hatte es den alten Thripps' gehört, bis sie das Zeitliche segneten. Über der Garage, einem grauen Betonblock war eine Terrasse mit schmucklosem weiß gestrichenen Eisengeländer angelegt. Das Haus selbst war ein schindelgedecktes Backsteinhaus. Vor den Fenstern hing Fliegengaze, die Vorhänge waren zugezogen – an einem so heißen Nachmittag nur vernünftig. Oder wenn der Bewohner für ein paar Tage unterwegs war.

Der Briefkasten war leer, aber Thripps war wohl auch eher der Typ, der seine Post auf dem Postamt sammeln ließ, wenn er verreiste. Falls er überhaupt Post bekam.

Ich stieg mit einem großen Schritt über das niedrige Törchen und ging den betonierten Weg zur Vordertür hinauf. Ich hatte nicht damit gerechnet, dass auf mein Klingeln jemand an die Tür kommen würde, und so war es auch. Aber nachdem ich nun die üblichen Formalitäten brav erfüllt hatte, konnte ich mich, da ich schon einmal hier war, genausogut noch ein bisschen umsehen. Ich hatte mir sogar eine Antwort zurechtgelegt, für den Fall, dass mich jemand fragte, was ich hier machte, aber es fragte niemand.

In der Nähe des Hauses, aber ohne direkte Verbindung zu ihm, stand ein alter Schuppen aus Hartfaserplatten. Seine Tür war mit einem Vorhängeschloss gesichert. Er hatte ein kleines Schiebefenster aus Glas, durch das nichts zu erkennen war. Außerdem schien noch zusätzlich eine Art schwarzes Tuch vor dem Fenster angebracht zu sein. Ein dunkler Raum, Mr. Thripps; interessieren Sie sich für Fotografie?

Die obligatorische Hills-Brunnenwinde stand mitten im Hof, das Zentrum, von dem alles andere strahlenförmig ausging. Nicht, dass da viel ausgehen konnte, außer nach hinten, wo üppiges Bambusröhricht wucherte. Komisch, dass Thripps den Bambus so ungehemmt draufloswachsen ließ, während die übrige Vegetation auf seinem Grundstück in so überaus ordentliche Bahnen gezwungen wurde.

Als ich auf den Bambus-Dschungel zuging, bewegte sich etwas. Alarmiert blieb ich stehen. Das war nicht das vertraute Geräusch einer davonhuschenden Eidechse oder eines Vogels im Gebüsch. Es gab ein Plopp, und dann landete das Ding vor meinen Füßen. Ich würde es zwar niemals zugeben, aber wenn ein Stuhl in der Nähe gewesen wäre, wäre ich raufgesprungen. Ich habe nichts gegen niedliche kleine grüne Frösche, aber dieses warzige braune Etwas, das da so plötzlich vor mir saß, war einer der größten, hässlichsten, breitmäuligsten Vertreter des Tierreiches, der mir je unter die Augen gekommen war. Ich hatte diese Spezies bis jetzt nur im Fernsehen gesehen, aber das Exemplar, mit dem ich hier konfrontiert war, musste die riesenhafteste Riesenkröte der Welt sein. Sie glotzte mir eine Weile starr in die Augen, beschloss dann aber offenbar, dass ich ihrer Aufmerksamkeit nicht wert war, und hopste zurück in den Bambus. Mir lag nichts daran, meine Nachforschungen in dieser Richtung zu vertiefen; wahrscheinlich lebte in dem Bambus eine ganze Kolonie dieser Kreaturen.

Ich ging zum Schuppen zurück, einmal rund um ihn herum und prüfte die Platten. Dann versuchte ich noch einmal, durch das Fenster zu spähen. Was war in dem Schuppen, dass Thripps so ängstlich sicherstellte, dass niemand hineinsehen konnte? Das Schiebefenster ließ sich aushängen. Um diese Uhrzeit, mitten am Nachmittag, sind die Nachbarn gewöhnlich bei der Arbeit, am Strand, beim Fernsehen oder im Drogenrausch. Aber es gab immer jemand, der Wache hielt, jemand wie die alles-sehende

Puppe Jennifer. Ich wollte nicht, dass jemand mich dabei beobachtete, wie ich am hellichten Tag in den Schuppen einbrach. Ich würde heute Nacht wiederkommen. Spät nachts. Irgendwann musste die Wache ja auch mal dienstfrei haben.

Das Hinterland von Coffs Harbour bildet eine der üppigsten Vegetationszonen der Welt. Im Süden, Richtung Binnenland, liegt das Bellinger-Tal, wo das Gras grüner, die Flüsser breiter und die Bäume größer sind. Dasselbe gilt für die Geschichten über dieses Land. Seine Flüsse tragen Namen wie Niemehrwieder, die Niederlassungen heißen Stirbglücklich oder Gelobtes Land. Aber ich wollte nicht ins Gelobte Land, ich fuhr nur bis Paradise Park.

Allerdings war ›üppig‹ nicht gerade das Wort, das ich für den Anblick gewählt hätte, der sich mir vom Autofenster aus bot, als ich den Pacific Highway hinter mir hatte. Ich hatte das Tropicana erwartet, nur mit echten statt mit Plastikbäumen. Regenwälder, Weinberge, Aras und Affen, Tarzan und Jane. Doch alles, was ich sah, waren spärlich beblätterte Eukalyptusbäume und eine eher grau- als smaragdgrüne Landschaft.

Inzwischen befand ich mich auf einer Fahrpiste, die wohl relativ neu war, jedenfalls nach der frischen roten Wunde zu urteilen, die sie in der Landschaft hinterlassen hatte. Je weiter ich fuhr, desto grüner und saftiger wurde das Gras. Über mir kreisten weiße Vögel am Himmel. Dann, urplötzlich, war die Piste zu Ende. Ich war in Paradise Park.

Hier gab es grüne Baumgruppen, hohes Gras und Wasservögel. Das mochte ja ganz hübsch sein, aber meine Vorstellung vom Paradies war es nicht. Ich hätte Tarzan und Jane vorgezogen. Abgesehen von der Straße war die Landschaft unberührt. Keine Zäune, keine Anzeichen für irgendwelche Vermessungs- oder Bautätigkeiten, nichts.

Wo die Straße endete, hielt ich an und stieg aus. Ich hörte den Laut des Windes im Gras, Vogelrufe und noch ein anderes, alles durchdringendes Hintergrundgeräusch. Waren das vielleicht zusammenstoßende Luftmoleküle? Der Klang der Stille? Genau genommen ist überhaupt nichts Stilles an der Stille. Meine Großstadtohren gaben sich die größte Mühe, konnten aber keines der Geräusche, die ich vernahm, mit einem menschlichen Wesen in Verbindung bringen.

Ich zog meine Stiefel an, nahm die Kamera und watete ins hohe Gras hinaus. Es war ein Gefühl, als patschte ich durch Marmelade. Es würde wohl nicht einfach werden, hier unterirdisch blühende Orchideen aufzustöbern, und 6,25 Hektar waren auch nicht gerade ein Sonntagsspaziergang. Aber irgendwo musste ich doch auf Hinweise stoßen. In dem Notizheft hatte es geheißen, dass Phyllis die Orchidee entdeckte, als sie ein Loch grub, und dass David Morgan Schutt wegkarrte, als er danach suchte. Beide mussten Spuren hinterlassen haben, die ich lesen konnte.

Ich versuchte, den Erschließungsplan auf die Landschaft zu übertragen, mir vorzustellen, wo alles stehen würde, das Hotel, die Apartments, der Swimmingpool, der Golfplatz. Noch war es kein Park, und es war auch nicht das Paradies. Wenn sie hier erst ihr künstliches Paradies gebaut hatten, würde sich alles, was ich jetzt sah, verändern. Würden die Orchideen das überleben, würden sie unsichtbar in der Finsternis der Erde weiterblühen, oder würden sie verschwinden? Ich dachte an Menschen, die verschwanden, zum Beispiel in Argentinien, wo Dolores herkam. Die, die regelmäßig aus ihren Häusern verschwanden, nie mehr gesehen wurden, zum Schweigen gebracht. Deren Skelette dann Jahre später irgendwo ausgegraben wurden. Würden die Orchideen die Erdarbeiten, den Schaden, der ihrer natürlichen Umwelt angetan wurde, überleben? Würde ihr Verteidigungsmechanismus, all die Sinnestäuschungen und Gaukeleien, mit denen sie Naturforscher wie Rupp in die Irre geführt hatten, sie gegen die Erbauer von Paradise Park schützen können?

Der Boden wurde allmählich sumpfig, und ich war froh, dass ich mir beim Army Shop Gummistiefel gekauft hatte. Außer auf Orchideen versuchte ich, ein Auge auf Schlangen und all die anderen Ekligkeiten zu haben, die dafür sorgen, dass der australische Busch nicht rundum benutzerfreundlich ist. Als ich ein kleines Wäldchen erreicht hatte, stieg das Land etwas an, und der

Boden wurde allmählich trockener. Hier stand eine Gruppe großer, hoher, saftiger Gummibäume. Sie würden nicht mehr lange hier stehen; das Areal würde zu Tennisplätzen eingeebnet werden. Meine Ankunft scheuchte eine Vogelschar auf – ich erkannte das kehlige Glucksen von Kookaburras, aber ich hörte auch weniger vertraute Rufe, darunter den langgezogenen, traurigen Ton eines einsamen Vogels. Hier im Baumschatten wuchs das Gras weniger dicht, unter meinen Schritten knackten trockene Blätter und Zweige. Ab und zu beugte ich mich hinunter und sah genauer hin. War dies möglicherweise die Geröllart, unter der die Orchideen wuchsen? Ich kratzte ein bisschen weg. Ein paar Ameisen huschten fort, ein Spinnenloch kam zum Vorschein. War wohl keine gute Idee, diese Tätigkeit mit bloßen Händen fortzusetzen. Das Letzte, was ich mir jetzt wünschte, war die Begegnung mit einer Trichterspinne, die nach des Tages harter Arbeit nach Hause strebte.

Schon nach kurzer Zeit lag der Baumgürtel hinter mir, und ich blickte über eine weite, grasbewachsene Fläche. Der Anblick wäre atemberaubend gewesen, wäre das Gras so üppig grün gewesen wie auf der anderen Seite der Bäume, aber hier war es stumpf, braun, wirkte, als läge es im Sterben. Was stimmte hier nicht?

Die Antwort kam als Knall, als ohrenbetäubende Explosion. Ich warf mich zu Boden, eigentlich blödsinnig, ich hätte zurück in den Schutz der Bäume hechten sollen, aber ich hatte keine Zeit, darüber nachzudenken, und noch viel weniger, den Gedanken in die Tat umzusetzen. Das war kein Vogelruf und auch keine Fehlzündung gewesen. Das Echo des Schusses schien kein Ende zu nehmen. Thripps. Ich hatte seine Anwesenheit heute Morgen gespürt, aber auf der schmutzigen Straße hier heraus waren mir keine Autos gefolgt. Kannte er vielleicht eine geheime Abkürzung?

Als die warnenden Vogelstimmen endlich wieder verstummten, war es ganz still. Die Stille des Buschs. Eine laute, summende Stille, als seien alle Laute der Welt hier zur Ruhe gekommen.

Vielleicht war es ja nur ein harmloser Entenjäger. Ich lag da, rührte mich nicht, lauschte, lange Zeit. Lang genug, um zu spüren, wie meine Jeans sich mit feuchtkaltem Schlammwasser vollsogen und glitschige Tierchen, die an solchen Orten beheimatet sind, meinen Körper erklommen wie die Touristen Ayers Rock. Das Gras hier mochte ja braun sein und im Sterben liegen, die Fauna war durchaus wohlauf und ungemein beschäftigt. Keine Panik, beschwichtigte ich mich, sie beißen nur, wenn sie merken, dass du Angst hast.

Und was würde passieren, wenn ich aufstand?

Es wurde Zeit, dass ich es herausfand, ich konnte hier nicht ewig liegenbleiben. Leider konnte ich keine weiße Flagge schwenken, das einzige Weiße, das ich hatte, war ein Taschentuch, das sich in meiner Hosentasche in einen kleinen, nassen Klumpen verwandelt hatte. Wenn er mich hätte tot sehen wollen, hätte er weiter gefeuert. Er wollte mich tot sehen, aber er wollte auch das Notizheft. Wenn ich mich ganz langsam bewegte und ihn nicht nervös machte, hatte ich eine reelle Chance, hochzukommen, ohne erschossen zu werden. Behutsam streckte ich eine Hand in die Luft. Schweigen. So weit, so gut. Jetzt die andere. Dann stand ich auf, die ganze Zeit die Hände erhoben, obwohl es mein sehnlichster Wunsch war, die Krabbeltiere von mir abzustreifen. Ich spürte sie in meinen Stiefeln, in meinen Jeans. Ich sah an mir herunter. Ich war mit Blutegeln bedeckt. Hunderte von ihnen hatten sich in meine Stiefel gezwängt und auf der Suche nach einem freien Plätzchen, an dem sie saugen konnten, an meinen Beinen hochgearbeitet. Und da glauben die Menschen auf dem Land, das Leben in der Stadt sei hart.

Ich konnte noch immer niemand entdecken. »Thripps?«, rief ich.

In einer Baumgruppe auf der anderen Seite des braunen Grases war eine Bewegung. Ich erkannte eine Farbe – nicht grün. Dann kam die Gestalt näher und blieb gut zwanzig Schritte vor mir stehen.

Es war gar nicht Thripps. Es war eine Frau mit Armen so lang und dünn wie das Gewehr, das sie hielt. Ihre Haut war sonnenverbrannt und ledrig. Sie trug ein Kleid, das in den Fünfzigern wohl einmal hübsch, jetzt aber ausgeblichen und abgetragen war.

Unter dem Kleid waren Gummistiefel zu sehen. Zumindest trug ich die dem Anlass entsprechende Fußbekleidung. Was immer der Anlass war.

»Sie sind wohl 'ne Freundin von Thripps, was?« Die Stimme klang alles andere als freundlich. Die Frau sah gefährlich aus, und ihr Gewehr nicht weniger. Ich hatte das Gefühl, dass ich sehr schnell von Kugeln durchsiebt im Gras liegen würde, wenn ihr meine Antwort nicht gefiel.

Mit der nettesten, ruhigsten Stimme, die ich zustande brachte, sagte ich: »Es tut mir Leid, aber ich wusste nicht, dass dies Ihr Land ist, ich dachte, es sei Paradise Park.«

Ihre Lippen kräuselten sich verächtlich. »Nur über meine Leiche werden diese Bastarde hier was hinbauen. Und ich werde ein paar von euch mitnehmen. Vielleicht sind Sie die erste. Wie gefällt Ihnen das, hä?«, rief sie drohend und schwang das Gewehr. Sie meinte es ernst.

Ich musste sie davon überzeugen, dass ich nicht zu ›diesen Bastarden‹ gehörte, und zwar schnell. »Ich gehöre nicht zu denen. Ich dachte, Sie seien Thripps, der auf mich schießt, denn genau das würde er tun, wenn er wüsste, dass ich hier bin.«

Ihr Blick blieb misstrauisch. Sie hörte mir zwar zu, aber es genügte ihr noch nicht. Jetzt ging es darum, das Gewehr aus dem Gespräch herauszuhalten und dem Ganzen eine etwas freundlichere Note zu geben. »Hätten Sie etwas dagegen, wenn ich die Arme wieder herunternehme? Sie schlafen mir ein.«

Sie dachte einen Augenblick darüber nach. »Okay«, gestattete sie dann, »nehmen Sie sie runter, aber halten Sie sie so, dass ich sie sehen kann.«

Langsam nahm ich die Arme herunter. Meine Beine juckten zum Verrücktwerden. Ich rollte die Jeans hoch und stellte fest, dass sie schwarz von Egeln waren, die sich an meinem Blut berauschten.

»Haben Sie vielleicht eine Idee, wie ich die Blutegel von meinen Beinen abbekomme?«, fragte ich hoffnungsvoll.

»Sie können's versuchen. Es bringt bloß nichts. Die springen Sie doch gleich wieder an.«

»Sie haben nicht zufällig ein Streichholz oder etwas Salz bei sich?«

»Vergessen Sie doch den Quatsch«, schnaubte sie. »Wenn Sie schnell sind, können Sie sie abreißen und wegwerfen. Aber Sie müssen schnell sein, sonst beißen sie sich an Ihren Fingern fest.«

Als ich die kleinen Sauger von mir abriss, floss das Blut in Strömen an meinen Beinen herunter. Aber ich war nicht schnell genug mit dem Wegwerfen. Sie klebten an meinen Händen fest. Ich rieb die Hände an den Beinen entlang, und sie klebten wieder an den Beinen. Ich konnte sie umsetzen, aber ich konnte sie nicht loswerden.

»Das reicht. Richten Sie sich auf und lassen Sie Ihre Hände, wo ich sie sehen kann. Was wollen Sie hier?«, zischte sie.

»Ich wollte die Orchideen sehen.«

Das Gewehr schnellte hoch. »Was wissen Sie über die Orchideen?«

»Dass sie vernichtet werden, wenn die Erschließung weitergeht.«

»Genau das hat der Botaniker oder wie er sich schimpfte, auch gesagt. Er hat mir weismachen wollen, sie würden geschützt werden, das Gesetz würde verhindern, dass die Bastarde Häuser auf ihnen bauen«, höhnte sie. »Das nächste war, dass sie die verdammte Straße hierher gebaut haben.«

»Es ist noch nicht zu spät, sie können immer noch gerettet werden.«

»Ha! Was glauben Sie, was mit dem Gras passiert ist, auf dem Sie stehen, ist das vielleicht freiwillig eingegangen? Das war Thrippsy, der verdammte Bastard. Behauptete, er spritze gegen die Mücken. Er hat Gift in den Boden gesprüht! Wissen Sie, was er zu mir gesagt hat? Er streckte mir das Zeug entgegen und sagte: ›Sie verschwinden hier besser, sonst halte ich Sie womöglich für eine Mücke‹.«

Großer Gott, Howard Thripps hatte die Orchideen vergiftet. Wusste er, wo genau sie wuchsen, oder war er einfach nach dem Zufallsprinzip vorgegangen? Würde er zurückkommen und die ganzen 6,25 Hektar so behandeln?

»Haben Sie jemandem gesagt, was Thripps getan hat?«

»Blue hab ich es gesagt. Er sagte, bleib hier.«

Blue. Der Ehemann der verrückten Phyllis. Bleib hier, geh nicht in die Stadt, dort stecken sie dich in ein Heim.

»Wem sollte ich es denn sagen? Dem Stadtrat vielleicht? Diese Bastarde sind doch alle Thripps' Spießgesellen. Sie waren hier, alle zusammen, Thrippsy, Pottinger und noch so ein paar Ratsratten. Der alte Mr. Thripps war in Ordnung, aber von seinem Sohn kann man das wahrlich nicht behaupten.«

»Es würde Sie also nicht stören, wenn er ins Gefängnis müsste?«, meinte ich.

»Gefängnis? Wenn ich das Gewehr bei mir gehabt hätte, hätte ich den Bastard mit meinen eigenen Händen erschossen.«

»Dann würden Sie ins Gefängnis wandern«, sagte ich, »und könnten nicht hier draußen bleiben.«

»Da irren Sie sich. Ich bleibe hier. Hier gehöre ich hin. Wenn jetzt noch wer was will, hab ich ja das Gewehr. Du kannst hier keinem mehr trauen. Der Botaniker und seine Freundin, sie sagten, sie würden was unternehmen, aber sie taten nichts. Sie hinderten Thrippsy nicht daran, mit dem Gift zurückzukommen.«

»Seine Freundin?«

»Ja. Sie sah Ihnen übrigens ziemlich ähnlich, war aber Ausländerin. Sie kam in voller Montur, Sie wissen schon, lauter so 'n Zeug, das man in Zeitschriften sieht. Würde nicht einen einzigen Tag im Busch überstehen. Sie war reizend, aber sie hat nichts getan, um Thrippsy zu stoppen.«

»Das konnte sie nicht. Thripps hat sie umgebracht. Er kann nicht weitermachen, wenn er im Gefängnis ist, er kann nicht hierher zurückkommen und auch noch die restlichen Orchideen umbringen.«

»Woher soll ich wissen, dass Sie mir nicht auch die Hucke voll lügen?«

»Das wissen Sie solange nicht, bis es passiert. Das ist das Risiko, das Sie eingehen müssen. Sie wohnen hier draußen, Sie sind es doch gewohnt, mit Risiken zu leben, Mrs. Harmon.«

»Was haben Sie gesagt?« Argwöhnisch, als habe sie mich nicht richtig verstanden.

»Das wissen Sie solange ...«

»Nein, nicht das«, unterbrach sie mich. »Wie haben Sie mich eben genannt?«

»Mrs. Harmon. Sie sind doch Phyllis Harmon, oder?«

Sie wirkte verwirrt, als wüsste sie nicht genau, ob das ihr Name war. »Jahrelang hat mich keiner mehr Mrs. Harmon genannt«, sagte sie leise. »Die andern sagen alle ›verrückte Phyllis‹.« Sie schwieg einen Augenblick. »Wie heißen Sie?«, fragte sie dann, als nehme sie mich zum ersten Mal richtig wahr.

»Claudia Valentine. Brauchen Sie vielleicht irgendetwas aus der Stadt?«

»Was zum Beispiel?«

»Weiß ich auch nicht«, ich hob die Schultern, »Fleischkonserven? Toblerone?«

Ihr Gesicht hellte sich auf, und mit einem Mal brach sie in ein gackerndes Gelächter aus, wobei sie sich kräftig auf die Schenkel schlug. »Toblerone? Hast du das gehört, Bluey? Sie will mir Toblerone hier herausbringen. Ich habe eine ganze verdammte Kiste von dem Zeug gekauft. Hab eine eiserne Ration mitgenommen, als ich hier herauszog. Die Käfer sind drangegangen. Ich musste ein Loch buddeln und das Ganze vergraben. Dabei bin ich zum ersten Mal auf die Orchideen gestoßen. Faselt von Schokolade und Blumen, die ist echt gut, was, Blue?«

Ich hörte ihr Lachen noch den ganzen Weg bis zum Auto.

Thripps hatte Dolores umgebracht und die Orchideen vergiftet.

Sollte es wirklich so einfach gewesen sein? Wenn die Oberfläche des Bodens gespritzt wurde, ging dann alles, was darunter wuchs, ein? Wahrscheinlich, wenn man wusste, welches Gift man versprühen musste. Und Thripps wusste es. Und wenn das sie noch nicht erledigt hatte, würde der Baubeginn den Rest besorgen.

Irgendwie war das das Schlimmste. Dass er die Orchideen vernichtet hatte. Sie befanden sich einfach am falschen Ort, aber sie konnten nicht weglaufen, konnten ihm nicht aus dem Weg gehen. Vor dem Raubtier Thripps hatte die Camouflage versagt. Beauftragter für Unkrautvertilgung und Schädlingsbekämpfung. Ausrotten, alles ausrotten.

Vor ein paar Tagen hatte ich noch nicht einmal gewusst, dass es solche Blumen gab. Ich hatte sie nie gesehen, es war mir egal, ob sie wunderschön oder völlig unscheinbar aussahen. Ich hatte nicht das Bedürfnis, sie in meine liebenden Arme zu schließen oder sie zu ›sammeln‹, nach Hause zu schleppen und zu klassifizieren. Aber mussten sie wirklich sterben, nur weil sie da waren? Waren sie ein Unkraut, das ausgerottet werden musste, um Platz zu machen für Paradise Park?

Da war Phyllis, im Busch, mit ihrem Gewehr und ihren Erinnerungen, bereit, jede und jeden zu erschießen, die all dies zerstören wollten. Und hier war ich, auf der Straße, die die Menschen brachte, die auf Zerstörung aus waren.

Der Busch hat etwas an sich, das den menschlichen Geist zerrüttet, die ganze Zeit dachte ich nun schon über die Geschöpfe nach, die großen und die kleinen, über den Sinn des Lebens und den Kosmos. Es war Zeit, dass ich in die Stadt zurückkam.

Ich warf im Rückspiegel einen letzten Blick auf Phyllis und ihr Gewehr. Da war nichts als Staub.

Eine Dreiviertelstunde vor meiner Verabredung mit Mrs. Roche war ich zurück im Motel. Die Hälfte der Zeit, die mir blieb, verbrachte ich damit, die Blutegelbisse zu versorgen und mit Strips zu verpflastern, die ich auf dem Rückweg in der Apotheke gekauft hatte. Ich wusste nicht genau, was die Kleiderordnung für ein Treffen mit der Managerin einer Begleitagentur vorschrieb, aber wahrscheinlich keine Gummistiefel. Jedenfalls nicht die praktische Sorte.

Ich hatte zwar meine schwarzen Klamotten zu Hause gelassen, aber ein marineblaues Kleid mit weißen Punkten und ein paar dunkle Strümpfe eingepackt. Meine Beine waren weiß gefleckt von dem Pflaster, aber das würden die Strümpfe überdecken. Ich schlüpfte in Dolores' Lederjacke und ein paar hochhackiger Schuhe. Die High Heels waren ein Luxus, aber allmählich mochte ich sie richtig gern, und hier würde das wohl die einzige Gelegenheit sein, sie zu tragen.

Das Plantation Hotel erinnerte an das Raffles. Zartpastellfarbene Holzsäulen, Deckenventilatoren, große Stühle mit breiten Lehnen. Alles sehr geschmackvoll. Die Frau, die ich für Mrs. Roche hielt, saß auf einem der Barhocker. Sie trug ein aprikosenfarbenes Kostüm, helle Strümpfe und beige Pumps. Ihr Gesicht war flächig, stark geschminkt, was allerdings erst ganz aus der Nähe auffiel. Sie hatte champagnerfarbenes Haar, dem mit kunstvoller Sorgfalt ein ganz zufälliger, windverwehter Look verliehen worden war. Sie roch schwach nach Puder, Parfum und Zigaretten.

»Mrs. Roche?« Ich hätte eigentlich gar nicht zu fragen brauchen. Wir erkannten einander sofort. Wir waren die einzigen an der Bar, die keine Shorts trugen. »Claudia Valentine«, stellte ich mich vor.

»Möchten Sie sich an einen Tisch setzen?«, fragte sie. »Ich bleibe lieber hier«, antwortete ich.

»Einen Drink?«

Was für eine bezaubernde Frau. »Gern. Was ist hier gut?«

»Ich trinke eine Virgin Mary.«

»Sehr schön, das nehme ich auch.«

Die Drinks kamen, wir absolvierten das übliche Vorgeplänkel und kamen dann zur Sache – Dolores. Anscheinend hatte Dolores gar nicht zu ihren Mädchen gehört. »Ach?« Ich war verwirrt. »Aber am Telefon sagten Sie doch ...«

»Ich sagte, dass der Name mich an etwas erinnert. Genauer gesagt habe ich ein Hühnchen mit Ihrer Dolores oder wie sie heißt zu rupfen. Bei uns in der Agentur hat ein Herr – ein Japaner – angerufen und nach Dolores gefragt. Ich sagte, bei uns arbeite niemand dieses Namens. Er beschrieb sie, fast genau so, wie Sie sie beschrieben haben. Ich sagte, wir hätten trotzdem niemanden, auf den diese Beschreibung zuträfe. Offenbar war sie in seinem Hotel aufgetaucht, als – wie hat er es noch formuliert? – als kleine Aufmerksamkeit. Geschickt von den Pink Panthers. Sie müssen verstehen, ich bin nicht gerade gut auf Mädchen zu sprechen, die auf eigene Rechnung arbeiten und sich als Angestellte von Pink Panthers ausgeben. Es ist schon schlimm genug, wenn sie eine

Zeit lang für uns arbeiten und dann gehen und die Kunden mitnehmen.« Sie machte eine Pause, damit ich auch ja begriff, welch schwerwiegendes Vergehen das war.

»Ich weiß nicht, was Dolores hier wollte, aber was immer es war, sie wird es nicht wieder tun. Sie wurde nämlich ermordet.« Ihre Augen weiteten sich leicht, aber sie verlor nicht ihre aprikosenfarbene Contenance. Sie nahm noch einen Schluck Virgin Mary.

»Ich verstehe. Vermutlich ist es witzlos, jetzt noch einen Prozess gegen sie anzustrengen.«

In Anbetracht der Umstände fand ich die Bemerkung sogar mehr als witzlos. »Vielleicht können Sie mir etwas über den Japaner erzählen, oder vielleicht erinnern Sie sich sonst an irgendetwas.«

»Wie ich schon sagte, ich erinnere mich an den Namen der Frau, weil sie sich als Angestellte von Pink Panthers ausgab. Was den Gentleman betrifft, was soll ich da sagen? Es täte ihm schrecklich Leid, mich zu behelligen, aber ob ich vielleicht den Kontakt mit Dolores herstellen könnte? Irgendwie erweckte er den Eindruck, als rufe er im Auftrag eines anderen an. Das ist in unserer Branche nichts Ungewöhnliches. Ich sagte, ich hätte mehrere attraktive Mädchen unter Vertrag, und wenn er mir seine Wünsche sagte, könnte ich sicher eine Passende für ihn finden.« Lass nie eine Gelegenheit ungenutzt verstreichen. »Aber es ging ihm gar nicht um den Begleitservice, er wollte etwas ganz anderes von ihr. Offen gesagt, als ich hörte, dass es nicht um die Agentur oder um meine Mädchen ging, interessierte mich das Ganze nicht mehr. Trotzdem bat ich ihn, mir zu sagen, wo ich sie treffen konnte, falls er ihr einmal zufällig begegnete.«

Dolores schien eine recht breite Spur in Coffs Harbour hinterlassen zu haben. Freundin eines Botanikers, ›Begleiterin‹ eines japanischen Herrn. Was noch, Dolores, was noch? Wusste ich denn immer noch nicht alles?

Nachdem ich Mrs. Roche verlassen hatte, fuhr ich zurück ins Motel und zog mich um. Ich wollte Howard Thripps nicht unbedingt in dem Aufzug nachschnüffeln, in dem ich mich mit Mrs. Roche getroffen hatte. Die ganze Zeit grübelte ich, wer wohl der Japaner war, der nach Dolores gefragt hatte. Das Buch in ihrem Zimmer. War er der Japaner, mit dem sie Geschäfte machte?

Ich überprüfte meine Kamera. Sie schien okay, trotz der rauhen Behandlung, die ihr heute Nachmittag in Paradise Park zuteilgeworden war. Es war ein kleiner, raffinierter Apparat, mit dem man auch im Dunkeln Aufnahmen machen konnte. Ich verstaute Kamera, Taschenlampe und noch ein paar andere Sachen in einer Tasche. Dann startete ich den 4WD und knirschte über den Parkplatz.

Es war nach Mitternacht, die Straßen völlig ruhig. Der 4WD schien Getöse wie ein Panzer zu machen.

Ich fuhr nicht direkt zu Thripps, sondern hinten herum, und parkte hinter dem Friedhof. Ich dachte an den Friedhof in Randwick, vor dem ich geparkt hatte, als ich Mina besuchte. In jener Nacht haben Sie mich beobachtet, Mr. Thripps. Beobachten Sie mich auch heute? Nehmen Sie sich in Acht, ich bin Ihnen dicht auf den Fersen.

Ich zog meine Handschuhe an und ging über den Friedhof. Einmal davon abgesehen, dass hier eine Menge toter Menschen unter der Erde rumliegen – und mir persönlich macht das nicht das Geringste aus –, können Friedhöfe sehr angenehme Orte sein. Die Grabsteine und viele Plätze dort bieten erstklassige Verstecke. Angesichts meines Vorhabens war mir der Gedanke an einen solchen Zufluchtsort ein großer Trost.

Ich betrat Thripps' Grundstück von hinten, über den Zaun, seitlich an dem Bambusdschungel vorbei. Dabei achtete ich sorgfältig darauf, wohin ich meine Füße setzte. Ich wollte nicht auf etwas treten, das quakte. Von hinten sah das Haus ruhig aus. Ebenso der Schuppen. Neben der automatischen Winde lag ein Hundeknochen, ein ziemlich großer. Heute Nachmittag hatte ich ihn nicht bemerkt.

Zwischen Haus und Schuppen hindurch konnte ich auf die North Street sehen. Dort stand ein Fahrzeug, das heute Nachmittag ebenfalls noch nicht dagewesen war. Ein Pickup. Ziemlich verdreckt, soweit ich erkennen konnte. Ich erinnerte mich, auch auf dem Parkplatz am Flughafen einen Pickup gesehen zu haben. Wahrscheinlich gab es hier in Coffs Harbour mehr als genug davon.

Ich beobachtete das Haus. Keine Bewegung. Ich hob einen kleinen Stein auf und warf ihn ans Fenster. Nicht stark genug, um es zu beschädigen, nur, um ein Geräusch zu verursachen, so dass jemand drinnen es hören, herauskommen und nachsehen würde. Ich wartete. Keiner kam nachsehen.

Ich schlich zum Schuppen hinüber. Ich wusste schon, an welcher Stelle ich einsteigen würde, aber zuerst ging ich einmal ganz außen herum und sah mir alles genau an. Ich wollte kein Risiko eingehen. Es war völlig still, auch in den anderen Häusern an der Straße brannte nirgends mehr Licht, alles schlief.

Das Schiebefenster auszuhängen dauerte zwar einen Augenblick, war aber nicht schwer. Als ich erst einmal die Klammern gelöst hatte, fiel es mir fast entgegen. Es brauchte nur etwas Zeit, weil ich keinen Krach machen durfte. Ich lehnte es fein säuberlich neben das Fenster an den Schuppen. Wenn ich fertig war, würde ich es wieder einsetzen. Immer hübsch Ordnung halten, nicht wahr, Mr. Thripps? Sie hätten es selbst nicht besser machen können.

Nun musste ich durchs Fenster steigen.

Der dunkle Vorhang, den ich hinter der Scheibe gesehen hatte, kam mir jetzt zugute, denn er verhinderte wahrscheinlich, dass das Licht der Taschenlampe von draußen zu sehen war. Ich machte einen Klimmzug und leuchtete hinein. Direkt unter dem Fenster stand ein Spülstein, trocken und ein wenig staubig, als sei er tagelang nicht benutzt worden. Ich sprang zurück auf den Boden und packte die Tasche mit meinen Utensilien. Dann zog ich mich wieder zum Fenster hoch und hob die Tasche hinein. Ich hörte den dumpfen Laut, mit dem sie im Spülbecken landete. Jetzt musste ich nur noch selbst durch.

Die Öffnung reichte zwar, aber nur knapp. Denk' wie eine Schlange. Ich wand mich durch, kopfüber.

Als erstes hörte ich das Summen eines Kühlschranks. Howard Thripps war offenbar nicht der Typ, der bei allen elektrischen Geräten den Stecker zog, wenn er in Urlaub fuhr. Eigentlich komisch, wenn man bedachte, wie penibel er in allem anderen war.

Langsam schwenkte ich die Taschenlampe herum. Der Raum war tiptop aufgeräumt. Auf einer Seite standen und hingen Werkzeuge, wie sie auf dem Land in jedem Geräteschuppen zu finden sind – alle säuberlich geordnet, keine Hobelspäne, keine herumliegenden Nägel. Dann fiel mein Auge auf ein paar chemische Vorrichtungen und Apparate. Es sah aus wie in den Labors in Lidcombe, nur *en miniature*. Bunsenbrenner, Reagenzröhrchen, Pipetten. Ich machte von allem Fotos. Sah mir ganz so aus, als würde hier drin schwarz gebrannt. Als Nächstes fiel das Licht der Taschenlampe auf ganze Reihen von Behältern und Gefäßen. Sie trugen Etiketten – Dakthal, Dalapon, Glyphosat, Passtox. Thripps' Handwerkszeug.

Auf einem Regal lagen einige Broschüren. Werbung von Chemiefirmen, in denen die Vorzüge der neuesten Unkrautvertilgungsmittel gepriesen wurden. Ungefähr so interessant wie die Magazine in Lidcombe gewesen waren. Daneben eine Kladde. Vorndrauf stand: GEFÄHRDETE UND AUSGESTORBENE SPEZiES. In Großbuchstaben, bis auf das i, das ein Pünktchen trug, wie ein Kleinbuchstabe. Wieder seltsam. Von einem pedantischen Menschen wie Thripps war doch zu erwarten, dass er Groß- und Kleinbuchstaben nicht durcheinander warf.

Die Handschrift in dem Heft war klein, wies aber dieselben Großbuchstaben auf. Die Einträge waren gegliedert wie in einem botanischen Werk – Genus, Spezies usw.

Cryptanthemis morgani. Cryptanthemis kannte ich, aber nicht morgani. Ich las die Beschreibung. Sie klang ähnlich wie die in David Morgan's Notizheft. Morgan, *morgani.* ›*Cryptanthemis morgani*, benannt nach ihrem Entdecker, David Morgan. Heute ausgestorben.‹

Wer war heute ausgestorben?

Ich blätterte um. Genus – *homo*, Spezies – *sapiens*, Exemplar – *Davidus Morgani.* Ich las die Beschreibung eines vierundzwanzigjährigen Mannes, braune Augen, blondes Haar. Die Breite seiner Stirn in Zentimetern, die Länge seiner Nase, Größe seiner Ohren, sein Schädelumfang. Wie gebannt starrte ich auf den Text. Ich wollte das nicht lesen, aber ich musste unentwegt darauf starren. Es war makaber, die Beschreibung von David Morgan, einem Menschen, in Zentimeter angegeben. Ich dachte an die nationalsozialistischen Ärzte in den Konzentrationslagern, an ihre Experimente. Sie hatten ihre ›Objekte‹ auf diese Weise vermessen. Wo war die Leiche? Hatte Thripps ein Loch gebuddelt und ihn begraben, nachdem er ihn vermessen hatte, in der Erde bei den Orchideen begraben und dann Gift versprüht?

Ich schloss das Buch. Im Licht der Taschenlampe konnte ich meinen Atem wie eine Wolke vor meinem Mund stehen sehen. In meinen Ohren brauste es.

Ich ließ die Taschenlampe weiter herumwandern. Bloß ein Schuppen, Claudia, es ist bloß ein Schuppen.

Ich steckte die Kladde in die Tasche. Jetzt hätte ich einen starken Drink brauchen können. Mein Blick fiel auf den Kühlschrank. Ein Kühlschrank in einem Schuppen ist normalerweise bis oben hin vollgepackt mit Bierflaschen. Aber ich glaubte kaum, dass ich etwas runterbekam, das Thripps gehörte.

Ich öffnete den Kühlschrank. Drinnen standen Flaschen mit Flüssigkeiten, von bräunlich bis glasklar. Ich steckte ein paar davon ein.

Neben dem Kühlschrank stand eine Gefriertruhe. Ich hob den Deckel. Es sah nach dem Hundefuttervorrat für ein ganzes Jahr aus. Vielleicht hatte er einen ganzen Kadaver gekauft, in Gefrierbeutelportionen zerteilt und eingefroren. Ich wühlte ein bisschen herum, um zu sehen, ob darunter noch etwas anderes lag. Ich spürte, wie die Kälte durch meine Handschuhe drang. Ich nahm einen Plastikbeutel in die Hand, in dem etwas Kugelförmiges steckte. Der Beutel war mit Eiskristallen überzogen, er knisterte, als ich ihn herausnahm. Der rundeste Teil fühlte sich an, als sei er mit Fell bewachsen. Es schien mir unwahrscheinlich, dass man das Fell dranließ, wenn man ein Tier schlachtete. Die andere Seite war weniger rund, eher höckerig. Ich zog die Plastikfolie ab und richtete die Taschenlampe darauf.

Oh Gott! Es war ein Kopf, es war David Morgans Kopf! Leer starrte er mich aus gefrorenen Augen an. Ich schleuderte den Kopf fort und hörte den dumpfen Ton, mit dem er auf dem Fußboden aufschlug. Ich sprang zurück, prallte gegen die Gefriertruhe. Der Deckel schlug mir die Taschenlampe aus der Hand, sie glitt hinein, der Deckel fiel zu. Plötzlich war ich von Dunkelheit umgeben, mir war übel, ich würgte, schmeckte Erbrochenes im Mund. Meine Augen tränten, meine Lungen schmerzten. Ein seltsamer Geruch lag in der Luft. Ich konnte kaum atmen. Ich musste hier raus. Wo war bloß das Fenster?

Ich ertastete die Kante der Kühltruhe und hob den Deckel. Kalte Luft schlug mir entgegen. Es widerstrebte mir, die Hand hineinzustecken, aber ich brauchte die Taschenlampe. Ich hatte völlig die Orientierung verloren, hatte keine Ahnung mehr, wo das Fenster war. Mein Magen krampfte sich zusammen, meine Augen und Lungen brannten. Warum wurde es nur immer schlimmer?

Ich schloss die Augen, aber das Brennen hörte nicht auf. Ich tastete nach der Lampe, bekam aber immer nur gefrorenes Fleisch in die Finger. Ich hatte kein Licht und keine Ahnung, wo das Fenster war. Ich musste mir im Dunkeln den Weg durch den Schuppen suchen. Meine Hand fand die Kante der Gefriertruhe, bewegte sich weiter zum Kühlschrank. Der Kühlschrank. Im Kühlschrank war ein Lämpchen. Ich zog die Tür auf und ließ ein Lichtquadrat aufblitzen.

Hing wirklich alles voller Rauchschwaden, oder lag das an meinen Augen? Ich konnte kaum noch das Regal mit den

Schädlingsgiften und Unkrautvertilgungsmitteln erkennen. Das Fenster lag gegenüber vom Regal.

Aber genau daher kam der Rauch. Ganze Wolken von Rauch zogen durch die Öffnung herein. »Thripps«, rief ich, »Thripps!« Ich schrie jetzt, machte so viel Krach wie möglich, ich wollte, dass jemand, irgendjemand, kam. Ich konnte nicht durch das Fenster hinaus, von dorther kam die Giftwolke. Ich hörte einen Hund bellen, dann ein Auto anspringen. »Thripps!« Er rannte weg, wie damals in der Gasse. »Thripps!«

Ich fand die Tür. Von außen verriegelt. Ich würde also hier drin sterben. Ich hämmerte gegen die Wände. Faserplatten. Handsäge, Werkzeuge. Draußen, frische Luft, grünes Gras. Der Hammer. Nimm den Hammer. Nimm den Hammer und schwing ihn. Nimm den Hammer und schwing ihn, sagte es unaufhörlich in meinem Kopf, langsam und schwerfällig wie eine verbrauchte Batterie.

Nimm den Hammer und …

Ich tat es. Hörte das Geräusch, das ich machte. Die Platte zerbarst krachend. Und noch einmal. Ich spürte frische Luft hereindringen. Sah das Gras.

Ich wachte im Coffs Harbour Hospital auf. Was immer sie mit mir angestellt hatten, ich fühlte mich um Welten besser als letzte Nacht. Es war früher Morgen, das Zimmer lichtdurchflutet. »Wie lange liege ich hier schon?«

»Zwei Nächte«, sagte die Schwester. »Meinen Sie, Sie können etwas Frühstück bei sich behalten?«

»Ich könnte ein Pferd verdrücken.« Ich wünschte, ich hätte das nicht gesagt, es erinnerte mich an die Gefriertruhe in Thripps' Schuppen. Ich änderte meine Meinung. »Ich möchte nur eine Tasse Tee, bitte.«

Nach dem Tee bekam ich Besuch von der Polizei. Ein Pärchen. Sie erzählten mir, dass die Nachbarn angerufen hatten wegen des Lärms, der aus dem Schuppen drang. Mehrere Nachbarinnen und Nachbarn. Ich sagte ihnen, dass Thripps mich darin eingesperrt, die Sprühanlage angestellt und sich verdrückt hatte. Sie wussten schon, dass ich Privatdetektivin war; sie hatten meinen Pass überprüft, weil sie wissen wollten, wer ich war. Ich sagte ihnen, dass ich hier an einem Fall arbeitete. Sie fragten, ob er etwas mit der Leiche in der Gefriertruhe zu tun habe. Ich sagte nein, mit einer anderen Leiche.

»Ein fixes Bürschchen«, meinte der eine. »Schade, dass wir ihn nicht schnappen konnten. Er ist verschwunden und sein Pickup auch.«

Ich liebe den Geruch von Umweltverschmutzung am Morgen. Er fällt überhaupt nicht mehr auf, wenn die Nase nicht ab und zu mal was anderes zu schnuppern bekommt. Es gab eine Menge Dreck in Coffs Harbour, aber über der Stadt hing keine braune Wolke wie über Sydney. Doch wie auch immer, Sydneys Smog war millionenfach frischer als die Atmosphäre in Thripps' Schuppen. Nur zwei Tage, und ich hatte in einen Gewehrlauf geblickt, war beinahe vergiftet worden und hatte im Krankenhaus gelegen. Trotzdem ging es mir gut. Die Narben der Blutegelbisse juckten schon; sie waren das einzige körperliche Andenken an meinen ›Urlaub‹ in Coffs Harbour. Eins aber gefiel mir weniger – wo mochte Thripps stecken? Sicher war er irgendwo untergekrochen. Er würde nicht Jagd auf mich machen, wenn er selbst in Gefahr war. Ich hätte gerne gewusst, wo er war, wir waren noch nicht fertig miteinander.

»Guten Morgen, Jack. Gibt's was Neues?«, kam ich strahlend hinunter ins Pub gesegelt.

»War dein Urlaub schön?«

»Nicht ganz das, was ich mir von einer achttägigen Pauschalreise versprechen würde, aber recht interessant.«

»Dein Mann ist wieder da.«

Mein Herz machte einen Doppelschlag. »Steve?«

»War gestern hier. Hat dir das dagelassen.« Er griff unter die Theke und holte ein großes, quadratisches, in Geschenkpapier gewickeltes Paket hervor.

Du gemeiner Bastard, Steve. Kein Brief, so gut wie keine Anrufe, und du glaubst, du kannst das mit einem einzigen hübschen Mitbringsel wiedergutmachen. Und du hast verdammt noch mal Recht. Ich grinste wie ein Honigkuchenpferd.

»Hast du mal eine Schere, Jack?«

»Ein scharfes Messer. Reicht das?«

Jack sah mir zu, wie ich die Schleife und das Klebeband aufschnitt. Drinnen war irgendetwas in Unmengen von rosa Papier verpackt. »Was ist es?«, fragte Jack, ebenso neugierig wie ich.

»Weiß ich noch nicht«, sagte ich und hob etwas hoch, das aus braunem Leder war, »es sieht aus wie ...«, ich verstummte. Es war eine kurze Lederhose.

Jack hatte Mühe, sich ein Grinsen zu verbeißen. »Gehst du jetzt zu den Pfadfindern?«

Mir dagegen fiel es überhaupt nicht schwer, ernst zu bleiben. Mein Gesichtsausdruck in diesem Augenblick hätte wohl als ›steinern‹ bezeichnet werden können. »Die Pfadfinder tragen nicht solche Shorts.«

Sein Mund zuckte, jede Sekunde würde er losprusten. »Ein Wort, Jack, nur ein einziges Wort.«

Ich legte das ominöse Kleidungsstück mit spitzen Fingern zurück in die Schachtel und nahm es mit nach oben. Unten konnte ich Jack ›I love to go a-wandering‹ pfeifen hören. Jetzt konnte auch ich mir ein Lächeln nicht mehr verkneifen. Da ich sie schon einmal hatte, konnte ich sie auch anprobieren, dachte ich, vielleicht sah sie ja angezogen besser aus als in der Schachtel.

Ich weiß nicht, wen Steve zur Anprobe zur Verfügung gehabt hatte, aber sie passte wie ein Handschuh. Auf jeden Fall umschloss sie meinen Po wie ein Paar Hände. Sehr sexy. Ziemlich kurz, jede Kurve sanft nachzeichnend. Hiermit nehme ich alles zurück, was ich je über kurze Hosen gesagt habe. Trotzdem, solange ich keinen bewaffneten Aufpasser hatte, würde sie dieses Zimmer nicht verlassen.

Ich wählte Steves Nummer. »Hi«, sagte sein Anrufbeantworter, »ich bin bis morgen in Canberra, aber wenn du lange Beine, rotes Haar und ein Paar Lederhosen hast, komm ab morgen jederzeit vorbei. Ganz der Deine.«

Ich hoffte inständig, dass sein Chef anrufen und sich nach seiner Reise erkundigen würde. Oder einer von den Typen, mit denen er Squash spielte. Ein Mann konnte tierische Schwierigkeiten bekommen, wenn er solche Nachrichten hinterließ. Tierisch mit großem T, wie die Träger meiner Krachledernen. Ich hinterließ keine Nachricht, ich würde es später noch einmal versuchen.

Danach rief ich Carol an. Sie hatte ein paar Neuigkeiten, aber nichts Weltbewegendes. Sie hatte gehört, was in Coffs Harbour passiert war. Howard Thripps war noch nicht gesichtet worden. Ich erzählte ihr, dass Howard Thripps und Margaret Schaeffer Geschwister waren. Margaret Schaeffer hatte es nicht erwähnt, als sie anrief, um ihre Geschichte zu erzählen. Wenn ich so einen Bruder hätte, würde ich es wohl auch nicht an die große Glocke hängen. Carol schien der Ansicht zu sein, dass Mrs. Schaeffer die Wahrheit gesagt hatte. Eine Angestellte von Thai Airways hatte bestätigt, dass eine Frau, auf die Margaret Schaeffers Beschreibung passte, am Check-in nach einer Passagierin, Dolores Delgado, gefragt und gewartet hatte. Sie erinnerte sich an den Namen, weil die Passagierin nicht eingecheckt hatte und nicht geflogen war.

Mit Gordon Schaeffer hatten sie noch nicht gesprochen. Er war geschäftlich unterwegs, aber seine Frau hatte ihnen versichert, dass er sich so bald wie möglich mit ihnen in Verbindung setzen würde. Sie wohnte in der Zwischenzeit in ihrem Apartment in Palm Beach und war dort erreichbar.

Bisher hatte sie mir nichts gesagt, was ich nicht schon wusste. »Ich bin noch nicht fertig«, sagte Carol, »du willst doch sicher noch das Neueste über deine Freundin hören.«

Außerhalb Australiens gab es keine Dolores Delgado. In Buenos Aires hatten sie nie von ihr gehört. Auf den Namen war kein offizieller Pass ausgestellt worden. Bei Interpol war der Name ebenfalls unbekannt. Es war ganz klar ein falscher Name, nirgendwo erfasst. Ebenso wie Valerie Estevez. Lola Montana dagegen hatte Gestalt angenommen. Sie war in zweifelhafte Immobiliengeschäfte im Hotel- und Unterhaltungsgewerbe verwickelt. Zuletzt hatte sie sich in Florida aufgehalten. Unter Beruf war Künstlerin eingetragen. Beschiss-Künstlerin.

Was mir zuschaffen machte, war nicht etwa die moralische Seite – dass sie eine Lügnerin, Betrügerin und Schwindlerin gewesen war –, sondern wie sie dieses Doppel- oder vielmehr Dreifach-Leben leben konnte, ohne dass die Menschen, die ihr nahe standen oder sie doch zumindest gut kannten, es merkten. Vielleicht gab es ja noch mehr als drei falsche Namen. Vielleicht erfand sie ja jedes Mal, wenn sie erwischt wurde, eine neue Identität und ließ die alte fallen, wie eine Schlange ihre alte Haut abstreift. Wer den großen Sprung vom Mann zur Frau gemacht hatte, für die war der Rest wohl einfach. In der kurzen Zeit, in der ich für sie gearbeitet hatte, hatte sie mich wie eine Vertraute behandelt, mir tausend kleine Geheimnisse erzählt, als sei ich ihre beste Freundin. Aber alle diese Geheimnisse waren verdammte Lügen gewesen.

Wem hatte sie ihr wahres Selbst offenbart?

Ich zog den Verschluss einer Dose VB auf und lauschte dem Zischen. Dann nahm ich das Bier mit hinaus auf den Balkon und setzte mich in die frische Winternacht. Die Erde in den Geranientöpfen war feucht. Es musste geregnet haben, als ich fort war. Die Wahrheit über Dolores war, dass sie eine Erfindung war. Alles an ihr war künstlich, sie war nicht real. Und doch hatte ich Tage und Nächte mit ihr verbracht, und sie hatte einen Wust von Gefühlen in mir geweckt – ich fühlte mich getäuscht, betrogen, verraten. Wie hatte sie das alles auslösen können, wenn sie nicht real war?

Die Bierdose war leer. Aber ich hatte noch nicht genug. Noch ein paar einsame Drinks, und ich würde gemeingefährlich werden. Ich ging hinein, zog Schuhe an und stiefelte runter ins Pub.

Es war fast Sperrstunde, aber das Pub war gerammelt voll. Jack sah mich herunterkommen. »VB«, rief ich ihm von weitem entgegen. Als ich mich an die Bar vorgekämpft hatte, stand da schon die Dose mit einem Glas.

Daneben lag ein Umschlag mit meinem Namen darauf.

»Ist vorhin gekommen«, sagte Jack, «per Boten. Ich dachte, du würdest früher herunterkommen.«

Ich goss die halbe Dose ins Glas und nahm einen Schluck. Mein Name auf dem Umschlag war mit Schreibmaschine geschrieben. In dem Umschlag befanden sich ein weiterer Name und eine Adresse.

Howard Thripps' Name und die Adresse der Schaeffers.

Er hatte genügend Zeit gehabt, um sich nach Sydney durchzuschlagen, auch wenn er den Pickup irgendwo auf dem Weg losgeworden war. War das nun eine Einladung oder eine Warnung? Mit Sicherheit hatte er den Brief nicht selbst geschickt. Ich wusste zu viel über ihn, es war kein Köder wie damals die Einladung ins Ramada Inn. Nicht einmal Thripps würde dermaßen plump vorgehen, oder doch? Er war verzweifelt. Vielleicht dachte er, er hätte nichts mehr zu verlieren.

Es war mir egal, wer den Brief geschickt hatte oder warum, ich war einfach nur froh, dass ich jetzt wusste, wo ich ihn finden konnte. Weil ich noch ein Hühnchen mit Howard Thripps zu rupfen hatte.

Ich ließ das Bier stehen und ging hinauf, nahm meine Autoschlüssel und zog etwas an, das mir genügend Bewegungsspielraum ließ.

Zwanzig Minuten später – ich kam gut durch – war ich in Coogee. Über das Handy rief ich Carol an und informierte sie. »Gib mir eine Stunde, Carol. Wenn ich mich bis dahin nicht gemeldet habe, schick deine Jungs.«

Ich parkte in der Parallelstraße zu der der Schaeffers, und ging die kurze Strecke zu ihrem Haus zu Fuß.

Es lag in tiefster Dunkelheit, wie das Haus der Schwestern nebenan. Nur Jennifer hielt ihre einsame Wacht am Fenster. Sie hatte den Schwestern ›gesagt‹, dass Margarets Bruder hier war. Wetten, dass sie alles wusste, was in diesem Haus vorging?

Ich betrat den Vorgarten der Schaeffers. Ein Hund schlug an.

Im Innern des Hauses. Ich blieb wie angewurzelt stehen. Das Bellen verstummte. Der Hundeknochen auf Thripps' Rasen, welcher Teil von David Morgan war das wohl gewesen? Ich wollte lieber gar nicht daran denken.

Ich tat wieder einen Schritt vorwärts, aber das Bellen fing nicht wieder an. Ein Hund hört nicht plötzlich auf zu bellen, wenn er nicht den Befehl dazu bekommt.

Ich sah zum Fenster im Nebenhaus hoch, aber Jennifer war nicht mehr da, sie war abgelöst worden. Von einem größeren Schatten. Eine der Schwestern, nahm ich an. Ich winkte kurz hoch, aber der Schatten winkte nicht zurück, er verschwand. Das Tier in meinem Magen rekelte sich. Ich konnte seine scharfen kleinen Klauen spüren. Mein Herz schlug schnell, meine Haut schien zu kribbeln. Das Dunkel schloss sich eng um mich, ich hatte das Gefühl zu ersticken. Ich war draußen, an der frischen Luft, aber ich fühlte mich wie im Schuppen in Coffs Harbour. Ich war nicht bereit für das, was nun kam. Vielleicht sollte ich besser zurückgehen und eine Stunde im Auto warten, bis Carol und ihre Truppen aufkreuzten.

Die Entscheidung wurde mir abgenommen. Von einer Hand, die von hinten in mein Haar griff, und von einem Messer an meiner Kehle. »Du bist wirklich clever, du Hure! Wusstest, wo du mich finden kannst. Wer war es, die beiden alten Schachteln von nebenan?«

Meine Reaktion kam so schnell, dass er nicht einmal Zeit hatte, seinen Augenblick des Triumphs auszukosten. Ich keilte mit aller Kraft aus, hoch und nach hinten. Ich hörte ihn stöhnen und spürte, wie sein Griff sich lockerte. Blitzschnell drehte ich mich um und traf ihn mit der Handkante am Hals. In zwei Sekunden lag er flach auf dem Boden. Dann sah ich die Klinge – eine Machete. Sie war groß und scharf genug, einem Menschen damit den Kopf abzutrennen. David Morgans. Meinen. Ich hob sie auf und schleuderte sie fort, über den Zaun.

Thripps hatte sich bei dem Sturz am Kiefer verletzt, vielleicht an der Treppenstufe angeschlagen. Neben seinem Ohr schimmerte Blut. Er berührte die Stelle und sah auf das Blut an seiner Hand, zu Tode erschrocken. Wie jeder Mensch es ist, wenn er sein Blut sieht. Was hatte er erwartet, Erdbeermarmelade?

Ohne Waffe war er völlig hilflos. Er hockte einfach da, bass erstaunt, wie ein von Scheinwerfern hypnotisiertes Kaninchen. Noch einmal konnte er nicht weglaufen, er hatte keine Zuflucht mehr. Jetzt wusste ich, was Cilla gemeint hatte, als sie sagte, jemand anders blicke aus seinen Augen heraus. Es hätte zwar auch an den Schatten der Nacht liegen können, aber es wirkte, als kämpften seine Augen darum, über das schwammige Dunkel unter den Lidern hinauszusehen, wie ein Kind, das sich an einem Zaun hochzieht, um drüberzuschauen.

»Verdammte Hure, ich blute.« Eine leise, sanfte Stimme, aber voller Gift.

Tödliches Gift.

Ich fühlte die Wut in mir aufsteigen wie einen Schmerzkrampf. Ich war schuld, dass er blutete? Was hatte er mir angetan, was war mit meinen Augen, meinen brennenden Lungen, meinem würgenden Magen, was war mit dem Beinahe-Unfall? Was war mit David Morgan und den Orchideen? »Und was ist mit Dolores?«, schrie ich ihn an.

Wenn ich ihn jetzt anfasste, würde ich ihn umbringen. Ich konnte nicht die Stunde warten, bis Carol kam. Ich zitterte beinahe von der Anstrengung, meine Wut zu beherrschen. »Steh auf, du Arschloch«, befahl ich, »wir gehen rein und rufen die Cops.« Er lächelte schwach: »Sie verstehen das nicht, sie war eine Hure, sie hat es verdient.«

Hat es verdient?! Sie hat es verdient?! schrie es in meinem Kopf wie ein schnatternder Affe. Mein Hirn wurde ganz leer, ich sah plötzlich rot, hörte nur noch das Kreischen des Affen.

Als es vorbei war, merkte ich, dass ich ihn getreten hatte. Er hatte sich zu einer Kugel zusammengerollt, um sich vor den Tritten zu schützen. Ich war zutiefst angeekelt. Von mir selbst, von ihm. Angeekelt von ihm, weil er ein Mensch war, dem ich so viel antun konnte, wenn ich mit ihm kämpfte, und angeekelt von ihm, weil er ein Mensch war, der anderen so viel antat, wenn ich nicht kämpfte.

»Pass auf, was du sagst, Junge. Wenn ich dich noch einmal ›Hure‹ sagen höre, werden dein Kopf und dein Körper ihre Gemeinschaft aufgeben. Und jetzt komm hoch, du Abschaum!«

»Aber das verstehen Sie nicht, sie war eine Schlampe«, wimmerte er, »sie war …«

»Noch ein Wort und ich bring dich um. Steh auf jetzt!« Ich zog ihn hoch und drehte ihm den Arm auf den Rücken. Dann stieß ich ihn in Richtung Vordertür.

»Nein«, sagte er, »die Vordertür ist abgeschlossen.«

Ich zerrte ihn um das Haus herum, zur Hintertür. Ich spürte die Augen, die von Jennifers Haus zusahen. »Nach Ihnen«, sagte er mit seiner leisen, sanften, verschlagenen Stimme.

»Nicht in ein fremdes Haus«, sagte ich. »Du zuerst.«

Er ging hinein.

»Prinz!« Einen Bruchteil einer Sekunde, bevor ich das Knurren hörte, erinnerte ich mich an den Hund. Das Bild des Hundes, der mir an die Kehle sprang. Ich schlug ihm die Tür an den Kopf. Ein Wimmern war zu hören, aber der Dobermann brauchte nicht lange, um sich zu erholen. Ich warf mich mit dem Rücken gegen die Tür und spürte jedes Mal den Schlag, wenn der Hund auf der anderen Seite dagegensprang. Plötzlich hörte es auf. Von irgendwo drinnen im Haus hörte ich ihn nach dem Hund rufen. »Prinz!« Guter Gott, er ließ den Hund zur Vordertür hinaus.

Mit Howard Thripps allein konnte ich fertig werden. Der Hund war etwas anderes. Das Bild von ihm, wie er lossprang. Der schlanke schwarze Körper, der rosa Bauch, die scharfen weißen Fänge. Es war Zeit, die Beine in die Hand zu nehmen.

Ich konnte nicht vorne herum laufen, der einzige Ausweg führte über den Zaun in den Garten der Schwestern. Aber auf dieser Seite des Zauns wuchs eine Art Dornenhecke, vermutlich ein natürliches Abwehrmittel gegen Eindringlinge. Ich konnte zwar den Zaun erklimmen, aber die Hecke war unüberwindbar. Ich musste zuerst auf irgendetwas hinaufklettern.

Ich wollte mir gerade einen der abgewrackten eisernen Gartenstühle schnappen, als der Hund um die Ecke gejagt kam wie der,

der angeblich das Höllentor bewacht. Ich packte den Stuhl und hielt ihn zwischen mich und den Hund. Seine Kiefer schlossen sich um das eiserne Stuhlbein. Ich hoffte, die Zähne würden ihm abbrechen, aber es schien wenig Auswirkungen zu haben. Sobald er merkte, dass es nicht mein Bein war, ließ er los und griff aus der anderen Richtung an. Ich wehrte ihn wieder ab.

Ein unwiderstehlicher Drang zu lachen überkam mich. Das musste das Adrenalin sein. Es war, als blickte ich von oben herunter und sähe mich als Löwenbändigerin, nur war es ein Hund und kein Löwe, und er wollte einfach nicht zahmer werden.

Prinz würde dieses Spielchen länger durchhalten als ich. Der Stuhl war nicht gerade ein Leichtgewicht, vor allem, wenn ich ihn herumschwingen musste. Ich konnte hier nicht ewig stehen bleiben und den Hund abwehren.

Ich wartete, bis er erneut auf den Stuhl losging, und warf ihn ihm dann entgegen. Ich traf ihn, aber das Gewicht des Stuhles brachte mich aus dem Gleichgewicht. Ich schwankte, trat einen Schritt zurück und stolperte über den Poolreiniger. Als Nächstes merkte ich, dass ich hintenüber fiel. In den Pool. So, dachte ich, das ist das Ende. Im Pool war nichts, was ich als Waffe gebrauchen konnte.

Der Hund kam humpelnd auf mich zu, aber am Rand blieb er stehen, er sprang nicht hinein. Schlich nur an der Seite herum, frustriert, knurrend, wütend.

Der Hund hatte Angst vor Wasser!

Der Pool war nicht tief, ich watete in die Mitte, soweit vom Rand entfernt wie möglich, und da stand ich nun, keuchend, und drehte mich im Kreis mit dem Hund, jede seiner Bewegungen beobachtend.

Aber Howard Thripps war nicht wasserscheu. Er musste die ganze Zeit dagewesen sein, im Schatten lauernd, während ich mit dem Hund kämpfte. Sobald er die Situation überblickte, sprang er ins Wasser. Ob er eine zweite Chance witterte, weil er sah, dass mir allmählich die Kräfte schwanden, oder aus purer Verzweiflung, weiß ich nicht. Er kam auf mich zu und versuchte, mir eine Spritze reinzujagen.

Ich griff nach vorn, packte ihn am Handgelenk und drückte mit aller Kraft zu.

»Lass sie fallen«, knurrte ich. Ich spürte, dass sein Griff sich lockerte, aber er ließ nicht los. »Lass fallen«, wiederholte ich. Diesmal half ich ein bisschen nach. Ich drückte seinen Arm hoch und zwang ihn so, die Spritze ins Wasser zu werfen. Dann boxte ich ihn in den Solarplexus. Er krümmte sich nicht, sondern schwankte nach hinten. Ich bekam sein Hemd zu fassen und hielt ihn aufrecht.

»Ist das das Letzte, was dir noch geblieben ist, eine kleine Spritze? Bist du in solcher Eile aufgebrochen, dass du vergessen hast, das Sprühzeug und die Unkrautmittel einzupacken?«, spuckte ich ihm ins Gesicht.

Ich konnte den Hund noch immer kläffen hören, es war ein Wunder, dass noch niemand aufgetaucht war, um nachzusehen, woher der Lärm kam.

»Warum hast du Dolores umgebracht?« Er stand noch gebeugt von dem Schlag in die Eingeweide, aber ich wartete nicht, bis er sich erholt hatte. »Antworte!«, schrie ich und schüttelte ihn.

»Sie hatte eine Affäre mit dem Mann meiner Schwester«, flüsterte er.

»Warum hast du dann nicht den Mann umgebracht, wenn dir so viel an der Ehre deiner Schwester lag? Margaret hätte nichts dagegen gehabt!«

»Ich konnte doch nicht Gordon umbringen«, sagte er, ehrlich entsetzt bei dem bloßen Gedanken. »Sie war nur eine Hure.«

Ich packte ihn an der Kehle und stieß ihn unter Wasser. Was weißt du denn schon, schrie es in meinem Kopf, was weißt du denn? Ich fühlte, wie er sich gegen meine Hände wehrte, wie er versuchte, sie wegzuziehen, sich windend wie ein Wurm. Ich konnte einfach so stehen bleiben, ihn unten halten, es war ganz leicht. Nur noch ein paar Minuten, und er wäre ertrunken.

Ich riss ihn hoch. Er schnappte nach Luft, mit offenem Mund wie ein Fisch. Er wollte nicht noch einmal untergetaucht werden. »Sie … sie hat das mit den Orchideen herausbekommen«, stammelte er. »Die Hure hat mit dem Botaniker geschlafen. Sie wollte mich erpressen, sagte, sie würde es den Japanern erzählen. Sie wusste von den Orchideen.«

»Du hast den Botaniker umgebracht und die Orchideen vergiftet«, zischte ich.

»Ich musste, ich musste es wieder in Ordnung bringen. Wenn es Probleme gegeben hätte, hätten die Japaner einen Rückzieher gemacht. Ich musste das Problem lösen.«

»Deshalb bist du ihr nachgefahren.« Dolores hatte gewusst, dass sie in Gefahr war, deshalb war sie weggegangen, nach Sydney.

Deshalb hatte sie mich angestellt.

Es war nicht wegen des Einkaufens, sie hatte ganz einfach meinen Schutz gekauft.

Warum hast du mir nicht gesagt, worum es ging, Dolores? Ich hätte dich retten können.

Ich drosch weiter auf ihn ein, immer ins Gesicht, noch einmal und noch einmal. Für Dolores, für David Morgan, für die Orchideen. Für mich. Er war fast bewusstlos, als ich endlich aufhörte.

Auf einmal wurde mir bewusst, dass jemand applaudierte. Ich sah zum Zaun hinüber. Da standen die beiden Schwestern auf einem Logenplatz.

Ich zog Howards Kopf aus dem Wasser. Der Hund knurrte, aber es war ein leises, unbestimmtes Knurren, als hätte er vergessen, dass er überhaupt noch knurrte. Er sah mich jetzt anders an. Als sei ich jetzt seine Herrin.

Aber ich wusste nicht, wie sich das Ganze auf dem Trockenen weiterentwickeln würde. Ich musste aus dem Wasser raus, war aber nicht sicher, ob der Hund nicht wieder auf mich losgehen würde, auch wenn ich Thripps im Schlepptau hatte. Solange das Wasser zwischen mir und dem Hund war, schien alles in Ordnung. Die Schwestern linsten noch immer über den Zaun. »Haben Sie vielleicht einen Gartenschlauch?«, fragte ich. Es folgte die Routine der abwechselnden Fragen, aber schließlich förderten sie doch einen zutage. »Richten Sie ihn bitte auf den Hund.«

Es funktionierte. Ich stieg aus dem Pool, Thripps hinter mir her ziehend.

Die vielen Puppen, die im Haus der Schwestern herumsaßen, -standen und -lagen, fielen mir kaum auf. »Oh, es ist so lange her, dass wir einen Mann im Haus hatten, nicht, meine Mädchen?«, säuselte die weißhaarige Schwester, Evie.

Carol traf mit ein paar ihrer Mannen ein. Ich sah auf meine Armbanduhr. Eine Stunde, fast auf die Minute genau. Die längste Stunde meines Lebens.

Die Schwestern wuselten herum wie ein Paar Hennen mit ihren Küken. Sie hatten Thripps gesäubert, so gut es ging, ihn gekämmt und in einen Stuhl gedrückt.

»Was ist mit ihm passiert?«, fragte Carol ruhig.

»Wir hatten eine Auseinandersetzung«, sagte ich. Ich erzählte ihr, was geschehen war und was ich aus ihm herausbekommen hatte.

Die Schwestern reichten Tee und holten ihre besten Kekse hervor. »Danke, nein«, sagte Carol, »wir müssen ihn zum Verhör mitnehmen. Vielen Dank für Ihre Hilfe.« Die Schwestern sahen enttäuscht aus, aber das machte nichts. Sie hatten ja immer noch die Puppen. »Irgendwas sehr Seltsames geht hier vor«, flüsterte Carol mir aus dem Mundwinkel zu, als die Schwestern ihre Kekse wieder verstauten.

»Seltsam? Du kommst nicht genügend heraus, Carol, das ist dein Problem. Ach übrigens, nebenan findest du wahrscheinlich ein paar nützliche Beweisstücke. Pass aber auf den Hund auf.«

»Woher wusstest du, dass er hier war?«

»Ich bekam eine Botschaft.«

»Von wem?«

»Sobald ich es herausgefunden habe, sage ich es dir.«

»Willst du mitkommen zum Verhör und ihm beispringen, wenn er seinen Text vergessen sollte?

»Nein«, sagte ich, »ich möchte nicht im selben Haus mit ihm sein, nicht einmal auf demselben Planeten.«

»Bist du zu Hause, falls ich dich brauche?«

»Später. Jetzt gehe ich erstmal tanzen.«

Carol sah mich merkwürdig an. »Geht's dir gut, Claudia? Soll einer der Jungs dich nach Hause bringen?«

»Kann er tanzen?«

Ich lehnte das Angebot einer Tasse Tee ebenfalls ab und dankte den Schwestern dafür, dass sie ihren Gartenschlauch eingesetzt und ihr Haus zur Verfügung gestellt hatten. »Auf Wiedersehen«, sagte ich zu ihnen. »Tschüs, Mädels«, warf ich zu den Puppen rüber. Die Weißhaarige kicherte und gab der anderen einen Rippenstoß. Ich fühlte mich, als sei ich soeben Mitglied in einem etwas zweifelhaften Club geworden. Aber ich konnte den alten Damen und ihren Puppen keinen Vorwurf machen. Die Realität ist so langweilig.

Als ich schließlich im Auto saß, war mein Adrenalin restlos verbraucht, und ich war zu Tode erschöpft. Es war eine harte Nacht gewesen. Ich kannte noch nicht alle Einzelheiten, war aber so fertig, dass mir alles egal war. Immerhin war Thripps jetzt in der starken Obhut des Gesetzes. Carol konnte die ganze Geschichte zur Not aus ihm herausprügeln. Als ich vorbeifuhr, ging gerade die Sonne strahlend über Coogee Beach auf. Ich war zu müde, um anzuhalten und zuzusehen.

Glücklicherweise war es noch zu früh für die Warenanlieferer, als ich zum Pub kam, so dass ich mich ungesehen die Treppe hochschleppen konnte. Ich zog mich aus und krabbelte ins Bett. Partieweise fühlte ich mich ziemlich lädiert, allerdings nicht so schlimm, wie Howard Thripps sich fühlen musste. Ich würde mir meine Blessuren später genauer ansehen.

Jetzt hatte eines Vorrang – Schlaf.

Ich bekam genau vier Stunden. Keine Ahnung, ob es das Klingeln des Telefons war, das doch noch zu meinem Bewusstsein durchdrang, auf jeden Fall wachte ich gerade rechtzeitig auf, um noch den Schluss einer Nachricht von Carol auf dem Anrufbeantworter mitzubekommen. Sie hatte Thripps' Geständnis.

Ich sprang aus dem Bett, noch immer ziemlich gerädert, und rief sie gleich zurück.

Thripps hatte anfangs versucht, Schaeffer in die Geschichte mit hineinzuziehen, aber es stellte sich heraus, dass der mit dem Ganzen nur wenig zu tun hatte. Thripps hatte seinen Kumpels im Stadtrat weisgemacht, Schaeffer stünde hinter ihm. Es klang einleuchtend – Schaeffer war sein Schwager, und er hatte einen großen Namen. Aufgrund dessen und mit ein wenig finanzieller Nachhilfe hatte Green Dolphin den Zuschlag bekommen. Außer für den Erschließungsantrag und das Schmieren des Stadtrates brauchte Thripps keine Geldmittel, weil er an die Japaner weiterverkaufen wollte. Schaeffer hatte Thripps und Dolores zusammengebracht. Dolores hatte Kontakte zu Japanern, die nach einer lukrativen Investitionsmöglichkeit suchten. Dafür, dass sie die Käufer auftrieb, hatte Dolores einen ganz schönen Batzen von Thripps verlangt, eine Art Headhunter-Prämie. Außerdem wollte sie zusehen, wie sie sich bei der Sache sonst noch schadlos halten und was sie an zusätzlichen Vergünstigungen aus den Japanern herausholen konnte. ›Abschmeicheln‹ war das Wort, das er gebrauchte, erzählte Carol mir.

Alles wäre gut gelaufen, wären nicht die Orchideen aufgetaucht. Der Botaniker wusste von ihnen, Dolores wusste von ihnen. Thripps musste sie ausrotten. »›Die verdammte Hure hat nur bekommen, was sie verdient hat‹«, wiederholte Carol mir seine Worte, »›sie war eine Hure‹.«

»Schlief mit allen außer ihm, meint er wohl?«, fragte ich.

»Irgend so was«, antwortete Carol. »Aber dazu kam noch, dass sie versuchte, ihn zu erpressen. Sie schmiss sich an den Botaniker ran, angeblich, um auf den Busch zu klopfen, wie die Dinge sich entwickelten. Thripps hatte den Stadtrat komplett in der Tasche, er sah keinerlei Probleme. Doch für einen Botaniker waren unterirdische Orchideen eine große Sache. Er war nicht bereit, einfach den Mund zu halten, und Dolores ebenso wenig, nachdem sie es herausgefunden hatte.«

»Also drohte sie, den japanischen Käufer aufzuklären, wenn Thripps ihr ohnehin beachtliches Honorar nicht erhöhte.«

»Und die Nationalparks und den Wildlife Service. Weißt du«, fuhr Carol fort, »das Komische ist, er sprach die ganze Zeit von einem Notizheft. Sagte immer wieder, es sei das einzige, was er nicht in Ordnung gebracht habe. Der Mann ist förmlich besessen davon. Er ist dran wegen Mordes, zweifachen Mordes, er hat eine ganze Pflanzenspezies ausgerottet, er muss mit lebenslangem Zuchthaus rechnen, und das einzige, worum er sich grämt, ist ein Notizheft. Du weißt nicht zufällig etwas davon, oder?« Es klang freundlich, aber ich kannte Carol.

»Jetzt, wo du es erwähnst, fällt es mir ein. Du kannst es jederzeit kriegen.«

»Ich möchte es so schnell wie möglich. Ich schicke einen Boten.«

»Gut. Du hast gesagt, Margaret Schaeffer hätte dir eine Telefonnummer in Palm Beach gegeben. Hast du sie gerade bei der Hand?«

»Warum willst du dich mit ihr treffen?«

»Nur ein bisschen plaudern.«

»Sie war's, stimmt's? Margaret Schaeffer hat dir die Information zugespielt, wo du Thripps finden kannst.«

»Genau das möchte ich herausfinden.«

»Mrs. Schaeffer? Hier ist Claudia Valentine. Ich würde Sie gerne sprechen.« »Das dachte ich mir schon.« Als habe sie auf meinen Anruf gewartet. Ich fragte sie, ob es ihr jetzt gleich passe. Es passe sehr gut, sagte sie.

Vor dem Weggehen bat ich Jack um den Umschlag aus dem Safe. Ich nahm die zehntausend Dollar heraus und schrieb Carols Namen auf das Kuvert, in dem noch das Notizheft steckte. »Ein Kurier wird das abholen, kann ich es bei dir hinterlegen?«

»Klar.« Er nahm den Umschlag und legte ihn neben die Kasse.

Ich musste verrückt sein, Margaret Schaeffer die Zehntausend zurückzubringen. Dolores hätte das niemals getan. Geh einkaufen, hätte sie gesagt, wenn sie hier gewesen wäre, kauf dir ein paar Kleider, gib es aus, dazu ist Geld da. Aber ich hatte genug Klamotten. Und ich hatte es satt, einkaufen zu gehen.

Wieder ein schöner, sonniger Tag in Sydney. Das Licht schimmerte auf dem Wasser im Hafen, als ich über die Brücke fuhr, Meer und Himmel waren tiefblau. Mittag, ein ganz normaler Wochentag. Genau die richtige Zeit, um an die Strände im Norden zu fahren.

Margaret Schaeffers Apartment lag in einer Seitenstraße der Ocean Road, an der Surfseite von Palm Beach.

Sie öffnete selbst. »Kommen Sie herein.« Ich ging hinter ihr her. Weiße Wände, Schieferboden. Eine ganze Wand, zum Meer hinaus, aus Glas. »Möchten Sie Kaffee?«

Ich sagte ja.

Wir saßen draußen, auf dem Balkon, der kaum weniger blendete als die weißen Wände drinnen. Kaffeekanne und -tassen standen schon auf dem Tisch. Sie schenkte ein, ihre glatte braune Hand hob sich vom Ärmel der schlichten weißen Baumwollbluse und den eleganten Goldarmreifen ab. Sehr viel stilvollerer Schmuck als die Kette, die Gordon Dolores geschenkt hatte. Sie sah gut aus, hatte Geld, gehörte der richtigen gesellschaftlichen Schicht an. Sie hatte alles, was Howard fehlte.

»Die Polizei hat Ihren Bruder verhaftet, Mrs. Schaeffer.«

»Ja«, sagte sie wie zu sich selbst, »geht es ihm gut?«

Ich hatte ihn zusammengeschlagen, er hatte vier Stunden gnadenlosen Verhörs durch Carol hinter sich, er würde den Rest seines Lebens im Gefängnis verbringen. »Den Umständen entsprechend. So wie mir, Mrs. Schaeffer. Ihrem Bruder ist es immerhin beinahe gelungen, mich umzubringen.«

»Das tut mir sehr Leid.« Sie nahm eine Zigarette aus einer Schachtel und zündete sie an. »Die erste Zigarette nach zehn Jahren«, sie blies den Rauch aus, »zehn Jahre. Irgendwann ist es wieder soweit. Bitte, nennen Sie mich doch Margaret, wenn es Ihnen nichts ausmacht.«

»Es macht mir nichts aus. Dagegen macht es mir durchaus etwas aus, in die Falle gelockt zu werden.«

»In die Falle gelockt?«, fragte sie. Geistesabwesend streifte sie die Asche von ihrer Zigarette ab. Es machte nichts, der Wind blies sie sowieso sofort weg.

»Ich bekam eine Nachricht mit einer Adresse, wo sich Howard Thripps aufhielt. Ich ging hin, und er wartete dort auf mich, mit einer Machete und einem bissigen Hund. Was steckt dahinter?« Ich drohte nicht, ich wollte ganz einfach eine Erklärung.

Sie machte wieder die Bewegung des Ascheabstreifens, aber es gab nichts abzustreifen. »Wenn jemand in die Falle gelockt wurde, war es Howard.« Sie schaute aufs Meer hinaus, hinüber zu den Surferinnen und Surfern, die durch die Wellen pflügten. »Das mit dem Hund tut mir Leid, ich dachte, er hätte ihn im Zwinger gelassen. Und das mit der Machete«, fügte sie hinzu.

»Sie haben Ihren eigenen Bruder in die Falle gelockt? Sie müssen doch gewusst haben, dass ich die Polizei informieren würde. Haben Sie das beabsichtigt?«

Sie stand auf und ging zum Geländer, lehnte sich dagegen, mit dem Rücken zu mir.

Dann drehte sie sich um. »Ich möchte Ihnen eine Geschichte erzählen«, begann sie. »Als Howard und ich ... als Howard klein war, hatten wir einen Hund. Es war Howards Hund. Dad schenkte ihn ihm zu seinem siebten Geburtstag. Wir hatten noch andere Hunde, aber dieser Hund gehörte ganz allein Howard. Er sollte für ihn sorgen, sollte ihn füttern, pflegen, aufpassen, dass er nichts anstellte. Nun, er stellte etwas an. Er fing an zu jagen, die Hühner der Nachbarn. Er hatte sozusagen Blut geleckt. Dad sagte zu Howard, wenn er den Hund nicht in den Griff bekomme, müsse er ihn töten lassen. Howard weinte, er sagte, er würde dafür sorgen, er würde den Hund nachts anbinden, er würde ihn in den Griff bekommen. Aber es gelang ihm nicht. Es war zum Teil auch Dads Fehler, er verlangte zu viel von Howard. Eines Tages richtete der Hund ein Baby in einem Kinderwagen übel zu. Sie kamen und sagten, sie müssten den Hund abholen. Dad sagte, er würde das selbst erledigen. Er nahm den Hund mit in den Busch und erschoss ihn. Als Howard in der Schule war. Howard kam nach Hause, und der Hund war fort.«

Sie schnippte die glimmende Zigarettenkippe über den Balkon. In ihren Augen standen Tränen. Sie kam zurück an den Tisch und setzte sich. »Ich bot Dolores Delgado Geld an, damit sie fortging, aber nicht aus dem Grund, den ich Ihnen genannt habe. Ich tat es nicht, um meine Ehe zu retten, meinen Lebensstil, ich sehe Gordon ja ohnehin kaum. Ich wollte sichergehen, dass Howard ihr nichts tat.«

»Noch zwei Tage, und sie wäre sicher in Bangkok gewesen. Ich bewundere ihren Altruismus, Margaret, es gibt viele Frauen, die überglücklich wären, wenn die Geliebte ihres Mannes umgebracht würde.«

Sie schüttelte den Kopf, einen nüchternen Ausdruck im Gesicht. »Es war kein Altruismus, fürchte ich. Mir lag nichts an Dolores, ich wollte meinen Bruder retten. Ich wollte nicht, dass er zum Mörder wurde. Das war, bevor ich ... das übrige erfuhr«, schloss sie dunkel.

Sie nahm eine weitere Zigarette, bot mir auch eine an. »Es tut mir Leid, dass ich Ihnen nicht gleich eine angeboten habe, ich habe meine Manieren vergessen, die ganze ...«

Sie stockte. Der Smalltalk, die Etikette, alles schien unwesentlich.

Sie zündete die Zigarette an. »Howard wurde wie dieser Hund. Nachdem er Sie in seinem Schuppen aufgestört hatte, floh er, kam hierher zu mir und flehte mich an, ihm zu helfen. Er war verrückt, er erzählte mir alles, was im Schuppen geschehen war, Dolores, der Botaniker, alles. Ich war entsetzt. Ich wusste, dass ich etwas unternehmen musste. Ich sagte zu ihm, er solle in Coogee bleiben und dort warten, bis Gordon zurückkam.«

Sie schenkte uns noch einmal Kaffee ein, nahm sich selbst Milch. »Gordon war sein großes Vorbild, ein bedeutender Mann«, sagte sie ironisch. »Dieses Paradise-Park-Geschäft war seine große Chance. Und als die Dinge anfingen, aus dem Ruder zu laufen ...«, sie konnte den Satz nicht beenden. »Sie haben ja gesehen, was am Ende dabei herauskam.«

Ja, ich hatte gesehen, was am Ende dabei herauskam, es wäre beinahe mein eigenes Ende gewesen.

»Da beschlossen Sie, dass es Zeit war, ihn aus dem Verkehr zu ziehen.«

»Ja«, sagte sie einfach.

»Bestand denn nicht das Risiko, dass er mich auch umbrachte?«, wollte ich fragen, als ginge es um jemand anderen, nicht um mich. »Haben Sie denn nicht bedacht, dass sie damit den Morden vielleicht noch einen weiteren hinzufügen würden?«

»Ich wollte nicht, dass er von einer Polizeiarmee gejagt wird wie ein Tier, überall Autos, Lautsprecher. Er musste ihnen übergeben werden, und ich dachte, Sie würden das mit etwas weniger Aufsehen erledigen.«

»Wie Ihr Vater, der den Hund mit hinaus in den Busch nahm.«

Sie antwortete nicht. Letztlich hatte sie beides bekommen, mich und die Polizei.

»Was passiert jetzt mit Howard?« Es war eine Spur Angst in ihrer Stimme, Schuld, Zwiespalt. Der Entschluss mochte ihr nicht leicht gefallen sein, trotz des Wissens, dass der eigene Bruder soweit gegangen war, dass ihr nichts anderes mehr übrigblieb.

»Ich würde an Ihrer Stelle nicht auf ihn warten.«

Er war ein tollwütiger Hund, aber er war nicht der einzige. Ich wünschte, sie hätte mir die Nachricht nicht geschickt, denn dann hätte ich nie erfahren, wie leicht ich einen Menschen umbringen könnte. Jetzt wusste ich es. Und ganz gleich, was für ein Abschaum Thripps war, ich musste mit dieser Erkenntnis leben.

Ich war schon fast zurück in Balmain, als mir einfiel, dass ich Margaret Schaeffer die zehntausend Dollar nicht gegeben hatte.

Ich rief im Club an und sagte ihnen, dass Howard Thripps des Mordes an Dolores angeklagt worden war. »Der Mann, der hier war?«, fragte Cilla. »Ich wusste es, er hatte so was im Blick.« Ich lieferte ihr eine Kurzversion der ganzen Geschichte.

»Gut«, sagte sie, als ich fertig war, »und wann kommst du und tanzt mit Ramón?« Ich hatte den Club richtig ins Herz geschlossen, Cilla und die anderen dort.

»Ich schaue mal wieder vorbei.«

»Nein, im Ernst«, sagte sie, »komm zu uns, wir bezahlen dich auch. Es ist ein Job. Du tanzt gut. Vielleicht bist du nicht unsere Hauptattraktion, aber du könntest als Gaststar auftreten, wie deine Mutter.«

Noch vor einem Monat hätte ich die Idee für total verrückt erklärt. Und jetzt? Je länger ich darüber nachdachte, desto besser gefiel sie mir. Ich war gut mit meinen Beinen, ich hatte so oft zugesehen, dass ich die Nummer auswendig kannte, ich hatte die Kleider, die Schuhe, warum also nicht?

»Wann soll ich anfangen?«, grinste ich.

»Mach einen Termin mit Ramón aus, übt ein bisschen. Wenn du soweit bist, trittst du auf. Okay?«

»Okay.« Ich fragte nicht nach der Bezahlung, wen kümmerte das schon.

Ich hatte gerade eine Nachricht auf Steves Anrufbeantworter hinterlassen, als ich das Klopfen an der Tür hörte.

Wumm!

Mein Herz weitete sich wie ein Luftballon – das war er, deshalb war er nicht zu Hause, als ich angerufen hatte, er war schon auf dem Weg hierher gewesen.

»Moment noch«, flötete ich verführerisch. Ich schlüpfte in die Lederhose, sah kurz in den Spiegel und ging zur Tür. Ich sah umwerfend aus.

Aber es war nicht Steve, es war Jack. Ich wusste nicht, wo ich mich verstecken sollte.

»Ich störe doch hoffentlich nicht«, sagte er und musterte mich von oben bis unten.

»Keineswegs. Was ist denn?«, fragte ich, brüsk das Thema wechselnd.

»Unten ist eine Dame, die dich sprechen will. Dannys Mutter.«

Ich kannte keinen Danny. »Wer?«

»Sie sagte, du kennst ihn.«

Ich hatte keine Ahnung, wer das sein sollte. »Hat sie ein Gewehr oder so was?«

»Nein«, lachte Jack. »Sie sieht aus wie die kleinen alten Damen, die in der Kirche neben einem sitzen.«

»Was weißt du denn von Kirchen?«

Jack überhörte die Frage. »Soll ich sie hochschicken?«

»Tust du das nicht schon?«

»Wie bitte?«

»Gib mir zwei Minuten, um mich umzuziehen.«

»So fix geht das bei dir?«

»An manchen Tagen bin ich besonders schnell.«

Ich schloss die Tür, zog die Leder-Hot-Pants aus und ein Paar ehrbare dunkelgrüne Hosen an. Dannys Mutter? Vielleicht ein Auftrag, vielleicht sollte ich einen Vermissten suchen. Vielleicht hatte sie einen Job für mich. Zwei Jobs an einem Vormittag; meine berufliche Situation schien sich zu bessern.

Es klopfte zaghaft an der Tür. Ich öffnete und sah mich genau der kleinen alten Dame gegenüber, die in der Kirche neben einer sitzt. Ihr weißes Haar war in sanfte Wellen gelegt, sie trug kein Make-up. Ihre Haut war faltig, musste aber einmal sehr schön gewesen sein. Weiße Bluse mit einem Hauch von Spitze auf einem Peter-Pan-Kragen, ein altrosa Rock mit passender Jacke. Beige Handtasche und beige Schuhe.

Ich hatte sie noch nie im Leben gesehen.

»Miss Valentine?«

»Ja«, sagte ich.

»Ich bin Dorothy O'Riordan, Dannys Mutter.«

Das machte mich keinen Deut klüger.

Sie öffnete die beige Handtasche und nahm ein Foto heraus. »Das ist ein Bild von Danny, als er noch klein war. Ich glaube, Sie kannten ihn als Dolores.«

Ich hoffe, sie merkte nicht, wie mir der Kiefer herunterfiel. Ich konnte es einfach nicht fassen. Diese reizende alte Dame sollte Dolores' Mutter sein? Wo war die Frau aus der High Society von Buenos Aires? Wo war die Frau, die dem Bandoneon-Spieler verfallen war?

»Danny hat das Bild aufgehoben, ich dachte, vielleicht kennen Sie es, mir wurde gesagt, dass Sie sich um seine Sachen gekümmert haben.«

Es war das Bild des kleinen Jungen, das ich in Dolores' Koffer gefunden hatte, und jetzt erinnerte ich mich auch an den Text auf der Rückseite – ›Dannys erster Haarschnitt‹. Es waren noch mehr Bilder dagewesen, Danny am Strand, beim Spielen mit den Weihnachtsgeschenken, ein Klassenbild von der Earlwood Public School.

Sie sprach sehr ruhig, bescheiden. »Ich hoffe, ich belästige Sie nicht. All die Jahre habe ich mich gefragt, ob Rex und ich vielleicht irgendetwas falsch gemacht haben. Nachdem Danny ... nach seiner Operation wollte Rex ihn nicht mehr im Haus haben. Es war anders als heutzutage mit den jungen Leuten. Rex hatte einen Sohn verloren; soweit es ihn betraf, war er tot. Es war schwer für mich, sehr ...« Ihre Lippen begannen zu zittern. Aber sie fand ihre Beherrschung wieder und fuhr mit ruhiger Würde fort.

»Jetzt, wo ich weiß, dass mein Sohn wirklich tot ist, möchte ich für ein angemessenes Begräbnis sorgen.«

Ich wusste wirklich nicht, was ich sagen sollte. Das Kind dieser Frau schien so gar nichts mit der Dolores, die ich kannte, zu tun zu haben. Und doch, da stand sie vor mir, mit ihrem ganzen Leben voller Traurigkeit.

»Möchten Sie vielleicht eine Tasse Tee, Mrs. O'Riordan?«

»Danke«, sagte sie höflich.

»Kommen Sie doch mit in die Küche, während ich den Tee mache«, lud ich sie ein.

Auf dem Weg in die Küche sah sie die Spielkiste der Kinder – Wasserpistolen, Legosteine, Zeichenblöcke – alles ein wenig überholt. Sie waren größer geworden, jetzt spielten sie wohl mit anderen Dingen.

»Sie haben Kinder, Miss Valentine?« Es klang überrascht.

»Ja«, sagte ich, während ich Wasser aufsetzte, »sie leben nicht bei mir, sie leben in Queensland bei ihrem Vater.«

Sie sah mich mitleidig an, in der Annahme, dass es mir mit

abwesenden Kindern gleich ging wie ihr. Sie kannte mich nicht. Bei mir war es anders. Aber ich wollte jetzt nicht näher darauf eingehen.

»Ist Ihnen English Breakfeast Tea recht?«

»Was immer Sie da haben, danke.«

Ich schenkte Tee ein und trieb sogar ein paar noch genießbare Arnotts Scotch-Löffelbiskuits auf. »Bitte, würden Sie mir von Danny erzählen? Von ihm, aus seinem Leben.«

Was konnte ich ihr sagen? Was sagst du einer Frau, die dich das fragt? »Sie ... entschuldigen Sie, Mrs. O'Riordan, aber es fällt mir schwer, an Dolores als ›er‹ zu denken.«

»Das ist schon in Ordnung«, sagte sie schlicht. Ebenso schwer war es für Mrs. O'Riordan, an ihren Sohn als ›sie‹ zu denken.

»Sie war ein Mensch, in dessen Gegenwart man sich wohl fühlte. Sie war großzügig, freundlich. Sie lebte ihr Leben, als sei jeder einzelne Tag lebenswert. Sie war der faszinierendste Mensch, dem ich je begegnet bin.« Sie hat mich hintergangen und betrogen. Sie war eine Lügnerin, eine Erpresserin, eine Beschiss-Künstlerin. Sie besaß drei Pässe, und keiner von ihnen war auf den Namen Danny O'Riordan ausgestellt.

Sie saß da, starrte ins Nichts, einen wehmütigen Ausdruck im Gesicht, und versuchte, sich das Leben ihres Kindes vorzustellen. Ich nahm einen großen Schluck Tee, um den Kloß in meinem Hals hinunterzuspülen.

»Darf ich Sie etwas fragen, Mrs. O'Riordan? Ich dachte immer, sie käme aus Südamerika. Haben Sie vielleicht Verwandte dort?«

Sie lächelte. »Nein, niemanden. Ich glaube, es waren die Filme. Er hatte immer eine Vorliebe für diese Schauspielerin, die diese großen, mit Früchten garnierten Hüte trug.« Sie saß da, trank ganz ruhig ihren Tee. »Da ist noch etwas«, sie zögerte, raffte all ihren Mut zusammen, »warum haben sie ... warum ist er gestorben?«

Ich nahm einen langen Schluck und pickte einen Kekskrümel mit den Fingern auf. Wenn Dolores Danny O'Riordan geblieben wäre, wäre sie dann jetzt auch tot? »Der Mann, der Dolores getötet hat, war nicht ganz richtig im Kopf.« Eine etwas unzulängliche

Beschreibung für Thripps. »Er hatte schon andere Menschen getötet, er hat auch versucht, mich zu töten.«

Sie saß da und schüttelte langsam den Kopf über den Zustand der Welt, über die Verschwendung von Leben.

»Ich danke Ihnen«, sagte sie dann und erhob sich, »ich danke Ihnen für Ihre Zeit, dafür, dass sie mit mir gesprochen und mir von ihm erzählt haben. Ich frage mich, ob es irgendetwas gibt, was Danny gern mit in den Sarg genommen hätte.«

Das erste, was mir einfiel, waren die Wimpern von Barbara Cartland, aber ich brachte es nicht über mich, ihr zu sagen: Damit würde Ihr Sohn bestimmt gern begraben werden.

»Ich habe alle ihre Sachen hier, wir können sie durchschauen.«

Ich zeigte ihr Dolores' Kleider, die Schuhe, das Poster von ihr und Ramón. Sie verbrachte lange Zeit damit, die Dinge durchzusehen, sorgfältig, zögernd, als sei ihr nicht ganz wohl dabei.

»Wie wäre es damit?«, fragte ich und hielt Dolores' goldene Tanzschuhe hoch.

Sie sah sie an, streckte die Hand aus und berührte das schimmernde goldene Leder.

»Ja«, sagte sie schließlich, »ich glaube, das würde Danny gefallen.«

Ich ließ Mrs. O'Riordan zur Seitentür hinaus, damit sie nicht durch die Bar gehen musste. Es war ein erschütterndes Erlebnis gewesen. Ich fühlte mich ihr sehr nahe, obwohl wir absolut nichts miteinander gemein hatten. Wir hatten ja nicht einmal über dieselbe Person gesprochen. Die Frau, die ich als Dolores Delgado kannte, hatte nichts mehr mit ihrem Sohn Danny zu tun. Es war sehr, sehr lange her, dass Danny von zu Hause fortgegangen war.

Ich glaube, jeder Mensch erfindet sich bis zu einem gewissen Grad selbst, aber Dolores war wirklich den ganzen Weg gegangen. Sie hatte einen völlig neuen Menschen geschaffen. Dieser Aufgabe hatte sie sich mit derselben Leidenschaft gewidmet, mit der sie alles andere tat. Ihr Leben war ein Meisterstück, ihre größte Vorstellung. Ich hatte gewusst, dass es eine Lüge war, eine Erfindung, aber es hatte mich einfach mitgerissen. Ich wollte in dieses Leben hineinschlüpfen, es spüren, wissen, wie es war, sie zu sein.

Hätte ich dasselbe bei Danny O'Riordan empfunden? Wäre ich auch von seiner Geschichte so fasziniert gewesen? Wenn ich mich nicht selbst erfunden hätte, wenn ich bei Gary geblieben wäre, wäre ich dann jemals einem Menschen wie Dolores Delgado begegnet?

Als ich zurück in die Bar kam, hörte ich das Klicken von Billardkugeln aus dem Poolzimmer. Klang nach einem Break. »Was versenkt?«, hörte ich eine vertraute Stimme fragen. George. Der alte Kauz hatte einen Dummen gefunden, der zu einem Spiel mit ihm bereit war.

»Noch nichts. Dein Stoß, Sportsfreund.« Diesmal dehnte sich der Ballon in meinem Herzen so sehr, dass es fast wehtat. Das war kein armes Opfer, das war Steve! Steve, der mit George Poolbillard spielte.

Obwohl mein Herz mir die Sporen gab wie ein Jockey seinem Pferd beim Anblick der Zielgeraden, wollte ich mich doch nicht um den Anblick bringen, indem ich zu schnell vorpreschte. Ich schlenderte hinüber zur Tür, lehnte mich an den Türrahmen und sah ein bisschen zu.

Steve hatte sich das Haar wachsen lassen; es ringelte sich lockig in seinem Nacken. Gefiel mir sehr. Locken in Männernacken haben mich schon immer begeistert, schon bei den griechischen Statuen. Ich hoffte allerdings, dass er es schneiden lassen würde, bevor es lang genug für einen Pferdeschwanz war. Steves Haar war zwar noch schwarz, aber ich hatte schon so viele Männer mit grauen Pferdeschwänzen gesehen, die versuchten, sich mit dieser Haartracht an ein Jahrzehnt zu klammern, in dem sie viel zu zugekifft gewesen waren, um sich überhaupt an irgendetwas erinnern zu können.

George umkreiste den Tisch wie ein zahnloser Hai – der Sache nicht ganz gewachsen, aber mit dem richtigen Instinkt.

»Die?«, sagte er nach einer Weile, »Soll ich mir die vornehmen?«

Steve zeigte keinerlei Zeichen von Ungeduld. »Wie du willst. Noch ist nichts versenkt.« Er blickte auf, während er mit George sprach.

Welch eine Wonne, wieder in diesen blauen Seen, von schwarzen Wimpern umrahmt, zu versinken! Diese Wimpern wurden nicht wie die Barbara Cartlands für die Nacht abgenommen. Sie blieben die ganze Nacht dran. Dran und dran und dran.

Die meertiefen Augen strichen über meinen Körper, hoch zu meinem Gesicht, bis zu meinem Haar.

»Guter Gott«, sagte er, »was ist aus der wilden rothaarigen Frau geworden, die hier gelebt hat?«

Die meisten Leute hatten sich inzwischen daran gewöhnt, dass mein Haar schwarz war, und ich hatte gar nicht daran gedacht, dass Steve mich heute zum ersten Mal so sah. »Sie lebt immer noch hier. Nur das Rot ist weg, die Wildheit und die Frau sind noch dieselben.« Wenn auch nicht ganz.

»Woran hast du gearbeitet?«

Woran hatte ich gearbeitet? Ich hatte eine Klientin namens Dolores Delgado gehabt, war in ihr Leben geschlüpft. Ich hatte tanzen gelernt, ich hatte gelernt, einkaufen zu gehen. Ich hatte einen Schrank voller märchenhafter Kleider, ich hatte zehntausend Dollar in der Tasche. Ich war in einem Schuppen in Coffs Harbour fast umgebracht worden. Ich hatte selbst beinahe einen Mann getötet.

»Nichts Besonderes.«

»Ich hab dich vermisst.«

»Ich dich auch.« Und deine Briefe und deine Postkarten. Darauf würde ich noch zu sprechen kommen, aber nicht jetzt. Jetzt war erst einmal wieder Frühling. Die Vögel zwitscherten, die Rosenknospen öffneten sich. Er sah gut aus, er klang gut. Er würde sich gut anfühlen.

Das Spiel dauerte nur zehn Minuten, aber mir schien es eine Ewigkeit. Endlich verschwand die schwarze Kugel.

»Noch eins?«, fragte George hoffnungsvoll.

»Nein«, sagte Steve und schüttelte den Kopf, »wir wollten gerade gehen.«

»Wir?«, sagte ich.

»Komm mit zum Wagen, ich habe noch etwas für dich.«

Wir gingen zum Auto. Er beugte sich zum Rücksitz hinunter und förderte noch mehr Geschenke zutage. Eine Flasche Veuve Cliquot und ...

Ich schüttelte ungläubig den Kopf.

Steve war enttäuscht. »Was ist denn? Magst du etwa keine Orchideen?«

Die Wurzeln von Sydney

Marele Day im Gespräch

Marele Days erster Krimi *Leben und Verbrechen des Harry Lavender* führte die Hardboiled-Detektivin Claudia Valentine ein. Ihr zweiter Fall war *Das Rätsel der chinesischen Schachteln*. Mit ihrem dritten, *Der letzte Tango der Dolores Delgado*, gewann sie 1993 den international begehrten Shamus-Award. Dieser Anlass führte sie in die USA, wo sie ein Interview mit Sue Grafton machte und weitere Genre-Größen traf. Doch ihre Krimis spielen weiterhin in Sydney, der schönsten Stadt Australiens, mit ihren unzähligen Buchten und Halbinseln. Mitten im Winter (Juli, 6-8 Grad) blühen Mimosenbäume und Massen von seltsamen Gewächsen in den Randbezirken, während in der City das multikulturelle Leben die Straßen mit Brausen erfüllt. Autorin Marele Day ist hier zu Hause und kennt jeden Winkel, jedes Lokal.

Marele – wie sind Sie darauf gekommen, ausgerechnet Krimis zu schreiben?

MD: Tatsächlich war ich an dem Genre gar nicht interessiert, bevor ich anfing, mein erstes Buch zu schreiben, *Leben und Verbrechen des Harry Lavender*. Mir ging es darum, über diese Stadt zu schreiben, über Sydney, und ich war auf der Suche nach einer geeigneten Form, um das zu transportieren. Mir kam der Gedanke, eine Detektivinnengestalt würde die erforderliche soziale und räumliche Mobilität haben, damit möglichst viele verschiedene Seiten und Gesichter der Stadt präsent würden. Denn eine solche Gestalt kann sich ganz folgerichtig in den unterschiedlichen Gegenden bewegen, kann Klassenschranken überschreiten, mal auf der Sonnenseite und mal auf der Schattenseite der Straßen auftauchen. Dann wurde mir klar, dass gerade in der Tradition des amerikanischen hardboiled-Genres diese Anordnung, die sinnliche und soziale Wahrnehmung des Ortes, eine sehr wichtige Rolle spielt. Es waren zunächst nicht die Bücher, die mich auf diese Idee brachten, sondern lange vorher die Filme mit Humphrey Bogart, die mich immer begeistert haben. Ich liebe diese Szenarien, die harten Charaktere und düsteren Dialoge, diese »noir language«. Das und die Bedeutung des Ortes führten dazu, dass mich das Genre gewissermaßen anzog, obwohl meine eigentliche Absicht war, über Sydney zu schreiben.

Was mich interessiert, ist die Diskrepanz zwischen Oberfläche und Darunterliegendem. Wenn Sie meine Bücher ansehen, gibt es immer das Element, dass nichts wirklich ist, wie es von außen scheint. Das fängt bei so einfachen Bildern an, wie wenn Claudia an einer Tür klingelt, um eine Person zu befragen, und die Tür geht auf und erlaubt den Blick in eine ganz neue eigene Welt – ich meine, von außen ist es ein gewöhnliches Haus wie jedes andere, aber wenn Sie drinnen sind, zeigt sich Ihnen plötzlich das ganze persönliche Leben der Leute, die dort wohnen.

Ich betrachte beispielsweise Korruption auch als Erscheinungsform des Unterschiedes zwischen Oberfläche und Darunterliegendem. Sehen Sie, Sydney ist eine wunderschöne Stadt. Der faszinierende Hafen, das sonnige Wetter, all das Leben und Treiben – sie hat das Aussehen einer blühenden Stadt. Und doch, unten drunter, wie alle Städte hier, funktioniert sie nach den Spielregeln der Korruption. Vielleicht ist Sydney noch mehr als andere Städte auf Grundmauern der Korruption errichtet, denn zu Beginn war es eine Sträflingskolonie, die Briten schickten ihre Lebenslänglichen herüber, und da hockten Männer, die Macht hatten, mit Sträflingen zusammen und versuchten sich gegenseitig zu ihrem Vorteil auszunutzen. Die etwas besaßen, Land oder ein Geschäft, benutzten die Sträflinge als Arbeitskräfte, um billig zu Erfolg zu kommen. In diesem Klima blühten natürlich Korruption und Machtmissbrauch. So sehen die Wurzeln von Sydney aus.

Ist Harry Lavender gewissermaßen eine Stellvertreterfigur für dieses Phänomen? Oder hatten Sie jemand Bestimmtes im Sinn, als Sie diese Gestalt erdachten?

MD: Nun, er ist schon eine fiktive Person, oder vielleicht besser eine fiktiv konstruierte Gestalt. Aber was ich in Harry Lavender verkörpern wollte, war die Kombination aus dem großen Unternehmer, dessen Geschäfte rechtlich in Ordnung sind und der mit seinem ganz legalen Unternehmertum das große Geld macht, und dem großen Gangster, der ebenfalls ein Unternehmer ist. Australien ist ein Land, das besiedelt wurde, damit Menschen aus anderen Ländern kamen und sich hier eine Existenz aufbauten, insofern ist es in gewisser Weise die ultimative Migrantengeschichte. Harry Lavender ist auch ein Produkt dieser Umstände: Er ist ein Mann europäischen Ursprungs, er kommt in dieses Land voller Möglichkeiten – und ich verwende die Bezeichnung Möglichkeiten in diesem Zusammenhang durchaus ironisch, denn er zieht wirklich jeden nur denkbaren Vorteil für sich aus diesen Möglichkeiten, ohne jede Beschränkung –, und er kann hier beides sein, der Mann, der dieses gigantische Medien-Imperium kontrolliert – ich nenne keine Namen! –, und zugleich der Mann, der ein riesiges illegales Imperium hat, Prostitution, Glücksspiel und so weiter. Ich hoffe, Harry Lavender ist die gelungene Verkörperung dieser beider Unternehmertypen.

Sie lieben Filme, richtig?

MD: Ja, sehr. Mehr als gut ist. Ich liebe es, ins Kino zu gehen. Das ist auch der Reiz des gemeinsamen Erlebnisses. Für mich ist Kino irgendwie das Pendant zum Lagerfeuer, wo sich Leute zusammenfinden und Geschichten erzählen. Du sitzt im Dunkeln und starrst in die Flammen, während die Geschichte erzählt wird. Die Leinwand fühlt sich für mich ganz ähnlich an. Bücher sind anders – eine viel intimere, privatere Art, sich Geschichten erzählen zu lassen.

Was für Bücher, was für Geschichten begeistern Sie – beim Lesen und beim Schreiben?

MD: Ach, es gibt tausende und abertausende von Büchern, und die meisten davon erzählen ein und dieselbe Geschichte – und das ist ja auch völlig in Ordnung. Die Amerikanerin Willa Cather hat mal gesagt, es gibt im Grunde nur zwei oder drei Geschichten auf der ganzen Welt, und diese erzählen wir einfach immer wieder neu, so eindringlich, als geschähe es zum ersten Mal. Derselbe Gesichtspunkt, von einer anderen Person erzählt, kann stets von neuem interessant sein – wie das Leben, ich meine, jeder Mensch hat ein Leben, und dieses Leben beginnt im wesentlichen immer gleich und endet immer gleich, aber es kommt auf das an, was zwischen Anfang und Ende stattfindet, und das ist bei jeder Person einmalig. Der grundlegende Plot braucht sich da kaum zu unterscheiden – na ja, erst sind wir klein, dann werden wir älter, und hoffentlich weiser, jedenfalls ist das in etwa der Ablauf.

Für mich ist das Besondere an einer Geschichte die persönliche Erfahrung, die die eigentliche Story ausmacht. Ich schreibe Kriminalliteratur, und wesentliches Kriterium bei Kriminalliteratur ist eine interessante Story. Du denkst dir eine Figur aus, die wir im wirklichen Leben vielleicht treffen könnten. Diese Figur erzählt nun ihre besondere Story; sie zeigt, wie es ist, in dieser Zeit an diesem Ort eine Frau mit diesem Hintergrund zu sein: in Sydney Ende des 20. Jahrhunderts, verstrickt in persönliche Kämpfe, ihr Verhältnis zu ihren Kindern, ihrem Ex-Mann, und so weiter und so fort – was das Leben eben so beschert. Das ist die Story.

Das hat ja ziemlich unmittelbar mit sozialen Verhältnissen und Zeitgeschehen zu tun. Was liegt Ihnen denn politisch am Herzen?

MD: Hm. Nun, ich bin nicht unbedingt eine Freundin von idealistischen Höhenflügen, ich würde mich eher als Pragmatikerin bezeichnen. Aber ich würde jederzeit für eine gleichberechtigte Welt eintreten, in der wirklich alle Leute die gleichen Chancen haben, etwas aus ihrem Leben zu machen – ganz gleich, was ihr Geschlecht, ihre Abstammung, ihr ethnischer Hintergrund oder ihr Alter ist, unabhängig von all diesen Dingen. Ich nehme an, ich wünsche mir einfach ein harmonisches Leben voller Möglichkeiten – das habe ich schon ziemlich gut hingekriegt –, und ebenso wünsche ich mir eigentlich auch die Welt. Harmonisch. Andererseits haben Konflikte einen festen Platz darin – und zu einem gewissen Maß muss das wohl auch so sein, denn ohne jede Form von Konflikten wären wir alle einfach tot. Aber ich halte es für sehr wichtig, immer ein harmonisches Zusammenleben in dieser Welt anzustreben.

Ich wollte ideologisch plausibel schreiben und mich zugleich nicht auf Ideologie fixieren; sicher habe ich Wert darauf gelegt, einige typisch männliche Spezialitäten des Genres nicht zu brauchen, zum Beispiel die ausufernde Darstellung von Gewalt. Die meisten hardboiled-Helden müssten längst hirntot im Koma liegen, so wie sie ständig zusammengedroschen werden. Claudia hingegen bemerkt an einer Stelle in Leben und Verbrechen des Harry Lavender: »Ich sah das Telefon an, und ich sah das Bett an. Das Bett gewann. Ich habe nie verstanden, wie Philip Marlowe und Konsorten ein ganzes Buch hindurch auf Achse sein können, sich anschießen, zusammenschlagen und gelegentlich vernaschen lassen, ohne dabei je ins Bett zu gehen.« – Claudia gibt einfach zu, dass Weglaufen eine gute Verteidigung sein kann, dass eine nicht stets und ständig tough sein muss. Ich denke, es ist wichtig, dass Frauen zu eigenen Entscheidungen kommen. Was das Bekennen zum Feminismus angeht, habe ich Probleme mit einem gewissen Phänomen in der feministischen Bewegung, ich nenne das mal »Gedankenpolizei«. Es gibt diesen dogmatischen Anspruch, du sollst dich streng an eine Art Parteilinie halten und ja nicht davon abweichen. So ist Claudia Valentine bewusst nicht. Sie trifft ihre eigenen Entscheidungen, zum Beispiel kleidet sie sich gern femme, und sie findet, dass Regeln zum Übertreten einladen, sie genießt es immer ein bisschen, Grenzen zu überschreiten. Ich finde es deprimierend, wenn Emanzipation darin bestehen soll, ein System von Beschränkungen einfach durch ein anderes auszutauschen. Vielleicht sollten wir grundsätzlich keinerlei Regeln akzeptieren, die nicht aufgrund eigener Erfahrung in unserem Sinne sind. Ich mag die Vorstellung, dass wir selbständig entscheiden, welche Verhaltensregeln wir uns als sinnvoll aneignen.

Ich sehe dabei auch die Schwierigkeit von Generationswechseln. Frauenthemen brauchen für neue Generationen neue Aufmachungen, auch wenn das für die Vorgängerinnen vielleicht traurig ist. Aber eines ist klar: Wir müssen dafür sorgen, dass unsere Stimmen, die seit Anfang der 20er Jahre immer vernehmlicher geworden sind, auch weiterhin zu hören bleiben, und wenn dafür eine neue Aufmachung nötig ist, dann muss die eben her. – Ich persönlich würde es überhaupt begrüßen, wenn politische Definitionen regelmäßig zur Disposition gestellt und öffentlich neu diskutiert würden – alle Begriffe aus der Politik.

Die Ideologien werden doch kaum vor dem Hintergrund der Zeit reflektiert, ich meine, wir gehen auf das 21. Jahrhundert zu, und man kann nicht stur in der Terminologie der industriellen Revolution bleiben, als hingen alle Fragen an der Dualität Arbeiter/Fabrikbesitzer, oder so tun, als sei links gleich Kommunismus gleich irgend so ein Blockparteien-Ding aus dem 19. Jahrhundert. Das glaubt doch kein Mensch.

Erfrischender Standpunkt. Wie ist das eigentlich, haben Sie Ihrer Protagonistin Claudia Valentine Ihre eigenen Haltungen, Ängste und Wünsche mitgegeben? Oder ist sie ein völlig anders gestrickter Mensch als Sie selbst?

MD: (lacht) Autobiographische Anteile meiner Heldin, ja? Ich wünschte, ich bekäme jedesmal einen Dollar, wenn mir diese Frage gestellt wird! Nein, ich habe von Anfang an ganz klar entschieden, dass meine Protagonistin nicht mein, sondern ihr eigenes Leben führt. Wissen Sie was, als man mich das zum ersten Mal fragte, war ich richtig gekränkt, weil ich dachte, trauen die mir nicht zu, dass ich mir eine Persönlichkeit ausdenken kann? Inzwischen weiß ich, dass es so nicht gemeint ist. Aber obwohl Claudia Valentine ein anderes Leben führt als ich, lebe ich nun schon sechs Jahre mit ihr, und da passiert es gelegentlich, dass ich plötzlich einen Satz sage, der von ihr stammt. Auch eine imaginäre Person prägt eben. Insofern identifiziere ich mich sicherlich ein wenig mit ihr. Nun hatte ich, als ich diese Figur konstruierte, keine klare Vorstellung, was das genau bedeuten würde, aber ich wollte unbedingt, dass sie ein ganzheitliches Leben führte – nicht so wie Agatha Christies Miss Marple, die lediglich als scharfer Verstand auftritt und abgesehen vom Lösen der Rätsel nicht viel treibt. Ich wollte, dass Claudia eine lebendige Frau wie aus Fleisch und Blut ist, und dass in ihrem Leben alle möglichen Dinge auftauchen, die zu heutigen Frauenleben gehören könnten – Kinder, Beziehungen, Krisen und Probleme und so fort. Ich habe das bei Typen, wie Humphrey Bogart sie spielte, immer vermisst, die hatten nie Kinder, Lebensgefährten, Mütter, Väter oder persönliche Schwierigkeiten. Es wäre natürlich einfacher gewesen, wenn ich eine Figur gebastelt hätte, die nichts anderes tut als zu ermitteln, die sonst kein eigenes Leben führt. Aber das wäre für mich keine ganze Persönlichkeit, keine ganze Frau. Claudia hat ihre eigene Geschichte, und sie gibt Kommentare ab über ihre Situation, über das, was sie privat und beruflich erlebt. Wir erfahren auch, wie sie Leuten gegenübertritt, wie sie sich auf andere Menschen bezieht und wie sie ist, wenn sie sich allein weiß. Sie leiert nicht nur ihre Ermittlungen herunter. Sie ist nicht einfach noch ein weiterer Privatdetektiv, nur im Kleid. In meinen Augen ist sie eine ganze Frau.

Mit Marele Day sprach Else Laudan.

Das vollständige Interview erschien in:
Ariadne Forum 3, Argument Verlag Hamburg

Marele Day bei Ariadne

Leben und Verbrechen des Harry Lavender

Ariadne Krimi 1050

Claudia Valentine ist Privatdetektivin in der schönen Stadt Sydney, und so mancher ihrer Tage beginnt mit einer Beerdigung. Schriftsteller Mark Bannister war eigentlich zu jung für einen Herzschrittmacher, aber auch medizinische Geräte können mal aussetzen, und so fand man ihn tot vor seinem Computer. Technisches Versagen - kein Fall für die Polizei. Valentine jedoch erhält ein paar merkwürdige Hinweise ...

Das Rätsel der chinesischen Schachteln

Ariadne Krimi 1068

Der spektakulärste Bankraub in der Geschichte Australiens geschah in Chinatown am Neujahrstag ... Einige Zeit später erhält Privatdetektivin Claudia Valentine, die Sydney kennt wie ihre Westentasche, einen ungewöhnlichen Auftrag: Für den Familienclan der Chens soll sie einen sagenumwobenen Schlüssel wiederbeschaffen. Sie taucht ein in das Völkergemisch der Pazifikmetropole und spürt zwischen prächtigen Fassaden und düsteren Gassen dem romantisch-gefahrvollen Rätsel um den Drachenschlüssel nach ...